新編新解儒家經典

《大学》《论语》《中庸》《孝经》

王树立 编译

Holy Confucius Newly Compiled Explanationstory

The Great Learning, The Analects of Confucius, The Doctrine of the Mean,

The Classic of Filial Piety

Billson International Ltd.

Published by
Billson International Ltd
27 Old Gloucester Street
London
WC1N 3AX
Tel:(852)95619525

Website:www.billson.cn
E-mail address:cs@billson.cn

First published 2025

Produced by Billson International Ltd
CDPF/01

ISBN 978-1-80377-182-3

The authors and publisher have made every attempt to ensure that the information contained in this book is complete, accurate and true at the time of printing. You are invited to provide feedback of any errors, omissions and suggestions for improvement.

Every attempt has been made to acknowledge copyright. However, should any infringement have occurred, the publisher invites copyright owners to contact the address below.

Hebei Zhongban Culture Development Co.,Ltd
Wanda Office Building B, 215 Jianhua South Street, Yuhua District, Shijiazhuang City, Hebei province, 2207

志于道，据于德，

依于仁，游于艺。《论语》

道：唯一的定义就是"真理"！

无、阴、空，都是指"法则"！

有、阳、色，都是指"现象"！

坚持真理，彰显美德！

就是华夏民族数千年来永恒的信仰！

王树立

2023 年 10 月 1 日

自嘲

吾本燕赵一愚夫，

田间地头偶读书；

圣人大道无心得，

人间困厄尽释除。

王树立

2024.8.19

悟道诗

有非真有是表相，

无非真无乃法则。

一觉天道无难事，

再看人间皆春色。

王树立

2024.7.26

目录
CONTENT

前　言

　　本书是一部儒家思想解析的全新通俗读物，突破了历代学者对儒家经典著作《论语》两千多年的传统解读思想体系。我应用了"训诂、辞章、义理"古文解读三要素，抽丝剥茧、顺藤摸瓜，逐渐发现了《论语》中句子的逻辑顺序、中心思想，然后对《论语》打乱全书所有句子的前后顺序，做了新编新解，使《论语》中许多支零破碎的句子成了生动有趣的故事，孔子那种谆谆善诱、诲人不倦的形象一下子就鲜活了，好像真的有一位充满智慧的老先生跨越两千五百多年的历史，活生生站在我们面前，他的眉目、神情是那么的真实亲切，彻底改变了人们认为孔子是迂腐的、愚忠愚孝的错误印象，还原出了华夏民族真正伟大圣人的形象，使我们中华民族坚持真理、彰显美德的精神得以延续，为我们的华夏子孙找到了一条可以遵循的圣贤之路。

　　我的解读灵感和思路，来源于我从小喜欢读书，尤其是喜欢读文言文、唐诗和宋词。我在二十三岁时，偶然看到了《孙子兵法》，仅用了四个小时就通读完全部十三篇，核心句子过目不忘。之后几年，我读了许多西方管理学著作，收获颇丰，重新塑造了我的思维格局。多年后，我开始读《道德经》《大学》《论语》《中庸》《孝经》《心经》《金刚经》《六祖坛经》等中国传统经典著作，我翻阅了无数名家教授的注解，我的感觉都不慎满意，好像是隔纱看景，感觉一点也不通透，我遂下定决心对这些经典著作从每个字每句话开始，做全新的注解。我认真反思整个过程，认为我之所以能做这件事的原因应该有两个：第一，我从小热爱读书，尤其是文言文，还有后来读的许多中外经典著作，这对我认识世界的思想架构形成起到很重要的作用；第二，我平时做管理、做培训、教员工，有一定管理经验和做老师的体验，这一点对解读《道德经》《论语》起到至关重要的作用。因为《道德经》是领导者的智慧，《论语》是老师上课时的对话。我对领导者和老师这两个角色都有几十年的亲身体验，所以能够感同身受地理解书中文字的境界和智慧。

儒家，就是学习圣贤思想、追求真理的读书人；儒家的《论语》，就是孔子学习了老子《道德经》后，开办私塾学校，与他的弟子们论述《道德经》思想的记载，其中许多内容是有故事情节生动有趣的小作文，但是，因为年代久远，许多完整的小作文被直接成错乱无序的格言警句，我对大部分内容做了全新的编辑，初步还原了《论语》中一部分生动有趣故事的原貌。《中庸》就是不偏于现象，也不偏于理论，而是认清客观事实，实事求是解决现实问题的智慧。《孝经》是继承先人思想智慧的书。庄子的《齐物论》书名意思是不偏不倚论述事物本质的书。老子和孔子时代，是世界人类思想史上的最高峰，被后人称为世界人类思想史上的第一次轴心时代。而后来世界上众多的教派思想，也多数来源于中国轴心时代的思想著作。华夏文明，被称为世界人类文明的人文始祖，就源于此。

我的这本儒家思想著作编译，提出以下几个全新的观点：

第一个观点：据传说，《大学》出自《礼记》，原本是《礼记》四十九篇中的第四十二篇。我认为《大学》第一章，并非是儒家经典著作，而是老子所写，第一章之后的内容是儒家发表的读后感，或者其他书籍的内容，并非是原著的内容。这也解释了学者们都认为《大学》的第一章是经，之后是论，两者不是同一个作者所作的原因。

《大学》是指最顶级的智慧，周朝的最高学府太学；《大戴礼记》中记载"古代贵族子弟，八岁入小学，十五岁束发成童，入太学，帝入太学，承师问道"。《道德经》是老子作为周朝守藏室的管理者，太学的校长，为贵族子弟编写的太学学习教材。《道德经》受到历代贵族和知识分子的追捧与学习，成为历代帝王将相竞相学习的著作。

《大学》第一章，是周朝太学开学典礼上老子作为太学的老师，对入学新生的欢迎词，讲述了太学教育的根本宗旨是什么，学生们应该如何建立正确的世界观、人生观、价值观，通过"格物致知、诚意正心、修身齐家、治国平天下"，在《道德经》的最后一章，还有老子为学生们举办的毕业典礼，告诫学生毕业之后不要因为自己读了太学就骄傲自大，一定要谦虚好学、积极实践《道德经》中的智慧，成为一个不追求名利、对社会有价值的人。

《大学》第一章这个开学典礼欢迎词，逻辑顺序是极为严谨的，环环相扣、层层递进，是老子即将为学生们传授的课程《道德经》的总纲领和章节目录顺序。因为周朝时期，绝大数的书籍都是竹简，其顺序及分类很难妥善保存，因为战乱或搬迁，或者阅读者过多，或者收藏者更换，这些因素都极易造成竹简断裂、缺失，顺序颠倒，把作者名字搞混。还有一个原因，老师是周朝官办大学的帝王之师，他亲自编写的教科书是《道德经》；孔子是开创私立学校的百姓之师，孔子使用的教科书是他从老子学到的太学教科书《道德经》一书，两个人都是老师，所以，后人会误认为孔子作为中国私立学校的开山鼻祖，他教授学生的书是太学课本《道德经》，使用的教材是孔子亲自编写。再有一个原因就是两千多年来，人们从来没有发现《道德经》的真正顺序，都是依照王弼的通行本《道德经》学习，没有人知道这本书真正的逻辑框架是什么样的，而我整理《道德经》之后才发现，《大学》第一章就是《道德经》的总纲领，严丝合缝一点都不差。以上就是后人错误的认为《大学》是儒家典籍的大概原因。

第二个观点：《论语》的核心思想，是孔子在开办私塾学校教授学生们《道德经》的课堂记录。《论语》中的许多内容，与《道德经》的多数内容、逻辑顺序完全吻合，假如《道德经》是一首诗，《论语》就是对这首诗每句话的注解。《论语》中记录孔子一生的理想追求"志于道，据于德""君子谋道不谋食"等，就是《道德经》中的"道"。这个"道"，两千五百年来，没有一个公认的定义，我认为"道"只有一个定义，那就是"真理"，这个词并非是近代才有的现代名词，也不是舶来的名词，而是华夏民族先贤在一千五百多年前就有的名词。在目前能看到关于"真理"这个词最早的文献记载，是南朝时期萧统（501 年－ 531 年）的《令旨解二谛义》一文：真理虚寂，惑心不解，虽不解真，何妨解俗。老子讲的"道可道，非常道"，就是指"真理是可以讲述的，但是，讲述出来的真理，就不是那个真正的真理"，因为"道、真理"只是一个哲学概念，不是一个具体可见的物体。西方思想中对哲学的定义"爱智慧"，实际上就是"爱真理""爱道"的意思。我们祖先早在两千五百多年以前，就提出了"道""真理"这个哲学概念，也就是探究"世界的本质是什么"的思想。《论语》中所倡导的"德""仁"，就是《道德经》中的"德""慈"，是人们坚持"道""真理"而产生善的思想和行为。《论语》中许多内容都是与《道德经》中的句子表达的是一个意思，只是《道德经》的文字更精炼、更像诗歌，更像是开宗立派的祖师写的，而《论语》中的句子，更像是一个人在对某一个思想提出自己详细的理解和观点，虽不精炼，但是很详细。孔子终其一生实际上都是在追求真理、践行仁德。而追求真理、践行仁德的思想价值观，正是《道德经》的核心思想价值观。我在对《论语》具体的解读中，把这两本书相应句子做了详细的对照。孔子对《道德经》中的"无""有无相生、有生于无"等内容没有详细的论述，只有一句"子曰：'禘，自既灌而往者，吾不欲观之矣。'"一带而过，而这恰恰是"道""真理"的核心，这就是为什么世界公认的中国哲学家是老子，而不是孔子。

第三个观点：《论语》中的章节内容是有一定逻辑顺序的，是有几个突出中心思想的。那就是"为学、为道、为仁、为德、为君子、为政"等。《论语》章节内容之所以混乱，是因为古代书籍多数是竹简写就，很容易出现竹简断线、顺序颠倒等问题。中国传统儒家文化集大成者钱穆先生认为，《论语》二十篇每篇所记纷杂，他从论语四百九十九章中提取四百六十五章，分为十四大类，分为"论学、论孝、论仁、论政、论德、论交友等等"。我也对《论语》的章节内容做了整理，把相同思想、有明显前后逻辑关系的句子章节做了调整，虽然不能做到百分之百正确，但是依稀可以看到了《论语》的思想脉络，使文章更符合逻辑，更容易理解《论语》的核心思想架构。比如说"子语鲁大师乐"与"大师挚适齐"是一个故事情节的内容，"叔孙武叔"与"孺悲"是一个故事情节的内容。

第四个观点：对于几个流行最广、影响最深的典故句子，提出了全新的解读。因为先秦文化文字的含义，我们已经遗失了两千五百多年，这是大家公认的事实。所以，我把儒家的经典著作中的关键字句，都查证其在多部《古汉语常用字字典》中的解释，还有同时期其他文章中这个字的用法，找到其对应的解读，杜绝玄学，杜绝过度解读，一切只为还原儒家思想本意。与目前出版的儒家思想解读书籍解读有根本的不同。

例如：《孔子家语》中记载孔子诛杀少正卯的典故。实际上，是后人对孔子的千年误解，孔子并没有诛杀少正卯！而是仅仅让他停职了三天，朝堂外罚站了三天。少正卯，也并非具体的人名，而是指上班总是迟到早退混水摸鱼的官员。之所以被后人误解，是因为"诛""尸"这两个字被误解了，这里的"诛杀乱政大夫"和"口诛笔伐"中表达的是一个意思，是"批评、谴责"的意思，"尸于朝三日"的"尸"是"空着位置不做事，被停职三天"的意思。本书最后有原文的详细解读。

例如：君子色而不淫。《大戴礼记》中"不淫于色"。万恶淫为首，百善孝为先。这里面的关键字"色""淫""孝"，现在的解读都是对孔子的误解。孔子，作为当时的老师，教育学家，他更多是教育人们要积极向上，人生应该是为了远大的理想，不是为了世俗的物质。我查阅《古汉语常用字字典》，发现"色"在古代有"贵金属成色，代指金银"的意思，"淫"是"过度沉溺"的意思，《论语》中多数是指沉溺于名利等。孔子在《论语》中是批评当时的人们过度追求名利财富，而不知道追求真理和仁德的社会乱象。《大戴礼记》中"不淫于色"可能是《论语》中关于孔子与鲁哀公对话的句子，被后人误抄到其他书中了。

所以，我的解释如下：

君子色而不淫：君子可以追求生活的金银财宝等物质，但是不要过度贪心，不要毫无节制。

不淫于色：君子要以国家人民为重，不可以过度追求生活的物质。

万恶淫为首，百善孝为先：生活中许多形形色色不好的社会现象，过度追求物质是最不好的；生活中许多形形色色好的社会现象，能够继承圣贤思想是最好的。

《尚书·大禹谟》中的圣人十六字心法，人心惟危，道心惟微；惟精惟一，允执厥中。我认为并非属于儒家的经典，而是古代帝王的铭言，是每个继任者都必须铭记在心的为君之道，是儒家拿过来作为自己学派的座右铭了。

第五个观点：对《论语》中的修辞手法进行了部分总结分析。如下：

层级递进：十五志于学，三十而立，四十不惑等。

对偶：学而不思则罔，思而不学则殆。

明喻：君子之过也，如日月之食焉？

暗喻：君子之德，风；小人之德，草。君子怀刑，小人怀惠。

借喻：子曰："人而无信，不知其可也。大车无輗，小车无軏，其何以行之哉？"子见齐衰者、冕衣裳者与瞽者。

反对：君子坦荡荡，小人长戚戚。君子怀刑，小人怀惠。

反问：苗而不秀者，有矣夫？秀而不实者，有矣夫？

倒装：苗而不秀者，有矣夫？秀而不实者，有矣夫？是"夫有矣"的倒装。道听而涂说，是"听道而涂说"的倒装。

排比：知者不惑，仁者不忧，勇者不惧。

自问自答：觚不觚？觚哉！觚哉！

夸张：朝闻道，夕死可矣！

反复：斯人也，有斯疾也！斯人也，有斯疾也！

引用：子曰："师挚之始，《关雎》之乱，洋洋乎盈耳哉。"

第六个观点：对于儒家经典书籍中某些明显不是孔子思想的段落，还有教育思想不深刻的句子等进行了删减。我认为《论语》中"乡党"篇"食不厌精，脍不厌细"等内容，写的是人们很琐碎的生活常识，不符合其他篇章的风格，与《礼记》中的文字风格内容完全吻合，应该是古人在整理古书籍的时，把《礼记》的竹简和孔子思想的竹简搞混了，张冠李戴了。我还发现《大学》第一章或许不是儒家思想典籍，其与《道德经》的文字写作特点及思想架构极为吻合，或许是《道德经》的前言总纲，这可能是古人在整理古书籍时，把《道德经》的竹简与儒家竹简书籍顺序搞混了，张冠李戴了。《大学》除了第一章之外的内容，好像是儒家对第一章的理解论文，其与第一章的思想境界、文字语言风格完全不同。

总之，在新时代的今天，文化大繁荣犹如春秋战国时期的中国，思想开放，百家争鸣，我对儒家思想提出了全新的观点，还原了一个有家国情怀的真正圣人，在整体上体现了儒家思想的核心价值观：追求真理，彰显仁德，重视社会的法则秩序，启迪民智等等。

因我本人国学水平有限，书中的不当之处，还请读者朋友给予批评指正。感谢大家！

第一篇　　相传尧舜禹传位的十六字心法

人心惟①危②，道心惟③微④；

惟精⑤惟一⑥，允⑦执⑧厥⑨中⑩。

【注释】

①惟：只有。

②危：不安，不稳定。

③惟：但是，却是。

④微：小，看不到。

⑤精：最好的，精华。

⑥一：知行合一。

⑦允：公平的。

⑧执：把握，掌握。

⑨厥：这个。

⑩中："有"和"无"之间的状态，把现象与原因看得同等重要，就是

指实事求是。

【释文】

人是天地孕育的最有灵性的生物，人心是不稳定的，善恶往往就在一瞬间；天地之间那个玄妙神秘的演化规律是微小的、看不见的；但其中却有浓缩的智慧和可归纳的规律、法则；把你认识到的万事万物变化规律做到知行合一，不偏不倚地把握住事物的现象与背后的规律、法则，落实到实践中去，坚持真理、实事求是，你就能无往而不胜。

第二篇　《大学》节选

大学①之道，在明明②德③，

在新民④，在止于至善⑤。

知止，⑥而后有定⑦；

定，而后能静；

静，而后能安；

安，而后能虑；

虑，而后能得⑧。

物有本末⑨，事有终始，

知所先后⑩，则近道矣。

古之欲明明德于天下者，先治其国；

欲治其国者，先齐其家；

欲齐其家者，先修其身；

欲修其身者，先正其心；

欲正其心者，先诚其意；

欲诚其意者，先致其知，

致知在格物⑪。

物格，而后知至；知至，而后意诚；

意诚，而后心正；心正，而后身修；

身修，而后家齐；家齐，而后国治；

国治，而后天下平。

自天子以至于庶人，

壹是皆以修身⑫为本⑬。

其本乱而未治者，

否矣！

其所厚⑭者薄⑮，而其所薄者厚，

未之有也⑯！

【注释】

①大学：大，通"太"。太学就是现在的大学，是周朝时期最高的学府。

②明明：明，本意是点亮，引申为懂得，通晓，领悟。明明，是重叠用法，是为了进一步强化，明明指彻底的理解，彻底的明白。

③德：美好的思想品行。

④新民：新，有版本写"亲"。新，与之前性质不相同的，超越曾经的。民，泛指人。新民就是指大学生每天都要好好学习，超越过去、成为全新的自己。

⑤至善：最好的，最符合法则、真理的。

⑥知止：知道自己的终极理想、追求、使命。

⑦定：不动摇，坚韧。

⑧得：获得，得到。

⑨物有本末：万事万物都有其原因及现象。

⑩知所先后：知道哪个是原因、根本，哪个是现象、结局。

⑪致知在格物：要想彻底知道事物的客观真实情况，在于要看透事物现象背后的原因。

⑫修身：身，德行。修身指涵养德行，提高认知。

⑬为本：作为基础、根本。

⑭厚：重视。

⑮薄：轻视。

⑯未之有也：是"未有之也！"的倒装。指不会有任何出息的！

【释文】

（我认为这一章并非儒家写就的内容，应该是《道德经》的引言，是老子所写。是贵族子弟十五岁进入大学之后，老子作为周朝大学官方的总负责人，在大学开学典礼上对于新同学的欢迎词，是老子对学子们的殷切希望，大学期间所要传授内容提纲携领的总论，成圣成贤的途径，是《道德经》的总纲领和灵魂。）

同学们好！欢迎大家来到大学开启全新的生活！

大学教育的根本，就是教育学生们要懂得，人生最重要的是追求真理，要彻底认清楚什么样的品行才是真正的美德；要破除自己过去狭隘的认知，努力学习圣贤智慧，不断的自我超越，做全新的自己，争取做到最好。

当你能知道了自己人生的终极理想使命，内心就会产生不动摇的志向；有了自己终极的志向，内心就不会被纷杂的外在感染，产生深深的安静；内心安静，就能产生强大的安全感；心内产生强大的安全感，就会产生解决任何问题的智慧；产生解决任何问题的智慧，进而就能实现自己的目标和理想。

宇宙间的万物，都有其本质和现象；宇宙间所有的事物，都有其起因和结果。当你知道哪个因素（法则、无）是决定性的，哪个因素（现象、有）是后来产生的，那就基本上彻底认识了万事万物的客观本质，也就是领悟了宇宙的"法则、真理"。

古代那些想昭告天下、彰显美德的君王，一定是先管理好了自己的封地、国家；要想治理好自己的封地、国家，一定是整治好了自己的家族；要想整治好自己的家族，必定是先修正了自己的思想品德；要想先修正自己的思想品德，必定是先心术要正，符合良知；要想符合良知，就要先有目标；要想有目标，就要知道"真理"是什么，要想知道"真理"，就要看透万事万物的表面现象。

当你看透了万事万物的本质、规律，掌握了真理，然后就会知道自己的人生终极目标、使命是什么；知道了自己的人生终极目标、使命是什么，就会有强大的意愿；有了强大的意愿，就会有良知；有了良知，就会有好的思想品德；有了好的思想品德，就会管理好自己的家族；管理好了自己的家族，就会管理好自己的封地、国家；管理好了自己的封地、国家，自然就会管理好天下，使天下的百姓平安幸福。

同学们一定牢牢记住以上我所讲的内容，这就是一个普通人成为圣贤的必经之路！

从天下的君王，到普通百姓，无论是谁，首要做的就是要修正自己的思想，培养良好的品德，建立正确的三观，以此作为自己人生的根本。

那些颠倒了事物的本质，而不知悔改、不纠正的人，肯定是不会成功的！

他们把原本应该重视的真理、美德，却轻易放弃了；原本应该放弃的名利，却过度重视了！这样的人永远不会有任何成就！

最后，预祝同学们在大学期间都能领悟圣贤智慧，毕业之后成为对社会有价值的人。

最后，预祝同学们在大学期间都能领悟圣贤智慧，毕业之后成为对社会有价值的人。

第三篇　《论语》节选新编

01 劝学篇

子畏①于匡②，曰："文王既没，文③不在兹乎？天之将丧斯文也，后死者④不得与于斯文也；天之未丧斯文也，匡人其如予何？"

子曰："诗三百⑤，一言以蔽之，曰：思无邪。"

子所雅言：诗、书、执礼，皆雅言⑥也。

子曰："吾犹及史之阙⑦文也。有马者，借人乘之，今亡⑧矣夫！"

子曰："夏礼，吾能言之，杞不足征也；殷礼，吾能言之，宋不足征也。文献不足故也。足，则吾能征之矣。"

子曰："周监于二代。郁郁乎文哉！吾从周。"

三家者，以雍彻⑨。子曰："相维辟公，天子穆穆。奚取于三家⑩之堂？"

子曰："二三子⑪，以我为隐乎？吾无隐乎尔！吾无行而不与二三子者，是丘也。"

子以四教：文、行、忠、信。

【注释】

①畏：敬畏，担忧。

②匡：辅助，帮助，拯救。

③文：文章，书籍，法令，条文。

④后死者：后，走在后面，引申为继承的意思。例如：后母戊方鼎。死者，逝去的那些古圣先贤。后死者指继承已经去世的古圣先贤的思想。

⑤诗三百：指《诗经》。

⑥雅言：雅，高尚的，美好的。言，著作。例如：汉代贾谊《过秦论》——焚百家之言，以愚黔首。雅言指思想高尚的著作。

⑦阙：残缺；不完善。

⑧亡：没有。

⑨雍彻：雍，和谐，和睦，友善。彻，完全。雍彻指十分善良，很有仁爱。

⑩三家：夏、商、周的礼制。

⑪二三子：学生们。

【释文】

（这是孔子开设私塾时，开学典礼上的自我介绍。论述《道德经》中的"言有宗，事有君"。）

孔子生活在春秋战国时期，当时天下朝纲混乱，诸侯割据一方，战乱纷纷，人们颠沛流离，学校也近乎荒废了，图书馆里的圣贤书散乱的堆砌在房子的各个角落无人管理。孔子很担心谁能拯救几千年积累的中华文脉，谁能成为后来的贤者，谁可以为天下开创太平盛世。于是他主动四处搜集整理周朝所藏的圣贤书籍，然后进行了深入研究并重新做了梳理，并设立私塾招收学生，开始教授学生们圣贤书籍中的智慧，希望能为天下培养出力挽狂澜的栋梁之才。

有人问孔子，周文王已经去世很多年了，你怎么能传承他的思想呢？

孔子说："我特别珍惜周朝的藏书。周文王虽然已经逝去很多年了，但是周朝的书籍、法律条文不是保存在我这里吗？上天如果要消灭他的文章、法律条文，那我这个继承先贤思想的人，也就不会掌握这些文章、法律条文了；上天如果不想灭除他的文章、法律条文，我这个想拯救天下的人，怎么会把这些圣贤著作轻易给别人呢？"

孔子说："我整理总结出来的千古文章著作多篇，用一句话来概括，就是思想都很高尚、纯正。"

孔子所说的思想境界高尚的著作有：《诗经》《尚书》《礼记》，这些都是思想境界高尚的著作。

孔子说："我刚开始的时候最担心史书中有存疑不完善的地方。就像是有马的人，自己都不了解马的脾气特点，就先借给别人骑，那就会出危险啊！不过，现在没有这样的情况了，因为我把这些史书都整理过了。"

孔子说："周朝借鉴了夏朝和殷商的经验，所制定的做人准则是多么丰富具体啊！我主张大家都遵从周朝做人的准则。"

我总结历史资料发现，夏、商、周的君主，都是十分仁爱的君主。孔子说："如果天下所有的管理者都能像圣贤书中写的那样做，那就可以达到《诗经·周颂》中描述的景象了：各地诸侯手挽手连成一片，天子表现得庄严而肃穆。这不就是从这夏、商、周三朝做人的准则总结而来的吗？"

孔子说："夏朝社会的管理准则，虽然我能讲出来，但是我还存有很多的疑问，所以我现在还不会实践它；殷朝社会的管理准则，虽然我能讲出来，但是核心的思想，我还没有彻底领悟它的高深境界，所以我现在还不会实践它。这是他们的历史文献不够多导致的，假如有足够的文件资料，我就可以领悟并实践它了。"

孔子说："同学们，这就是我给大家上课时候要讲述的全部知识理论体系框架，大家以为我对你们有什么隐瞒不教的吗？大家放心好了，我没有什么隐瞒不教你们的！我没有一点不向你们公开的，这就是我孔丘的为人。"

孔子以四项内容来教导学生：文化知识，思想品德，忠于真理，重视规律。

子入太庙①，每事问。

或曰："孰谓鄹②人之子知礼乎？入太庙，每事问。"

子闻之曰："是礼也。"

子曰："我非生而知之者！好古，敏以求之者也！"

子曰："十室之邑，必有忠信如丘者焉，不如丘之好学也。"

子曰："默而识之，学而不厌，诲人不倦，何有于我哉？"

子曰："圣人，吾不得③而见④之矣！得见君子者，斯可矣！"

子曰："善人⑤，吾不得而见之矣！得见有恒者⑥，斯可矣。"

子在川⑦上曰："逝者⑧如斯夫，不舍昼夜。"

子曰："朝闻道，夕死可矣⑨。"

【注释】

①太庙：古代官方收集古圣先贤典籍藏书的地方，类似今天的国家图书馆。

②鄹：zōu，通"邹"，货物质量低劣，引申为社会地位低贱。

③得：具备。

④见：出现，显露，呈现。

⑤善人：特别有良知的人，遵道而行的人。

⑥有恒者：有真理的人。

⑦川：河流。

⑧逝者：过去的时光。

⑨朝闻道，夕死可矣：是孔子形容真理对于一个人的珍贵性、难得性，真理是一个人一生最值得珍惜的无价之宝，觉悟真理之后，一生就死而无憾了。并非是指早上觉悟了真理，晚上死了也可以。

【释文】

（这是论述《道德经》中的"曲则全，洼则盈，敝则新"。）

孔子是鲁国一位既有智慧又十分谦虚的大学者，无论他是什么年纪他每次到了思想文化的最高场所太庙里，总是向老师请教无数的问题。

有人便说："谁说社会地位低贱的人家的后代就懂得做人的准则呢？你看看孔子，他到太庙里，每件事都问，他好像什么都不知道，太笨了。"

孔子听到了这话，回应说："我认为谦虚好问，正是符合做人的准则呀！"

孔子说："我并不是生下来就有智慧的人，而是喜好学习古代圣贤思想文化，勤奋求取真理的人。"

孔子说："即使在只有十户人家的小地方，一定有像我这样一心求取真理的人，只是赶不上我这样勤奋好学罢了。"

孔子曰："一心一意地了解事物的内部规律、探究真理，求学若渴，教导他人特别耐心，从不厌倦，我能做到哪一条呢？""

孔子说："圣人的身份地位，我不可能具备、也不可能做到了！我要是能够达到君子的水平，也就可以了。"

孔子又说："坚持真理、特别有良知的人，我不可能具备、也不可能做到了！能成为掌握真理的人，也就可以了。"

孔子站在河边，感慨万千地说道："人生实在是太短暂了啊！那些逝去的美好时光，就像这奔流不息的河水一样呀，日夜不停地流向大海。"

孔子说："假如我能尽早领悟了那个真理，那就感觉人生太美好了！即使是在当天立刻死了，我都会觉得此生已经没有任何遗憾了啊。"

子曰："父母在①，不远游②。游，必有方③！"

子曰："父母之年，不可不知也。一则以喜，一则以惧。"

子曰："苗④而不秀⑤者，有矣夫⑥？秀而不实⑦者，有矣夫？"

子曰："弟子入则孝，出则悌，谨而信⑧，泛爱众，而亲仁⑨，行有余力，则以学文⑩。"

子曰："父⑪在，观其志。父没⑫，观其行。三年⑬无改于父之道，可谓孝⑭矣。"

有子曰："其为人也，孝悌⑮而好⑯犯上⑰者，鲜⑱矣。不好犯上而好作乱者，未之有也。君子务本，本立而道生。孝悌也者，其为仁之本与？"

子曰："吾十有五而志于学⑲，三十而立⑳，四十而不惑㉑，五十而知天命㉒，六十而耳顺㉓，七十而从心所欲不逾矩㉔。"

子曰："加㉕我数年，五十㉖以学易㉗，可以无大过矣。"

子曰："述㉘而不作㉙，信而好古，窃㉚比㉛于我老彭㉜。"

【注释】

①父母在：是"在父母"的倒装句，指幼童小的时候，无法离开父母。

②游：去外地学习。例如：与君子游，如入兰芷之室。游于圣人之门者，难为言。

③方：地方，方向，这里是指内心的理想志向。

④苗：种子发芽。这里指一个人的出生。

⑤秀：植物开花。这里指一个人觉悟了真理。

⑥有矣夫：是"夫有矣"的倒装句，这样的情况有什么意义呢？

⑦实：植物结果实。这里指一个人创建的成就。

⑧信：真实不虚的，因果，真理。

⑨亲仁：亲，靠近，接触，追求。仁，完美的德行。亲仁指追求美德。

⑩文：圣贤的文章。

⑪父：给自己智慧的老师。

⑫没：尽，终，结束。指老师的课教完了。

⑬三年：三，虚数，不是具体数字三，表示多次或多数。三年指很多年。

⑭孝：遵循，遵从古圣先贤、老师的思想。

⑮悌：敬重兄长。

⑯好：多次，经常，习惯于。如：他好犯错误。

⑰犯上：犯，违背、违反，抵触。上，形而上学谓之道，上指的是"真理"。犯上指为人处事违反真理。

⑱鲜：少。

⑲学：模仿，成为。

⑳立：独立，自立。指的是懂了一些人情世故，人际交往的规则。《论语》不知礼，无以立也。

㉑惑：迷失。

㉒天命：不可改变的规律、法则，上天赋予自己的人生轨迹。

㉓耳顺：耳，听，闻，学到，领悟到。顺，合理的，知道了其原因、法则。《道德经》中：玄德深矣，远矣！与物反矣，然后乃至大顺。耳顺指对社会中出现的成功的、失败的、善的、恶的等等所有现象，都知道其物背后的原因、规律、必然性了。

㉔矩：法则，法度。

㉕加：把本来没有的添上去。例如：～注解。～冕。

㉖五十：并非就是五十岁，是形容比现在再年轻几十年。孔子是在七十岁高龄的时候才幡然醒悟，这么大年龄才懂易学确实就有点晚了，所以孔子才感觉自己失去的太多，早点觉悟了易学就可以避免走很多弯路了。

㉗易：古代指事物演化、消长的规律、法则。指事物的现象与本质的变化学问，探究世界万事万物的本质、规律、法则、真理。

㉘述：从辵（chuò），术声。本义：遵循。《说文》述，循也。

㉙作：干出，做出，表现出，做出格的事。

㉚窃：指自己，私下的谦称。如：窃以为。

㉛比：接近，相似。

㉜老彭：彭，应该是"朋"，孔子自认为和老子是志同道合的人，是"朋"的关系。老彭多数人认为这是指"老聃，老子"。因为孔子曾多次拜访老子，第一次学礼，做人的规则，社交礼仪，第二次学仁，第三次是在五十岁的时候，学道，孔子一直把老子作为自己心中的学习榜样、人生的楷模。

【释文】

孔子谦虚好学、知礼懂礼的消息传遍了鲁国，子贡和几个青年学子听了孔子的人生经历，觉得孔子很懂做人的准则，是一个有智慧的老师，就来到孔子办的学校报名学习圣贤智慧。

"同学们好！欢迎大家进入大学，跟着我学习圣贤智慧！"

孔子说："当你还在幼小的时候，没有办法离开父母来到你向往的大学名校求学；现在，你终于长到了十五岁，在家乡已经学完小学，来到你梦寐以求的大学向老师学习圣贤智慧，你一定要有自己的远大理想和追求啊！因为只有这样，才能对得起自己的青春啊！"

"能够来到如此遥远的大学拜师学习圣贤智慧，大家心里自然觉得很高兴，因为自己终于有了进步；转念一想，可能又觉得心里有点担心害怕，担心自己学习不够努力、不够聪明，在老师那里没有学到真理，没有实现自己远大的理想和追求，辜负了父母对自己的殷切期望。”

"就像是一个人，虽然获得了宝贵的生命，如果一辈子没有觉悟智慧、没有领悟真理（觉醒、开悟、成为真正的自己），这样的人生有什么价值呢？就像是一个人，觉悟了智慧真理，如果没有留下任何功德（立功、立言、立德、成就），这样的人生又有什么价值呢？"

"同学们，在你父母的有生之年，不可不知道这个道理啊！"

孔子说："大家作为学生，在学校时要遵循古圣先贤、老师的思想，出了校门要尊重学长，说话要符合规律、坚持真理，和所有人都要友爱相处，要追求美好的德行，在工作中实践圣贤思想的时候，如果还有富余的能力，那就再多读一些圣贤留下的文章著作。"

孔子说："在学校有老师教授智慧的时候，要看这个学生立的理想志向是什么。从老师那里毕业了，就要看这个学生是如何践行他所学的知识。如果他很多年都没有遗弃老师所传授的圣贤智慧，那就是真正地遵循了老师的思想，是真正的孝道。"

孔子又说："同学们，毕业后进入社会的优秀学生是这样的：遵循了老师的圣贤思想、敬爱兄长，为人处世却违背真理，是不可能有的；为人处世不违背真理却总是犯错的人，更是从来没有的。有德行的君子总是力求抓住事物的根本、规律，抓住事物的根本、规律就是坚持了真理。遵循圣贤思想、敬爱兄长，这不就是美德的根本吗？"

孔子说："我给同学们讲一下我的人生成长经历吧。我在十五岁时，给自己设立的人生理想目标就是要成为美德的圣贤之人，所以就学习模仿圣贤的品行、为人处世的礼节；三十岁时，在社会实践中，对青年时期学习的那些社交礼仪应用十多年，人情世故处理的比较得体，大家觉得我的为人还可以，获得了大家的一致认可；四十岁时，我阅尽人生的百态，看清了社会中人性的善与恶，我的人生不再有迷茫，更坚定了一定要成为圣贤的人生理想，去拯救天下丧失道德的人；五十岁时，我向老子学习什么是天道规律，终于知道了万事万物的本质是什么，历史发展的必然规律是什么，人性善恶的本质、原因是什么，人生成败的本质原因是什么；六十岁时，经过多年的实践，我终于彻底掌握了老子所讲的天道规律，对社会中成功的、失败的、善的、恶的等等所有现象，都知道其背后的原因、规律、必然性了；等到了七十岁时，我就完全能随心所欲地做成任何事，又不会超越天道规律了。"

孔子感慨地说："假如上天再给我增加几年的寿命，让我在年轻的时候能够向老子学习天道规律，我这一生就可能不会犯什么大的过错了。可惜啊，我觉悟天道规律还是有点晚了！所以，我今天要把我人生宝贵的经验分享给大家，希望大家不要再走我的老路了。"

孔子最后总结说："践行圣贤思想、坚守真理、不作违背人伦的事，我自认为我现在的思想文化水平已经达到了老子的高度，是和老子很相似的人。"

子路问："闻斯行诸？"

子曰："有父兄在，如之何其闻斯行之？"

冉有问："闻斯行诸？"

子曰："闻斯行之。"

公西华①曰："由也问'闻斯行诸'。子曰'有父兄在'；求也问闻斯行诸，子曰'闻斯行之'。赤②也，惑，敢问。"

子曰："求也退，故进之；由也兼③人，故退之。"

子曰："片言可以折狱④者，其由也与？子路无宿诺⑤。"

子曰："听讼⑥，吾犹人⑦也。必也⑧，使无讼乎。"

【注释】

①公西华：公，共同的，大家的。西，旧时对幕友或家塾教师的敬称。华，

剖开。公西华这个名字引申指把老师的这个问题剖析开的学生。

②赤：真诚，坦诚。

③兼：超越。

④折狱：折，改变方向。狱，监狱，犯罪。折狱指改变一个人犯罪的命运。

⑤宿诺：宿，隔夜的，隔年的，过去很久的。诺，承诺，预判。宿诺指一个事件已经有结果了，他才说我早就知道会这样，事后诸葛亮的意思。

⑥听讼：讼，争辩是非结果。听讼指听别人互相争论已经成为事实的结果是什么原因造成的。

⑦犹人：犹，迟疑，思虑很多。犹人指不敢对人或事轻易下终极结论定义的人。

⑧必也：果真如此。

【释文】

（这是论述《道德经》中"知人者智，自知者明，胜人者有力，自胜者强"。）

子路听说孔子可以通过一句话就能推断出这个人的命运结局，子路就问孔子："老师，通过听一个人的讲话，就能推断出一个人的命运，对吗？"

孔子说："子路啊，有老师我和同学们的教育帮助，都在促进每个同学的成长改变，怎么能仅仅通过听到他的话，就知道一个人之后的命运呢？"

冉有也有同样的想法，就问孔子同一个问题："老师，通过听一个人的讲话，就能推断出一个人的命运，这是真的吗？"

孔子说："仔细观察一个人说的话，确实可以知道他人生的命运归宿是什么样的。因为一个人的思想决定行为，行为决定习惯，习惯决定性格，性格决定命运。所以通过一个人的思想语言就能推断出这个人的命运结局。"

公西华说："老师，子路说'按照这样的发展，确实是通过听一个人的讲话，就能推断出一个人的命运'。老师却说'子路说得不对，有老师和同学们都在教育帮助这个人，他能孜孜不倦地追求上进，就不能仅仅通过听一个人现在的讲话推断出这个人的命运了。因为他每天都在成长改变。冉有再问同一个问题，老师却说'通过一个人说的话，确实可以知道一个人的命运结局。'我们坦诚地说，我们不理解老师对同一个问题不同的人提问，会有截然相反的答案呢？这是为什么呢？"

孔子说："我之所以这样回答，那是因为有人不谦虚啊！冉求总是谦虚，所以他能进步，无法预测他的人生结局；冉有总觉得自己超过了他人，很了不起，所以他难以有进步，听他说的话就知道他这个人最终结局是什么样的。"

孔子说："通过短短几句话就可以改变一个人的终极人生结果的，大概只有仲由吧？子路都是很早就能提前预判一个人是否有灾祸，他没有等事后才说结果的时候。"

孔子说："我常常听别人互相争论这个人的命运结果是什么天生原因造成的，我是不敢对一个人轻易下这样的结论定义。如果一个人的命运真的无法改变，那大家还有什么可争论的呢？在我看来，任何年龄阶段随时学习都不算晚，人人可以通过学习不断自我超越，从而改变自己的命运，使'人生不可改变'这样的情况根本不发生！"

子曰：学而不思，则罔①；思而不学，则殆②。

子曰："吾尝终日不食、终夜不寝，以思，无益③，不如学也。"

子曰："学如不及，犹恐失之。"

子曰："君子食④无求饱，居无求安。敏⑤于事而慎于言，就有道而正焉！可谓好学也已。"

子曰："学而时⑥习⑦之，不亦悦⑧乎？有朋⑨自远方来，不亦乐⑩乎？人不知而不愠，不亦君子乎"

子曰："不患人之不己知，患不知人也。"

子曰："不患人之不己知，患其不能也。"

子曰："君子病⑪无能焉，不病人之不己知也。"

子曰："君子疾⑫没世⑬而名不称焉！"

孔子曰："生而知之者，上也；学而知之者，次也；困而学之，又其次也；困⑭而不学，民斯为下矣！"

子曰："温故而知新，可以为师矣。"

子曰："性相近也，习相远也。"

子曰："君子上达⑮，小人下达⑯。"

子曰："唯'上智'⑰与下愚⑱不移⑲。"

子曰："有教无类⑳！"

【注释】

①罔：迷惑。失意。通"惘"。

②殆：危险，失败。

③益：好处，收获。

④食：粮食，引申为工资，俸禄。例如"君子谋道不谋食"。

⑤敏：勤奋，努力。

⑥时：合适的时机。

⑦习：实践。

⑧悦：由内心产生的快乐感，幸福感。是认知维度（精神上的）提升之后内心的感受，这种愉悦感让人感觉更深刻、更长久。

⑨朋：同门、同师为朋，同学。

⑩乐：由外在因素产生的满足感、愉悦感。这种快乐都是短暂的，浅显的。

⑪病：担心，忧虑。例如：郑人～之。

⑫疾：厌恶，痛恨。例如：～恶如仇。

⑬没世：终身，永远。

⑭困：陷在艰难痛苦或无法摆脱的环境中。

⑮上达：上，形而上者谓之道，代指真理。达，通晓，理解，彻底明白。上达指彻底领悟了事物的真理。

⑯下达：下，形而下者谓之器，代指事物的表面现象。下达指的是只看事物的表面。

⑰上智：上，上等的，高等的。上智指那些认为自己很有智慧的所谓成功人士，实际上他所掌握的都是一些文字理论、有点小聪明的人。

⑱下愚：下，低等。下愚指最无知、最固执的人。

⑲不移：不可改变。

⑳类：种类，不同的属性。

【释文】

（这是论述《道德经》中的"上士闻道，勤而行之"。）

孔子说："同学们，我为了领悟什么是宇宙的最高智慧，什么是真理，我曾整天不吃饭、整夜不睡觉，静坐沉思什么是宇宙的真理，但是没有任何收获，还不如去好好学习圣贤智慧，并认真践行。"

孔子说："我对于学习真理，内心感到十分迫切，就好像是在急迫地追赶什么似的，生怕赶不上，学到了还唯恐会忘记。"

孔子说："君子不追求挣很多钱，居住不追求奢华安逸；勤奋的工作，说话很谨慎；接近有真理的人，并向他学习，自己就合乎法则、真理了！这样就可以称得上是好学了。"

孔子说："同学们，等你们学会了圣贤所留下的智慧，要在合适的时机去社会中实践体会，当你拿到优异的成就时，你就会感同身受理解了圣贤智慧的伟大，内心就会产生强烈的愉悦感、满足感，这不是内心很愉悦的事情吗？你践行了圣贤所留下的智慧，拿到优异的成就，自然就会有三观一致、志趣相投的同学从远方来向你祝贺，这不就是令人分外高兴的事情吗？领悟了圣贤智慧的人，总是表现出谦虚无为的样子，别人自然不了解他所拥有的真理，而他却不因此而生气，这不就是一位有德的君子吗？"

孔子说："君子从不担忧别人不理解自己有没有真理，只担忧自己能不能看透别人有没有真理。"

孔子说："君子只痛恨自己碌碌无为活了一辈子，不能领悟真理，没有任何成就，名字不能被后人赞扬。"

孔子说："生来就能领悟真理的人，是上等智慧的人；经过学习后才领悟了真理的人，是次等智慧的人；遇到疑难困惑才去学习真理的人，是又次一等智慧的人了；遇到疑难困惑，仍不愿意去学习真理的人，这种人就是最下等的了！"

孔子说："如果一个人每次阅读原有的文章著作，都有新的心得体会，他就可以当老师给他人传授这些思想了。"

孔子说："人们的本性原本是相近的，是后天的习染使人与人之间相差很远了。"

孔子说："君子一生追求万事万物的本质、真理，小人一生痴迷于万事万物的表面现象，不明白万事万物有其本质、真理。"

孔子说："只有那些认为自己最有智慧的小聪明，和最无知固执的人是很难改变的。因为那些认为自己最有智慧的小聪明的人，他们认为自己已经是觉悟了天下所有的智慧，不再需要向别人请教学习了；而无知固执的人，很难认识到自己的无知，也就很难听从别人的劝告、意见。"

孔子说："但是，我们在座的所有新同学，请大家放心，无论你之前是什么样智力水平的人，只要你进入我这所大学，接受了圣贤思想的教育之后，都会成为掌握圣贤智慧有真理的人，就没有聪明和愚钝的区别了！"

颜渊、季路侍①。

子曰："盍②各言尔志？"

子路曰："愿车马，衣轻裘，与朋友共③，敝④之而无憾。"

颜渊曰："愿无伐善，无施劳。"

子路曰："愿闻子之志。"

子曰："老者安⑤之，朋友信之，少者怀⑥之。"

【注释】

①侍：恭敬地对待。

②盍：hé，何不。

③共：相同。

④敝：通"疲"，疲倦，厌倦，厌烦。《左传·襄公九年》：还师以敝楚；《史记·乐书》：土敝则草木不长。

⑤安：存着，习惯。

⑥怀：归向，依恋，倾慕，追求。

【释文】

颜渊、子路对孔子在招生宣讲时所讲的圣贤思想十分恭敬，就想做孔子的学生，并发誓要把老师讲的圣贤思想作为自己人生的信仰与坚守，永远追随老师好好学习。

孔子说："同学们，既然大家都信奉圣贤所倡导的思想，大家何不谈谈各自毕业之后未来人生的理想和志向呢？"

子路说："我的终身理想就是希望成为一个特别有钱的人，能拥有自己的车马，穿着轻薄的皮衣，既富且贵，朋友们都和我一样，就这样生活下去，即使是都感觉腻烦了，也毫不遗憾。"

颜渊说："我的终身理想就是希望能成为天下最好的管理者，从不夸耀自己的美德，不表白自己的功劳，谦虚无为。"

子路又说："老师，我们希望听一听您终身的理想和志向是什么。"

孔子说："我这一生的理想志向，就是做个普通的老师，教书育人，继承和传播古圣先贤的高尚思想！让年长者习惯真理、美德；让朋友坚信、依从真理、美德；让青年学子心里都倾慕、追求真理、美德。"

子贡问："师与商①也，孰贤②？"

子曰："师也过③，商也不及。"

曰："然则，师愈④与？"

子曰："过犹不及。"

子曰："知之者，不如好⑤之者；好之者，不如乐⑥之者。"

子曰："中人⑦，以上⑧，可以语上也；中人，以下⑨，不可以语上也。"

子曰："不愤⑩不启，不悱⑪不发！举一隅⑫不以三隅反⑬，则不复也！"

子曰："自行⑭、束脩⑮、以上，吾未尝无诲焉。"

子曰："以约⑯失之者，鲜矣！"

子路终身诵之。

子曰："是道也，何足以臧⑰？"

子曰："岁寒，然后知松柏之后凋也！"

【注释】

①师与商：教书育人与经商赚钱。

②贤：高尚，有道德。

③过：怪罪，责难。

④愈：较好，胜过。

⑤好：喜欢，热爱。

⑥乐：付出所有都心甘情愿。

⑦中人：中，遇到。如：中毒。中人指遇到有缘分的人。

⑧以上：上，上升，进取、学习。以上指希望能够学习、进取。

⑨以下：下，下降，放纵。以下指放纵自己，不求上进。

⑩愤：思考问题时有疑难想不通。

⑪悱：fěi，想表达却说不出来。发，启发。

⑫隅：事物的一端或一面。

⑬自行：不需要他人管教，自己主动去做。指自动自发。

⑭反：以此类推。

⑮束脩：束，控制，限制。指自律。脩，xiū，通"修"，修正，学习，研习。如：脩习（学习）；脩学（研习学业）。束脩指自我约束、严格自律、深入学习。

⑯约：约束，要求。

⑰臧：成功。

【释文】

学生子贡问孔子："老师，我不知道我这一辈子从事什么职业好，请问教书育人传播真理与经商赚钱，哪个职业更高尚呢？"

孔子说："子贡啊，做老师教书育人传播真理，即使你尽心竭力传播真理，有时候他人依然难以理解玄妙不可见的真理，进而会受到他人的批评与责难，不是所有的人都会认可你、尊重你；做商人经商赚钱，虽然偶尔的时运可以让你挣到数不清的财富，但是也有考虑不周、失算赔本的时候，商人赚钱和赔钱都是常态。任何职业都没有什么高低、好坏之分，做什么职业都很好。"

子贡说："但是，老师您却崇尚做老师啊？"

孔子说："做任何职业都要有分寸，不合时宜都不会有好结果。即使是掌握了真理的老师，如果给狂妄自大的人讲什么是玄妙的真理，同样会遭到对方的嘲笑与排斥，这样的结局和你有教无类的良好初心适得其反啊。所以，即使是掌握真理的老师，也要看你面对的这个人是什么样的人，再决定是否可以给他传授真理，不是见了谁都可以传播玄妙高深的真理。"

孔子又说："如果你之后当教书育人的老师，会遇到上学有不同目的的学生。仅仅希望了解什么是真理的学生，不如真心热爱探究真理的学生；真心热爱探究真理的学生，又不如为了追求真理甘愿付出一切的学生。"

孔子说："你之后当教书育人的老师，如果遇到一个学生，他谦虚好学，特别想探究事物背后的规律、法则，你就可以给他讲授这个玄妙高深的真理；如果遇到一个学生，他狂妄自大、自以为是，总是认为事物的表象就是本质，那就不可以给他讲授这个玄妙高深的真理。"

孔子说："同学们，因为我所传授的那个玄妙深奥的真理，是看不见、摸不着的，所以我在给学生传授真理的时候，采取启发式的教育，让学生自己独立觉悟出来。不到他冥思苦想仍不得其解的时候，我不会去教育他；不到他想说却说不出来的时候，我不会去启发他！给他讲了一个案例，如果他不懂得融汇贯通，不能以此类推到其他方面，我就不再教他了！因为，最高的智慧真理是由一个人内在思想孕育出来的，不是单靠模仿、背诵老师讲课的文字、内容获得的！生活中许多人错把文字知识当智慧，只知道机械的学习老师讲课的文字，不了解文字背后的逻辑、境界，这样的学生是不可能有智慧的。"

孔子说："我做老师一辈子，对于那些自动自发、严格自律、深入学习、积极追求真理，大学毕业后想去成就一番伟业的学生，我是从没有不给予他教诲的。"

孔子说："同学们，像我刚才说的这样，特别自律却领悟不到真理的情况，几乎是不可能出现的！以上就是我做老师的经验。"

子路听了，觉得老师说的非常好，从此常常背诵老师讲的圣贤思想。

孔子知道之后，对子路批评说："子路啊，你说的这些话都是真理，但是怎么证明你学的这些圣贤智慧是正确的呢？不要光说不练，做人最关键的是一以贯之，坚持到底，用成绩说话！"

孔子说："只有到了寒冷的季节，才知道松柏的叶子是永不凋零的。只有到了人生最艰难、最关键的时候，才能看出来谁是永远坚持自己的信仰与追求。希望你这一生无论遇到任何挫折、磨难，永远能践行这些圣贤智慧。"

子谓子贡。曰："汝与回也，孰愈①？"

对曰："赐也，何敢望②回！回也，闻一以知十，赐也，闻一以知二。"

子曰："弗如也！吾与汝弗如也！"

子曰："吾与回言终日，不违如愚。退③而省④其私⑤，亦足⑥以发⑦。回也不愚。"

子谓颜渊曰："用之则行，舍之则藏，惟我与尔有是夫。"

子曰："后生可畏！焉知来者之不如今也？四十、五十而无闻焉，斯亦不足畏也已。"

子曰："年四十而见恶⑧焉，其终也已！"

子游对曰："昔者，偃⑨也！闻诸夫子曰：'君子学道，则爱人；小人学道，则易使⑩也。'"

子曰："二三子，偃之言，是也！前言戏之耳⑪。"

子曰："射⑫不主皮⑬，为力⑭不同科⑮，古之道也。"

冉求⑯曰：“非不说子之道，力不足也。”

子曰：“力不足者，中道而废。今女画。”

子谓“伯鱼”⑰。

曰：“女为周南⑱召南⑲矣乎？人而不为周南召南，其犹正墙面而立也与！”

陈亢⑳问于“伯鱼”曰：“子亦有异闻㉑乎？”

对曰：“未也。尝独立㉒，鲤趋而过庭㉓。曰：‘学《诗》乎？’对曰：‘未也。’‘不学《诗》，无以言。’鲤退而学《诗》。他日又独立，鲤趋而过庭。曰：‘学《礼》乎？’对曰：‘未也。’‘不学《礼》，无以立。’鲤退而学《礼》。闻斯二者。”

陈亢退而喜，曰：“问一得三：闻诗，闻礼，又闻君子之远，其子也。”

【注释】

①愈：较好，更好。

②望：希图，期盼。

③退：返归，归。

④省：检查。

⑤私：个人的。

⑥足：充分的，完全的。

⑦发：表达，阐述。

⑧恶：不好的，没有仁德。

⑨偃：仰面倒下，放倒。不，否定的意思。

⑩易使：易，改变。易使指使他改变。

⑪戏之耳：开玩笑的话。

⑫射：射箭，引申为每个人的远大理想。

⑬皮：兽皮，靶子。引申为达到的目标。

⑭力：力气，效能。

⑮科：等级，品类。

⑯冉求：慢慢地，如"月亮～～升起"。求，积极向上。冉求这个名字引申为学习进步比较慢的学生。

⑰伯鱼：伯，老大，第一。鱼，引申为像鱼一样油滑，不专注。伯鱼本意是指像鱼一样滑溜，快速游，这个人名是孔子给冉求起的外号，打比喻形容冉求学习马马虎虎、浮皮潦草，逃避学习责任。

⑱周南：周朝的君王。

⑲召南：聘用做君王。

⑳陈亢：据说是陈子禽，孔子弟子，小孔子四十岁。亢，高傲。陈亢实际上是指学生中喜欢高傲表现的人。

㉑异闻：不一样的见闻、智慧。

㉒独立：不需要老师督促，自己主动学习圣贤书中的智慧。

㉓鲤趋而过庭：趋，快步走。庭，门。鲤趋而过庭原意指像鲤鱼跃龙门一般快速地通过。引申为学习走马观花、稀里糊涂，没有深入理解本质。

【释文】

（这是论述《道德经》中的"知者不博，博者不知；善者不辩，辩者不善。知止不殆，知足不辱，知足知足，恒足矣。"）

孔子想了解子贡在课堂学的怎么样，就问子贡："你和颜回两个相比，谁学的更好一些呢？"

子贡回答说："老师，我怎么敢和颜回相比呢？颜回他听到一件事就可以推理到十件事；我呢，知道一件事，只能推理到两件事。"

孔子说："子贡啊，你每天总想怎么去挣钱，不好好读书，你是不如他呀！我同意你说的，你确实是不如他学的好！"

孔子说："我整天对颜回讲学，他从不提出什么反对意见，像个愚蠢的人一样。我返回去检查他的学习成果，却发现他能完全表达阐述我讲课的所有内容。可见颜回他上课时只是谦虚罢了，实际上并不是真的愚笨呀！"

孔子对颜渊说："我用这个法则、真理做事的时候，则无所不能，干什么什么成；如果不用这个法则、真理做事的时候，别人就看不出来我内心拥有的那个法则、真理。只有我和你才能这样吧！"

孔子说："同学们，你们这些年轻人真是即可敬又可畏啊！因为你们未来的成就无法估量！如何能知道你们将来是不是比现在的人更有能力、更有才华呢？我认为可以这样预测判断：一个人如果到了四五十岁的时候，还没有什么成就和名望，这样的人也就不值得敬畏了。"

孔子说："如果一个人到四十多岁了，人到中年依然是缺少仁德、做事不着调的样子，那么，他这一辈子基本上也就算完了。"

子游赶紧说："老师，之前那些给我们上课的老师可不是这样说的啊。我听其他老师亲口教育我们说：'君子学习了真理之后就会更加爱人，愚昧的人学习了真理也会有所改变。'一个人无论什么时候能够觉醒，知道努力学习圣贤思想了，都不算晚，都会变成一个好人。老师您怎么能说'如果一个人到了四十岁还不成器，这一辈子就完了呢？'"

孔子不好意思地说："子游说得很对！学生们，我要推翻我刚才批评那些不好好学习学生的话。我刚才说的话，仅仅是同大家开玩笑罢了。"

孔子说："同学们，每一个大学生毕业之后所拥有的成就是不一样的，这就像是比赛射箭，不是人人都能把箭射在靶子中心上得满分，因为每个人的力气大小不一样；我们在座的每个同学都在努力学习想考满分，都想实现自己远大的理想，但不是所有的人都能达成最高的理想目标，因为每个人的天分、内心想要达成理想、目标的高低、努力的力量大小都不一样，这就是从古流传下来的法则、真理。"

冉求委婉地说道："老师，您说得太对了。我不是不喜欢您给我们讲的圣贤思想，我就是你说的那种天生愚钝、智慧不够的人，所以我理解不了您讲课的内容，考试成绩很差啊。"

孔子严厉地说："冉求啊，我不认为你的学习成绩不好是因为你天生愚钝、智慧不够！那些学习不够努力的学生，一遇到一点点困难就会半途而废。如今的你，就像是你自己给自己画地为牢一般，不肯前进一步！其实你的学习成绩不好，不是因为你天生不够聪明，而是你自己没有树立远大的人生理想目标，上课时不肯刻苦努力学习造成的。"

孔子评价冉求上课时对待学习的态度十分消极，就像是一条滑溜的大鲤鱼。他总是不能正确面对自己目前在学习上存在的真实问题，总能为自己成绩不好找到逃脱努力学习的理由。

孔子批评冉求这条对待学习十分消极的"大鲤鱼"："你上课时总是马马虎虎、浮皮潦草，你如果一直是现在这种消极的学习状态，你未来能达到周朝君王的智慧高度吗？你未来能成为周朝君王那样有智慧的领导吗？如果一个人在学生时期没有树立人生远大的理想目标，那就像对着墙站立想往前进，却无法行走一样，一生毫无建树。"

冉求听了老师的批评之后，改过自新，天天努力学习圣贤经典著作。

有一天，陈亢见到冉求这条对待学习消极的"大鲤鱼"，问道："冉求，你刚刚在老师那里得到了哪些与众不同的教诲呢？"

冉求谦虚地回答说："没有。我特想从老师那里获得一些真理智慧，但是我的学习就像是鲤鱼跃龙门一样，走马观花、浮皮潦草，没有深入理解真理智慧。老师说：'学会写《诗》了吗？'我回答说：'没有。'老师说：'不学写《诗》就不会应对说话。'我克服了偷懒耍滑的毛病，回去学写《诗》。另一天，我独立领悟了一些真理，有了自己的独立认知体系，老师依然说我学习就像是鲤鱼跃龙门一样，走马观花、浮皮潦草，没有深入理解多少真理。他说：'学《礼》了吗？'我回答说：'没有。'老师说：'不学《礼》，就没法立足于社会。'我克服了偷懒耍滑的毛病，回去学《礼》。我只听到过这两次教诲。"

陈亢回去后感概地说："问一件事，知道了三件事，知道要学写文章，知道要学社会规则，又知道如何做谦虚的君子。能有这样远见智慧的人，只有孔子啊"。

宰予昼寝①。

子曰："朽木，不可雕也；粪土之墙，不可杇②也。于予与何诛③？"

子曰："饱食终日，无所用心，难矣哉！不有博弈者乎，为之犹贤乎已。"

子曰："唯女子与小人为难养也。近④之则不孙，远⑤之则怨⑥。"

子曰："兴⑦于诗，立于礼⑧，成于乐。"

子曰："小子⑨，何莫学夫诗？诗可以兴，可以观，可以群⑩，可以怨。迩⑪之事父，远之事君，多识于鸟兽草木⑫之名。"

子谓子夏曰："汝为君子儒，无为小人儒！"

子夏曰："日知其所亡⑬，月无忘其所能，可谓好学也已矣。"

子夏曰："小不忍⑭则乱⑮大谋！虽小道，必有可观者焉。致远恐泥⑯，是以君子不为也。"

子曰："君子易事而难说也。说之不以道，不说也；及其使人也，器之。小人难事而易说也。说之虽不以道，说也；及其使人也，求备焉。"

子曰："骥不称其力，称其德也。"

子曰："譬如为山，未成一篑⑰，止，吾止也。譬如平地，虽覆一篑，进，吾往也。"

子曰："语之而不惰者，其回也与？"

子谓颜渊曰："惜乎！吾见其进也，未见其止也。"

子曰："甚矣！吾衰⑱也久矣！吾不复梦⑲见周公。"

【注释】

①宰予昼寝：宰，屠杀、分割。宰予原意是自杀的人，引申为不求进取、自绝前途的人。昼寝：白天睡觉，不干正事。指一个人懒惰、不学习、不求上进。宰予昼寝指一个不求上进的学生，大白天在课堂上不好好听老师讲课，睡大觉。

②杇：通"圬"，涂饰，粉刷。

③诛：谴责，批评。

④近：亲近，亲密。

⑤远：关系疏远，不亲密。

⑥怨：讥讽，嘲笑。

⑦兴：起来，旺盛，引申为振奋精神。

⑧礼：做人的准则。

⑨小子：家伙，长者对晚辈亲近的戏称。

⑩群：聚集，集合，团结。

⑪迩：近，浅。指书上的文字、理论。

⑫鸟兽草木：代指生活中的万事万物，每一个细节。

⑬亡：逃走，失去。指不能领悟的智慧。

⑭忍：通"认"。认识，识别。例如：《管子·大匡》：夫国之疑，二三子莫忍老臣。

⑮乱：干扰。

⑯致远恐泥：泥，阻塞，阻滞，不能彻底理解通透。致远恐泥指有远大的理想却担心自己学不会。

⑰篑：古代盛土的筐子。

⑱衰：衰弱，懈怠，不思进取。不是年纪大了，衰老了。

⑲梦：大脑中想象，引申为感同身受，完全理解。

【释文】

（这是论述《道德经》中"下士闻道，大笑之。千里之行，始于足下。九层之台，起于累土。夫轻诺必寡信，多易必多难。"）

有一次，一个不求上进、自绝前途的学生宰予，觉得孔子讲的课太简单很没意思，就在孔子上课的时候偷懒、睡大觉。

孔子发现了，严厉地说道："腐朽了的木头是不能用来雕刻艺术品的，粪土一样的墙壁是无法粉刷做围墙的。对于这种上课不认真学习、不求上进的学生，我们又该如何批评他呢？"

孔子说："整天吃饱喝足了，什么心思也不用，这可怎么办呀！不是有下围棋之类的游戏吗？练习一下这些技能，也是学好啊，总比什么都不干强一些啊。"

孔子说："宰予啊，像你这样不好好学习的学生和愚蠢无知的小人是最不容易教育的！如果我平时对你们太过关照，把你们当成孩子一样爱护，你们则肆无忌惮、没大没小，不知道尊重老师了；假如对你们要求严厉一些，谁犯了错我就狠狠批评谁，你们则认为我这个人好像冷酷无情，不好接触，进而心生怨恨。"

孔子说："同学们，一个人要想振奋精神，就要从学习圣贤文章开始；要想在社会上立足，就要以做人的准则作为自己的根基；最后能够获得人生的成功，源于心甘情愿地践行圣贤思想。"

孔子说："你们这些不好好学习的家伙们，为什么没有人愿意学写诗词文章呢？诗词文章可以激发心志，可以提高观察力，可以培养团体的凝聚力，可以发泄心中的愤怒。在老师那里学到的仅仅是文字、理论；在工作实践的时候，还要能把学到的文字、理论背后的原理、法则，实事求是地应用，才是真理；在生活中要做一个有心人，善于仔细观察，对生活充满热爱。"

孔子对子夏说："你千万别学宰予啊，你一定要积极上进，做个领悟万事万物本质、规律、法则、真理，君子式的知识分子啊！千万不要消极懈怠，做只看事物的表面现象、不懂本质、规律、法则，愚昧无知小人式的知识分子啊。"

子夏说："老师，如果天天都能学习那些自己不能领悟的真理智慧，每月都不忘自己学习和掌握的知识，是不是就可称得上是潜心求学了。"

子夏说："对小的问题都不能深刻了解其本质、规律，就会干扰自己追求真理。所以，即使是小的规律、法则，也必有可取之处；如果一个人有远大的理想，却担心自己学不会，君子是不会这样做。"

孔子说："子夏说得很好。君子都是主张把简单的事情想得很复杂一些，做好完备的解决方案。他认为总是把事情想得过于简单，是不符合真理的，所以他不会到处乱讲；正因为他思维缜密，等到他安排使用他人做事的时候，都能有所成就。小人总是把很难完成的事情，想象得特别简单，不做完备的解决方案。他说的话虽然不符合真理，但是他依然夸夸其谈；等到安排使用他人做事的时候，总是求全责备，最终什么也做不好。"

孔子说："同学们，我们称赞千里马。不是称赞它的力气大，而是要称赞它为了实现自己理想目标坚韧不拔的品德。"

孔子说："好比堆土成山，只差一筐土就完成了，这时半途而废，是因为我自己不努力了，自己停下来的。又好比平整土地，虽然每次只倒下一筐土，如果坚定不移地去做，我一定能把土地平整好。做人应当从小事做起，坚持不懈。"

孔子说："听了我的教诲，对待学习能始终不懈怠的，大概只有颜回吧！"

孔子谈到颜渊，说："他的德行太难能可贵了！我看到他每天都在发奋读书、不断地追求进步，从来没有看到过他停止过积极向上的步伐。"

孔子自责的说："同学们，我刚才严厉地批评那个上课不专心听课的同学，言辞有点太过分啊！我是希望同学们都能珍惜现在这稍纵即逝的青春年华，好好学习圣贤智慧，努力成为国家的栋梁之材。我现在也做一个自我检讨，实际上，我最近做的也不太好啊！我感觉自己最近对学习也很懈怠啊！我对古圣先贤留下的思想著作，好久没有新的领悟了，不配做大家的老师了，我也要赶紧努力学习了。来来来，大家一起振作起来，拿起书，我们一起学习圣贤智慧。"

卫公孙[①]，朝[②]问于子贡曰："仲尼焉学？"

子贡曰："文武之道，未坠于地，在人。贤者识其大者[③]，不贤者识其小者[④]，莫不有文武之道焉。夫子焉不学？而亦何常师之有？"

子曰："志于道[⑤]，据于德，依于仁，游[⑥]于艺[⑦]。"

子曰："三人行[⑧]，必有我师[⑨]焉！择其善者而从之，其不善者而改之。"

子曰："见贤思齐焉，见不贤而内自省也。"

子曰："主忠信，无友不如己者，过，则勿惮[⑩]改。"

子曰："古之学者为己，今之学者为人。"

曾子曰："吾日三省吾身。为人谋而不忠乎？与朋友交而不信乎？传不习乎？"

曾子曰："慎终追远[⑪]，民德归厚[⑫]矣。"

子曰："人而无信，不知其可也！大车无輗[⑬]，小车无軏[⑭]，其何以行之哉？"

子曰："人之生也直，罔之生也，幸而免。"

曾子曰："吾闻诸夫子：人未有自致[⑮]者也！必也，亲丧[⑯]乎？"

子曰："上好礼[⑰]，则民易使也。"

子曰："夷狄[⑱]之有君，不如诸夏之亡[⑲]也。"

子曰："居上不宽，为礼不敬，临丧[⑳]不哀。吾何以观之哉！"

子游曰："丧致乎，哀[21]而止[22]。"

宰我[23]问："三年之丧，期已久矣！君子三年不为礼，礼必坏；三年不为乐，乐必崩。旧谷既没[24]，新谷既升，钻燧改火[25]，期可已矣？"

子曰："食夫[26]稻，衣夫锦，于女[27]安乎？"

曰："安。"

"女安，则为之。夫君子之居丧，食旨[28]不甘，闻乐不乐，居处不安，故，不为也。今女安，则为之。"

宰我出，子曰："予之不仁也。子生三年，然后免于父母之怀[29]。夫三年之丧，天下之通丧也！予也有三年之爱于其父母乎？"

子张曰："士见危致命，见得思义，祭思敬，丧思哀，其可已矣。"

子张曰："执德不弘，信道不笃，焉能为有？焉能为亡？"

子曰："诵诗三百，授之以政，不达[30]！使[31]于四方，不能专对！虽多，亦奚以为？"

【注释】

①卫公孙：卫，保卫。卫公，指官宦人家。孙，小孩子。卫公孙指一位官宦家庭处于学龄阶段的小公子。

②朝：朝廷，古时亦称朝堂。

③大者：重要部分。

④小者：细枝末节。

⑤道：真理。

⑥游：外出求学。

⑦艺：标准，准则。《国语·越语》：用人无艺。

⑧行：品行，品德。《庄子·逍遥游》：故夫知效一官，行比一乡。

⑨师：效法，学习。《秦纪·秦纪二》：今诸生不师今而学古。

⑩惮：害怕。

⑪慎终追远：终，最后的。远，未来的。慎终追远指特别谨慎地建立自己终极的理想，持之以恒地实现自己的远大理想。

⑫归厚：归，趋向。厚，多。《周礼·考工记·弓人》：厚其液而节其帛。归厚指趋向越来越多。

⑬輗：ní，古代大车车辕和横木衔接的活销。

⑭軏：yuè，古代车上置于辕前端与车横木衔接处的销钉。

⑮自致：自己招致、导致。

⑯亲丧：亲，亲近，喜欢。丧，失去，丢失。亲丧指不喜欢遵循真理。

⑰礼：社会中的道德规范，做人的准则，不是国家的法律制度。

⑱夷狄：少数民族，引申为缺乏文化教育的地方。

⑲亡：没有。

⑳丧：失去。

㉑哀：惋惜。

㉒止：到头了，极为。

㉓宰我：宰我本义是自我杀害的人，引申为不懂得遵守规律、法则，胡乱作为的人，自绝前途的人。

㉔旧谷既没：谷，粮食，引申为生活。旧谷既没指原有的旧生活就要过去了。

㉕钻燧改火：制作火苗，升起火堆，引申为新的希望，红红火火的好日子。

㉖夫：劳役。

㉗女：通"汝"，你。

㉘旨：美味。

㉙怀：惦记，挂念。

㉚达：通晓，明白，懂得。

㉛使：派，差遣。

【释文】

（这一段论述《道德经》中的"天道无亲，常与善人，善人者，不善人之师；不善人者，善人之资"。）

一位官宦家庭处于学龄阶段的小公子卫公孙，听说鲁国有一位很有学问的老师叫孔子，就询问子贡说："仲尼的学问是从哪位老师那里学的？他为什么有那么高的智慧？"

子贡说："周文王和周武王所总结的智慧真理，并没有失传，还留存在人间。贤能的人掌握了其中重要部分，不贤能的人只记住了细枝末节。周文王和周武王所总结的智慧真理是无处不在的，孔子作为老师怎么能不去学习呢？在我们国家的历史上有许许多多的圣贤，我的老师怎么只向一位老师学习呢？他没有一个固定不变的老师，他的学识、智慧集百家之长，融汇了历史上所有圣贤的思想，所以你会觉得我老师很有智慧。"

孔子听了这件事后说："子贡说得很对啊！我以追求真理为自己的终身志向，以美德作为自己做人的根本，以慈爱作为自己的行为标准，到处寻访名师学习做人的准则。"

孔子说："无论是善人还是不善的人，每个人的品德当中，其中必定有值得我效法、学习的地方。我选取他们好的品行而效法、学习，如发现他们不好的品行，则引以为戒并加以改正。"

孔子说："见到有贤德的人，一定要想办法和人家一样优秀。见到做事没有贤德的人，一定要反省自己哪里做得不好。"

孔子说："君子应该亲近遵循真理，不要和不如自己的人交朋友，有了过错不要害怕改正。"

孔子说："古代学者学习真理，是为了充实提高自己，让自己变得更好；现在的学者学习真理，都是为了装饰给别人看，让别人称赞自己有文化。"

曾子说："老师说的对！我每天都反省自己的德行是否哪里做得不好：一、在单位上班忠于自己的职责吗？二、和朋友交往，能说到做到吗？三、老师给我传授讲述的真理，我能实践了吗？"

曾子说："如果能特别谨慎地对待自己人生终极的追求，持之以恒地努力实现自己人生的远大理想，那么整个社会的人就会越来越多的效仿，都会特别重视自己的德行了。"

孔子高兴地说："曾子说得很好。如果一个人不讲真理，真不知他还能有什么出息了！这就好像大车的横木两头没有活键，小车的横木两头少了关扣一样，那怎么能行驶呢？有道走遍天下，无道寸步难行！"

孔子说："所以，人都必须遵循真理才能生存在世上，不能遵循真理的人能生存下来，那全是走了狗屎运，靠着侥幸避免了祸害啊。"

曾子说："我听许多老师说过，祸福无门，惟人自招！人不会自动招致灾祸的！如果有，一定是因为不遵循真理吧！"

孔子说："曾子说得很对。居上位做君王的人，遇事依真理而行，民众就容易役使了。"

孔子说："那些没有被教化的少数民族，即使有君王管理，都不如我们华夏没有君王管理做得好，因为我们全民都有文化、有教养，他们没有文化、没有教养。"

孔子说："他们的君王身居上位时不能做到宽恕仁慈；对于做人的准则，不能做到恭敬地施行；失去为君之道时，内心也没有任何哀婉可惜，这样的君王领导，我怎么能够看得上呢？"

子游说："老师说得太对了！等他们彻底失去了为君真理之后，那就惋惜极了。

宰我问："老师，现在整个社会不再追求真理、不彰显美德已经很多年了，我们都期盼改变现在的样子很久了！如果君子多年不坚持做人的准则，这个准则必然不复存在！整个社会没有好的风气，好的风气必然溃败！全天下老百姓过去不好的生活马上就要结束了，新的生活马上就要开始了，红红火火的好日子就要出现了，这一天真的有望实现吗？"

孔子说："你作为贵族子弟、知识分子，说话怎么这样没见识呢？吃着劳役种出的粮食，穿着劳役织出的锦绣衣服，你难道能心安理得吗？"

宰我说："当然心安理得啊！我觉得我现在的生活很好啊。"

"你要是感觉自己心安理得，你就这样做吧！我认为一个君子如果看到社会失去了美德，即使吃着美食佳肴也觉得不香甜，听着再动听的音乐也觉得不快乐，住在豪华的房子里，时时刻刻也没有安稳的地方，所以，不能成为这样的人啊！今天，你却认为这样的生活心安理得，你就这样做吧！"

宰我出去后，孔子严厉地说"赞许这样的人是没有仁爱之心的人啊！我活了这么多年，长到这么大的岁数，才有了美德，免于让自己的父母惦记、牵挂。宰我这样的人这么大年纪了还没有养成一点美德，遍天下没有美德的人都是这样的思想啊！赞许这样的人，难道就没有认真想一想，一直关爱自己的父母希望自己未来能成为什么样的人吗？"

子张说："一个真正的知识分子，在国家出现危难的时候，才能凸显自己的使命；看到利益好处能够想到如果自己获得了，是否符合道义。对古圣先人能常怀崇敬，对社会失去美德的现象能感到悲伤，那就相当可以了。"

子张说："老师说得对。如果一个人拥有美德却不去彰显，相信真理却不坚定，这样的人怎么能有大的作为呢？这样的人怎么能够名垂千史、流芳百世呢？"

孔子语重心长地说："一个人学富五车，熟读圣贤文章无数篇，交给他国家的政务大事，他却搞不懂！派他到国家的各个地方主政，又不能独立应对！像这样虽然读书多，又有什么用处呢？大家毕业之后不要夸夸其谈、纸上谈兵，关键是要践行圣贤思想，解决现实社会中的问题，立功、立言、立德。"

02 为道篇

樊迟问知。

子曰："务民之义，敬①鬼神②而远③之，可谓知矣？"

子曰："非其鬼而祭④之，谄也。见义不为，无勇也。"

子路曰："君子尚勇乎？"

子曰："君子义，以为上；君子有勇而无义为乱⑤；小人有勇而无义为盗⑥。"

子曰："盖有不知而作之者，我无是也。多闻，择其善者而从之。多见而识之，知之次也。"

【注释】

①敬：谨慎。

②鬼神：指玄妙神秘的真理。

③远：远离，拒绝，不学习。

④祭：崇拜，信奉。

⑤乱：没有秩序。

⑥盗：窃据，篡夺。

【释文】

（这是论述《道德经》中的"胜人者有力，自胜者强"。）

樊迟问怎么样才算真正的知。

孔子说："只有普通百姓的粗浅认知，十分崇敬神秘不可测的真理，但是不去学习，这样的行为可以称得上是真正的知吗？"

孔子说："不是真理，却崇拜信奉，那是献媚拍马屁；见到合乎真理的言行，而不去修行，那是没有真正的勇气。"

子路说："君子崇尚勇敢吗？"

孔子说："君子把能够坚持真理看作是最尊贵的。君子勇敢但是不合乎真理，就会胡作非为；小人有胆量但是不合乎真理，就会去篡夺王位。"

孔子说："不知真理而妄自造作，我则没有这等事。多闻多学，选择好的思想践行它，然后就能真正理解真理了。这样就能领悟真理的学习次第顺序了。"

子曰："君子矜而不争，群而不党。"

子曰："君子无所争，必也射乎！揖让而升，下而饮，其争也君子。"

子绝四："毋意、毋必、毋固、毋我。"

"克、伐、怨、欲不行焉，可以为仁矣？"子曰："可以为难矣。仁则吾不知也。"

柴也愚，参也鲁①，师也辟②，由也喭③。

【注释】

①鲁：愚拙，蠢笨。

②辟：透彻。

③喭：yàn，粗鲁、率直。

【释文】

（这是论述《道德经》中的"上善若水。水善利万物而不争。夫唯不争，故无忧。不自见，故明；不自是，故彰；不自伐，故有功；不自矜，故长。"）

孔子说："君子矜持庄重而不与人争执，与人团结却不与人结成朋党。"

孔子说："君子平时没有什么可与别人争的事情，如果有，一定是比射箭了。比赛时，相互作揖谦让后上场。比赛完后，分出了冠亚季军，大家登堂喝酒，互相切磋技艺。这是一种君子之争。"

孔子说要杜绝这四种毛病："杜绝不合理的、过分的妄想，杜绝偏激武断，杜绝鄙陋固执，杜绝自以为了不起。"

有人问孔子："去除了好胜、自夸、怨恨和贪婪这四种毛病，可以称得上仁吗？"

孔子说："能够做到这个样子，可以说是难能可贵，至于是不是仁，我就不能断定了。"

高柴愚笨，曾参迟钝，颛孙师透彻，仲由鲁莽。

子曰："由也，女闻六言六蔽矣乎？"

对曰："未也。"

"居！吾语女。好仁不好学，其蔽也愚；好知不好学，其蔽也荡；好信不好学，其蔽也贼；好直不好学，其蔽也绞；好勇不好学，其蔽也乱；好刚不好学，其蔽也狂。"

子曰："能以礼让①为国乎？何有？不能以礼让为国，如礼何？"

子曰："恭而无礼，则劳②；慎而无礼，则葸③；勇而无礼，则乱④；直而无礼，则绞⑤。君子笃于亲⑥，则民兴于仁，故，旧⑦不遗，则民不偷⑧。"

有子曰："礼之用，和⑨为贵。先王之道，斯为美。小大由之，有所不行。知和而和，不以礼节之，亦不可行也。"

【注释】

①让：推荐。

②劳：疲乏，没有兴趣。

③葸：xǐ，胆怯，畏惧。

④乱：莽撞，犯错。

⑤绞：拧，扭紧，挤压。引申刻薄，不宽厚。

⑥亲：更值得珍惜、爱戴。

⑦旧：古代的圣贤思想。

⑧偷：浅薄、不厚道。

⑨和：混合，调和，合二为一。

【释文】

孔子说："仲由！你听过六种品德和六种弊病吗？"

子路回答说："没有。"

孔子说："坐！我告诉你。崇尚仁却不爱好学习万事万物的真理，它的弊病是愚蠢；崇尚聪明而不爱学习万事万物的真理，它的弊病是放荡不羁；崇尚真理而不爱好学习万事万物的真理，它的弊病是容易被人利用伤害；崇尚直率而不爱好学习万事万物的真理，它的弊病是说话尖刻刺人；崇尚勇敢而不爱好学习万事万物的真理，它的弊病是胡乱作为；崇尚刚猛而不爱好探究万事万物的本质、规律，它的弊病就是狂妄自大。"

孔子说："能把这些做人的准则推荐为治理国家的法则吗？难道这有什么困难吗？如果不能把做人的准则推荐为治理国家的法则，又怎么能实行做人的准则呢？"

孔子说："一味恭敬奉行真理，而没有做人的准则，在实践中就未免会感到劳倦没有兴趣；只知道小心谨慎地重视真理，却没有做人的准则，在实践中便会感到胆怯多惧；只是单纯的勇猛，却不知做人的准则，就会呈现出莽撞作乱；坚持真理却不知做人的准则，便会显示出尖利刻薄。君子专注于自己坚信的真理仁德，民众中则会兴起仁德的风气；君子不遗忘、不背弃古人的圣贤思想，那民众便不会浅薄、不厚道。"

有学生赞同地说道："老师说的太对了！把做人准则的价值，能做到与真理合一，才是最值得赞扬的。以前的圣明君主治理国家，最可贵的地方就在这里。他们做事，无论事大事小，都按这个原则去做，没有办不成的事。如果只是一味地为了法则、真理而追求法则、真理，不用做人的准则去节制约束自己，不能实事求是，也是行不通的。"

子贡欲去告朔①之饩羊②。

子曰："赐也，尔爱其羊，我爱其礼。"

子曰："礼云礼云，玉帛③云乎哉？乐云乐云，钟鼓④云乎哉？"

王孙贾⑤问曰："与其媚⑥于奥⑦，宁媚于灶⑧。何谓也？"

子曰："不然！获罪于天⑨，无所祷⑩也。"

子曰："君子谋⑪道不谋食。耕也，馁⑫在其中矣；学也，禄⑬在其中矣。君子忧道不忧贫⑭！"

子曰："人无远虑，必有近忧。"

子张问："十世⑮可知也？"

子曰："殷因于夏礼，所损益，可知也；周因于殷礼，所损益，可知也；其或继周者，虽百世，可知也。"

子曰："谁能出不由户？何莫由斯道也！"

子曰："回也，其庶⑯乎，屡空⑰。赐不受命，而货殖⑱焉，亿⑲则屡中。"

【注释】

①朔：初，开始。例如：朔数，从第一年正月初一到第二年正月初一；朔食，古礼之一。帝王及贵族每月初一所备较平日丰盛的膳食。朔在这里指一年的开始，也就是我们现在的春节大年初一。

②饩羊：祭拜天地用的各类美食，不单纯指羊。

③玉帛：玉器和丝织品，古时用于祭祀。

④钟鼓：钟和鼓，古代礼乐器。代指君王权贵。

⑤贾：gǔ，做买卖，经商。

⑥媚：喜爱，追求。

⑦奥：玄妙，借指宇宙的道。

⑧灶：做饭的工具，引申为生活的种种物资。

⑨天：宇宙的真理。

⑩祷：祈求福禄。

⑪谋：设想得到。

⑫馁：气馁，泄气，丧气。

⑬禄：福气，福运，工资，报酬。

⑭贫：穷，不得志。

⑮十世：十个时代。指遥远的未来。

⑯庶：平民，百姓。

⑰屡空：经常没有财物，生活困难。

⑱货殖：做生意。

⑲亿：通"臆"。臆测，预料。

【释文】

（这是孔子论述《道德经》中的"知常容，容乃公，公乃全，全乃天，天乃道，道乃久，没身不殆 。"）

孔子的学生子贡，觉得每年大年初一用许多丰盛的美食告祭天地太麻烦、太浪费钱财了，就想要取消这个告祭天地的礼仪。

孔子惋惜地说："赐呀！你爱惜的是那丰盛的美食。而我看重的，是那个每个人一生应该遵循的准则啊。"

孔子接着训斥说："子贡啊，我所说的礼呀、礼呀，仅仅是说玉器和丝帛吗？我所说的乐呀、乐呀，仅仅是说钟鼓等乐器吗？实际上，我说的礼是指做人要遵循天道规律啊！"

有一个崇尚经商赚钱的贵族官员王孙贾，不认为孔子讲述的圣贤思想有什么现实价值，就对孔子说："人们常说，与其崇尚追求玄妙看不见的真理，还不如多多追求金银财宝等生活物资更有价值。你觉得这样的想法如何呢？"

孔子说："王孙贾，做人可不能这样想啊！假如你违背了天道规律，你无论祈求获得任何福禄，都是不可能获得的！"

孔子说："所以，君子都是追求真理，而不去追求丰厚的物质生活！如果一个人天天想的只是自己的一亩三分地，不懂得追求真理，不能看透万事万物发展变化的本质规律，通常会因为不能很好地解决现实问题，在生活中长吁短叹！而学习真理，就能够看透万事万物发展的本质规律，往往可以很好地解决现实问题，从而得到更多的好运和福气！所以，君子总是担忧自己是否能学到真理智慧！从不担忧自己没有社会地位、穷苦不得志。"

孔子说："如果一个人不能看透万事万物发展变化的规律、法则，一定会为现实生活中的事情而迷茫忧愁。"

子张问："老师，你说遥远的未来，我们的社会将会发展成什么样呢，您现在可以预测出来吗？"

孔子说："殷代承袭夏代做人的准则，其中废除和增加的内容是可以知道的；周代继承殷代做人的准则，其中废除和增加的内容，也是可以知道的。那么以后如果有继承周朝的朝代，就是在一百代以后，也是可以预先知道的。"

孔子说："谁能不出门便知天下大事呢？没有一个人不是从这个本质、规律、真理中获得的。"

孔子说："比如说我的学生颜回，他本是一个普通百姓，因为不了解事物的本质、规律，所以他常常缺衣少食。子贡呢，不听天由命做一辈子穷人，而去做生意，他因为领悟了商业的本质、规律、法则，掌握了经商的真理，所以，他预测市场行情往往很准，从而赚取了许多财富。"

子曰："贫①而无怨，难！富②而无骄，易！"

子贡曰："贫而无谄，富而无骄。何如？"

子曰："可也。未若贫而乐，富而好礼者也。"

子贡曰："《诗》云'如切如磋，如琢如磨。其斯之谓与？'"

子曰："赐也！始可与言诗已矣。告诸往而知来者。"

子贡曰："夫子之文章，可得而闻也；夫子之言性与天道，不可得而闻也。"

子路有闻，未之能行，惟恐有闻。

【注释】

①贫：处境恶劣，引申为有才华却不得志。

②富：财物很多，引申为社会地位高。

【释文】

（这是论述《道德经》中的"名与身，孰亲？"。）

孔子说："同学们，一个人有才华却处于社会底层，但是没有怨恨，很难！有地位却依然谦虚有准则、不骄矜，这样很容易！"

子贡说："老师，一个人处于社会底层却不巴结奉承权贵，有地位却依然谦虚有准则、不骄傲自大，你觉得这样的人怎么样？"

孔子说："能这样做的人很好啊，没有什么比得上处于社会底层依然喜欢追求真理更好，虽然都有地位却依然谦虚有准则更好。"

子贡说："《诗经》上说'对于道德学问方面相互深入的研讨勉励，说的就是这样的意思吧？'"

孔子说："是呀，子贡，我现在可以同你讨论《诗经》了。告诉你以往的历史事件，你就能因此而预测未来的趋势和结果了。"

子贡谦虚地说："老师您写的文章，我们读了之后能够有所感悟；老师关于人性和真理方面的言论，我们还不理解，没有什么感悟。我还差的很远啊。"

子路在旁边听了老师和子贡的对话，很有感触，他还没有来得及完全消化吸收，担心又听到新的智慧，更理解不了，所以赶快再复习几遍老师讲的内容。

子曰："禘①，自②既③灌④而往⑤者，吾不欲⑥观之矣。"

或问禘之说。

子曰："不知也。知其说者之于天下也，其如示诸斯乎！"指其掌。

"祭如⑦，在；祭神⑧，如神在。"

子曰："吾不与祭，如不祭。"

季路问事鬼神⑨。

子曰："未能事人，焉能事鬼？"

曰"敢问死⑩？"

曰："未知生⑪，焉知死？"

【注释】

①禘：通"谛"，真理。

②自：起源，开头，引申为事物的根本法则。自就是指《道德经》中的

"无"，"无，名天地之始"。

③既：动作完成，形成事实、结果，事物的外在现象、结果。既就是指《道德经》中的"有"，"有生于无"。

④灌：注入，引申为彻底领悟。

⑤往：去。引申为治理。

⑥不欲：不，否定的意思，没有。与《道德经》中的"常无欲"是一个意思。不欲指不再关注事物的外在表相，而深入思考事物内在的逻辑、原因。

⑦如：应当，必然，自然。

⑧神：不可思议的，超凡的。神代指玄之又玄的真理。

⑨鬼神：古代指天地间一种精气的聚散变化规律。也是代指规律、真理。

⑩死：生命终止，死亡。《道德经》中"死而不亡者寿"。引申为已经逝去的古代圣贤思想，一般指《易经》《道德经》等。

⑪生：活的人。代指现在人的思想，也就是孔子自己的思想智慧。

【释文】

（这是论述《道德经》中的"常无欲，以观其妙；常有欲，以观其缴。致虚极，守静笃。同于道者，道亦乐得之；同于德者，德亦乐得之；同于失者，失亦乐得之。"）

孔子说："同学们，宇宙中那个永恒不变的真理，从认识它的起源、法则到形成外在的具体现象、结果，并预测它的趋势、未来，能够彻底领悟然后应用到生活实践中去的人，我通过不关注万事万物的外在表相，深入思考事物的内在原因、法则，然后深刻地理解了。"

有人听说孔子领悟了什么是真理，就去请教孔子真理是什么。

孔子说："对不起啊，我真的不知道如何说清楚这个玄妙的真理啊！我只知道能够拥有这样高深智慧的人，他在应用这个真理解决生活中实际问题的时候，就像翻自己的手掌一样简单啊！"孔子一边说一边翻自己的手掌给大家看。

孔子说："虽然那个神秘玄妙的规律、真理我无法给大家讲清楚，但是要想获得真理还是有方法的。接下来我告诉大家觉悟那个玄妙高深真理的方法：当你内心虔诚、恭敬地深入思考什么是真理的时候，你必然就能领悟到那个看不见的规律、真理。当你内心虔诚、恭敬地使用那个神秘玄妙规律、真理的时候，你必然就能领悟那个神秘玄妙的真理。"

孔子感慨地说道："同学们，如果我不崇尚、不信奉那个真理，我必然没有办法彻底领悟到那个高深的真理啊！"

季路问老师如何驾驭使用那个神秘莫测的规律、真理。

孔子严厉地说："你连如何做一个真正的人都没领悟，怎么能驾驭得了那个神秘莫测的真理呢？"

季路又小声地说："敢问老师，那些古圣先贤的思想著作都是讲什么呢？"

孔子严肃的说："季路，你连我所讲的普通知识都没学会，哪里能理解古圣先贤思想著作中讲的真理是什么呢？学习要循序渐进，千万不要好高骛远啊！"

子游曰："子夏之门人小子，当洒扫应对进退，则可矣。抑末也，本之则①无，如之何？"

子夏闻之曰："噫，言游过矣！君子之道，孰先传焉，孰后倦焉。譬诸草木，区以别矣。君子之道，焉可诬也。有始有卒者，其惟圣人乎？"

子夏曰："博学而笃志，切问而近思，仁在其中矣。"

子夏曰："百工居肆以成其事，君子学以致其道。"

子夏曰："大德不逾闲②，小德出入③，可也。"

【注释】

①则：乃，是。

②逾闲：超过栏杆，隐喻为违反社会中做人的准则。

③出入：融会贯通，得心应手。

【释文】

（这是论述《道德经》中的"图难于其易，为大于其细。天下难事，必作于易；天下大事，必作于细"。）

子游说："子夏这个学生水平不行啊，他做洒水扫地、迎来送往接待客人这一类的事是可以的，不过这些只是细枝末节的小事，根本的学问却没有学到，他天天这样做怎么行呢？"

子夏听到这话，说："咳！子游这样说就不对啊！君子的学问，哪些先传授、哪些后传授，就好比草木一样，是区分为各种类别的。君子的学问，怎么能歪曲呢？凡事不好高骛远，都从小事做起，有始有终地循序渐进，大概只有领悟真理的圣人是这样做吧！"

子夏说："能够广泛学习真理而又意志坚定，切实发问而又勤于思考，仁就在其中了。"

子夏说："各行各业的人才都是在各自的行业深入钻研，然后有所作为；君子专心致志于探究万事万物的发展规律，才能领悟其中的真理智慧。"

子夏说："在大的道德节操上不逾越社会中做人的准则，在小节上也能够融会贯通、得心应手，这样就很好了。"

仲弓问子桑伯子。子曰："可也，简①。"

仲弓曰："居敬②而行简，以临③其民，不亦可乎？居简而行简，无乃太简乎？"

子曰："雍之言然④。"

【注释】

①简：古代写字的竹简，书籍。引申为古代圣贤留下的思想著作。

②居敬：居，居住，引申为内心的信仰与价值观。居敬指内心很认同，但是没有彻底领悟出来。

③临：治理、管理、统治。

④然：这样。

【释文】

（这是论述《道德经》中的"载营魄抱一"。）

仲弓问孔子，桑伯子学习成就怎么样。

孔子说："桑伯子学习很好啊，对古代圣贤的思想很熟悉。"

仲弓说："如果君主内心没有完全领悟圣贤留下的思想著作，但是德行很符合圣贤的思想，这样来治理百姓，不也可以吗？如果君主内心对圣贤留下的思想著作都彻底领悟了，德行也很符合圣贤的思想，那不就是做到知行合一了吗？"

孔子说："能达到你所描述的，都是很好的人。"

棘子成①曰："君子质②而已矣，何以文为？"

子贡曰："惜乎，夫子之说君子也，驷不及舌。文犹质也；质犹文也。虎豹之鞟③犹犬羊之鞟。"

子曰："质胜文则野④，文胜质则史⑤，文质彬彬，然后君子。"

子曰："君子义以为质，礼以行之，孙以出之，信以成之。君子哉！"

子曰："君子和⑥而不同⑦，小人同而不和。"

子贡问曰："乡人⑧皆好之，何如？"

子曰："未可也！"

"乡人皆恶之，何如？"

子曰："未可也！不如乡人之善者，好之；其不善者，恶之。"

子曰："乡愿⑨，德之贼⑩也！"

子曰："互乡，难与言，童子⑪见，门人⑫惑⑬。"

子曰："与其进⑭也，不与其退⑮也。唯何甚⑯？人洁⑰己以进与其洁也，不保⑱其往⑲也。"

原壤夷俟⑳。

子曰："幼而不孙弟，长而无述焉，老而不死㉑，是为贼！"

以杖叩其胫。

【注释】

①棘子成：棘，棱角整饬，锋刃锐利。棘子成这个人名隐喻为说话爱挑刺、抬杠的学生。

②质：质朴。

③鞟：kuò，去毛的兽皮。

④野：粗野。

⑤史：记录历史的官吏。引申为只记录现象，不分析逻辑原因。

⑥和：完全混合在一起，形成一个无法分离的整体。

⑦同：在一起，是一种并列的关系，彼此之间没有融合交集。

⑧乡人：乡，某种超现实的境界。例如：梦乡。乡人指总想把玄奥抽象

的哲学理论道（真理）具象化、不实事求是的人。

⑨乡愿：愿，希望，乐意。乡愿指痴迷于抽象的哲学理论，不实事求是落实真理（道）。

⑩贼：祸害，伤害。

⑪童子：童，愚昧、无知的人。《国语·晋语四》："聋聩不可使听，童昏不可使谋"。童子指无知愚蠢的人。

⑫门人：门，学派。门人指不同学术派别的人。

⑬惑：迷惑，不理解。

⑭进：进入，到达，认可。

⑮退：离开，放弃。

⑯甚：超过。

⑰洁：操行清白，品德高尚。

⑱保：保持，保住，确定。

⑲往：以后。

⑳原壤夷俟：原壤，原始的地方，引申为固守本能的思想，不思进取。夷，偏远的，野蛮的，傲慢。俟，等待。原壤夷俟指固守自我狭隘的思想，不思进取，无知、傲慢的思想必然就会产生。

㉑死：拼命，特别努力地做。

【释文】

（这是论述《道德经》中的"载营魄抱一，见素抱朴"，也就是知行合一。）

有一个叫棘子成的学生，听了孔子的课，很不以为然地说："君子有内在好思想本质就行啦，还要外在的文采做什么呢？"

子贡说："可惜呀！我老师所谈论的那个谦谦君子，你就是坐着驷马的车也难追得上。一个人外在的文采如同内在的本质，本质也如同文采，二者是同等重要的。假如去掉虎豹和犬羊外在漂亮的皮毛，那这两样皮革就没有多大的区别了。"

孔子说："如果一个人内在的质朴多于外在的文采，在外人看来好像不懂礼数，就难免显得粗野没有礼貌。如果一个人外在的文采超过了内在的质朴，只懂礼数，不懂做人的本质，就会成为只知道事物表面的人；外在的文采和内在的质朴完美地结合在一起，这才能成为君子。"

孔子说："君子把符合真理的美德善行作为自己的根本，依照做人的准则来处事，用谦逊的言语来说话，用真理使自己成功。这样做才是君子啊！"

孔子继续说到："君子追求与真理坚守在一起，做到知行合一，不是小人一般对真理只是文字上的认识，内心不理解、也不认同，说一套做一套。小人对真理只是文字的认识，内心不理解、也不认同，说一套做一套，不能真正地践行真理。"

子贡问道："老师，总想把玄奥抽象的哲学理论道（真理）具象化、不实事求是的人，也模仿拥有真理的君子样子，追求做个表面有道德的人，怎么样？"

孔子说："不可以这样啊！"

又问："如果老师是这样的观点，总想把玄奥抽象的哲学理论道（真理）具象化、不实事求是的人，不再模仿君子的样子，就变成没有道德的坏人，怎么样？"

孔子说："这样还是不行啊！最好是让那些总想把玄奥抽象的哲学理论道（真理）具象化、不实事求是的人，都追求做个有道德的好人；让总想把神秘玄奥的道（真理）具象化、不实事求是的人，都厌恶成为那些没有德行的人。"

孔子说："如果都是那些总想把玄奥抽象的哲学理论道（真理）具象化、不实事求是的人，是不具备美德的人。"

孔子说："如果每个人都是想把玄奥抽象的哲学理论道（真理）具象化、不实事求是的人，是难以沟通的！如果老师只有幼稚不成熟的见解，不知道什么是真理，他的学生们就会糊涂。"

孔子说："我是赞成追求领悟真理，不赞成放弃真理！你按照这样做，还有谁能够超过你呢？正因为一个人本身有真理且善良，所以他才要求上进！如果他狂妄地认为自己已经拥有真理且善良，就不能保证他能实现自己的理想。总是自以为是，心里没有领悟真理，这样的人一辈子很难有所成就。"

一个人如果固守自己原本的思想，不思进取，无知、傲慢的思想必然就会产生。

孔子严厉地说："子贡啊，你小时候对老师不谦恭、见了同学不甘愿当学弟，长大了不能践行圣贤思想，老了还不能正确认识自己的无知，不知道拼命学习圣贤智慧，尽量弥补自己思想品德上的不足，你真是个祸害社会的家伙。"

说完，孔子用手杖轻轻敲击子贡的小腿。

子曰："知者①乐水，仁者乐山。知者动②，仁者静③；知者乐④，仁者寿⑤。"

子曰："人而不仁，如礼何！人而不仁，如乐何？"

子贡问曰："有一言而可以终身行之者乎？"

子曰："其恕⑥乎！"

子曰："赐也⑦！女⑧以予为多学而识之者与？"

对曰："然，非与？"

曰："非也！予一以贯之⑨。"

子曰："参乎⑩！吾道一以贯之。"

曾子曰："唯⑪。"子出，门人问曰："何谓也？"

曾子曰："夫子之道，忠恕[12]而已矣。"

【注释】

①知者：指真正领悟真理的人。

②动：使用，实践。

③仁者静：静，恬静，不争。仁者静指内心充满仁爱的人，内心很恬静，不与人争功。与《道德经》中的"水善利万物而不争"是一个意思。

④知者乐：乐，内心的愉悦、满足感。知者乐指彻底领悟了真理的人，内心会产生无限的喜悦。与《道德经》中的"知足常乐"是一个意思。

⑤仁者寿：寿，生命长久。仁者寿指一个人德行很高尚，内心充满仁爱，人们世世代代铭记他。与《道德经》中的"死而不亡者寿"是一个意思。

⑥述：顺着，遵循。《说文》：述，循也。例如：述遵（遵循）；述旧（遵行旧规）；述祖（遵循祖训）。

⑦赐也：指子贡。

⑧女：通"汝"，你。

⑨一以贯之：始终如一地坚持去做。

⑩参乎：琢磨一下为什么这样。

⑪唯：确实如此，是的。

⑫忠恕：忠，完全、彻底，尽心竭力。忠恕指尽心竭力地践行圣贤思想。

【释文】

（这是论述《道德经》中的"上善若水，行不言之教，知足者富，死而不亡者寿。"）

孔子说："同学们，明白真理的人，为人处世像水一样，心甘情愿的无私的去帮助所有的人，而不去争是自己的功劳；有仁德的人，为人处世像山一样朴实稳健，心甘情愿的不显示自己的聪明。明白宇宙真理的人，会在合适的时机应用实践真理；有仁德的人，不执着于外物而安于沉静思考自己的理想使命；明白宇宙真理的人，会获得精神上的无限愉悦快乐；有仁德的人，人们永远纪念他的德行。"

孔子说："一个人没有仁德，他怎么能有做人的准则呢？一个人没有仁德，他怎么能心甘情愿地践行真理呢？"

子贡问："老师，您讲得太好了。那么，有一个可以终身奉行的字吗？"

孔子说．"大概是'恕'（坚持真理）'吧！"

孔子对子贡说："子贡啊！你以为我是到处多拜师学习并能牢记所学知识的人吗？"

子贡回答说："确实是这样啊！难道不是这样吗？"

孔子说："不是的！我仅仅是把真理做到了知行合一，然后永远奉行它。"

孔子说："子贡，你琢磨一下，为什么这样啊！我所讲述的那个真理，我始终如一地坚持去践行。"

曾参抢答道："是的！老师确实是这样做的。"

孔子走出门以后，其他学生问曾参："老师说的这些话，我没有听懂，他说的话是什么意思啊？"

曾参笑着说："老师表达的核心思想，就是做人一定要尽心竭力地践行真理而已。"

子曰："中庸[①]之为德也，其至矣乎！民鲜久矣。"

子曰："不得中行而与之，必也狂[②]狷[③]乎！狂者，进取；狷者，有所不为也。"

子曰："德之不修，学之不讲，闻义[④]不能徙[⑤]，不善不能改，是吾忧也。"

子曰：“如有周公之才、之美⑥，使骄且吝⑦，其余不足观⑧也已！”

子曰：“不有祝鮀⑨之佞⑩，而有宋朝之美⑪，难乎免于今之世矣。”

子曰：“狂而不直，侗⑫而不愿⑬，悾悾⑭而不信，吾不知之矣。”

【注释】

①中庸：中，不偏于事物的表面现象，不偏于背后的理论法则，对两者都不偏不倚地掌握应用，也就是实事求是。这个字的引用来自“允执厥中，不如守中。”庸，用，使用，应用。《说文》——庸，用也。中庸，就是彻底理解了宇宙万事万物的现象与本质，也就是万事万物的法则、真理，然后进行实践应用的学问。也就是把哲学应用到现实生活中，坚持真理、实事求是的解决现实问题。

②狂：气势猛烈，超出常度，认为自己天下第一、很了不起的人。

③狷：洁身自好，性情耿直，正直的人。

④义：善，美，符合真理。《诗·大雅·文王》：宣昭义问。义问（善声；美好的声誉）；义荣（由于修身立德而自然具有的荣誉）；义心（常存节义的心境）

⑤徒：步行。引申为实践。

⑥美：好的品德行为。

⑦吝：当用的财物舍不得用，过分爱惜钱财。

⑧观：看，欣赏。

⑨祝鮀：祝，希望，祈祷，称赞。鮀，tuó，鲇类鱼，口腹巨大，隐喻夸夸其谈，吹大话。祝鮀指喜欢说大话。

⑩佞：伪善的。

⑪宋朝之美：宋，周代诸侯国名。宋朝之美指那个周朝的高尚思想表现出来的德行。

⑫侗：tóng，幼稚，无知。

⑬愿：希望，愿望。

⑭悾：kōng，空虚。

【释文】

（这是论述《道德经》中"多言数穷，不如守中；为无为"。）

孔子说："同学们，追求事物的本质、坚持真理、实事求是这种德行，该是最高等的了！只可惜人们已经长久不理解这种道德是什么样的了。"

孔子说："不能按照实事求是的精神思想去做，一定会狂妄放纵！狂妄放纵的人会认为自己很了不起，而洁身自好的正直君子，会认为自己没有什么作为！"

孔子说："不去培养好的品德，不去学习老师讲的真理，听到好的道理却不能去实践，有缺点而不能改正，这些都是我所忧虑的。"

孔子说："即使有周公那样的才华和美好的德行，如果骄傲而且爱惜钱财的话，那其他方面也就不值得一提了。"

孔子说："在当今社会，如果你杜绝夸夸其谈的伪善，而拥有那个周朝的真理、美德，在当今的社会里，你就没有任何难事了。"

孔子愤怒地说："口出狂言、为人不正直，幼稚无知而且没有理想追求，内心空虚而且没有一点真理智慧，我不知道有的人为什么会是这样呢？"

子不语怪力①、乱神②。

子曰："巧言③乱德。"

子曰："古者言之不出，耻躬④之不逮⑤也。"

子曰："道听而涂说⑥，德之弃也。"

子曰："君子欲讷⑦于言而敏⑧于行。"

微生亩⑨谓孔子曰："丘，何为是栖栖⑩者与？无乃为佞⑪乎？"

孔子曰："非敢为佞也！疾固⑫也。"

季文子三思而后行。

子闻之，曰："再，斯可矣！"

子路问："闻斯行诸？"

子曰："有父兄在，如之何其闻斯行之？"

冉有问："闻斯行诸？"

子曰："闻斯行之。"

公西华曰："由也问，闻斯行诸，子曰，有父兄在；求也问，闻斯行诸，子曰，闻斯行之，赤也惑，敢问。"

子曰："求⑬也退⑭，故，进⑮之；由也兼人⑯，故，退之。"

【注释】

①怪力：怪，奇异的，不平常的。力，能力，技能。怪力指超越一般人的能力，很厉害的样子。

②乱神：乱，任意，随便。神，万物的主宰者，指道、真理。乱神指可以肆意妄为的驾驭真理。

③巧言：巧，擅长，善于。巧言指说虚伪漂亮的话，很少有真正的仁爱之心。

④躬：奉行。例如《尚书·甘誓》：今予惟恭行天之罚。

⑤逮：到，及。

⑥道听而途说：是"听道而涂说"的倒装句。涂，粉饰，改变原来的面貌，胡乱的。道听而途说指听闻了真理，在还没有完全理解也没有实践的情况下，就去给他人讲解什么是真理。

⑦讷：从言，从内。表示有话在肚里，难以说出来。本义：语言迟钝。

⑧敏：奋勉，勤奋。

⑨微生亩：这是一个编译出来的人名。微，很少。亩，通"母"，事物的本源，真理。《道德经》贵食母。微生亩指内心没有真理的人。

⑩栖：孤寂零落的样子，极为孤独的样子。

⑪佞：有才智。例如《左传·成公十三年》：寡人不佞。

⑫疾固：疾，毛病，缺点，错误。固，鄙陋，见识少，没有智慧。例如汉·司马相如《上林赋》：鄙人固陋，不知忌讳。疾固形容十分愚笨无知，傻得不能再傻了。

⑬求：想要得到，想要成功。

⑭退：谦让，示弱。

⑮进：任官，出仕。

⑯兼人：兼，加倍。《马王堆汉墓帛书》：利不兼，赏不倍。兼人指领导他人。

【释文】

（这是论述《道德经》中的"知者不言，言者不知。知者不博，博者不知"。）

孔子从来不夸耀说以下的大话："我拥有超越一般人的非凡能力，可以肆意妄为地驾驭任何真理。"

孔子说："同学们，如果一个人擅长说表面的、虚伪的、漂亮的话，一定没有好的德性。"

孔子说："古代的圣人君子，从不轻易地给他人讲解什么是真理，他们担心自己信奉的真理，自己还没有彻底领悟其根本，就给他人讲解，感到很羞愧。"

孔子说："刚刚从老师那里听闻学习了一些真理，自己还没有完全领悟，就去四处乱讲什么是真理，这是有德的人所厌弃的行为。”

孔子说：“同学们，得道的君子不会天天高谈阔论讲解什么真理，而是勤奋地去践行真理。”

一个没有领悟真理的人，质问孔子说：“您为什么不和他人交流辩论一下什么是真理呢，你是不是为了故意凸显你比别人更有聪明才辩啊？”

孔子说：“你误会了，我一点也不敢认为我有聪明才辩啊！反而是因为我觉得自己实在是很无知、傻得不能再傻了，所以我不敢和别人谈论辩解什么是真理。”

季文子总是彻底领悟了某一个真理之后，然后就去实践，而不是整天辩论什么是真理。

孔子听到后，说：“如果能长期坚持这样去做，这样就很好了。”

子路问老师：“凡事一听到就行动吗？”

孔子说：“父亲和兄长都在，怎么能听到就行动呢？”

冉有问：“凡事一听到就行动吗？”

孔子说：“一听到就行动。”

公西华说：“由此问‘一听到就行动吗’，您说‘父亲和兄长都在，怎么能一听到就行动呢’；再问‘一听到就行动吗’，您说‘一听到就行动’。我什么也没明白，所以有些糊涂了，斗胆想问问老师这是为什么呢？”

孔子说：“想要成功就要谦卑示弱，所以能够当官；因此想领导他人，一定要谦卑示弱。”

子路听从老师的教导，做事总是喜欢谦卑示弱，说自己什么事都做不好。

子张^①问善人之道。

子曰：“不践迹^②，亦不入于室。”

子张问行。

子曰："言忠信，行笃敬，虽蛮貊之邦行矣；言不忠信，行不笃敬，虽州里行乎哉？立，则见其参于前也；在舆③，则见其倚于衡也。夫然后行。"

子张书诸绅④。

【注释】

①子张：张，开。子张指一个人思维十分开放，能够虚听取他人意见。

②践迹：沿着前人的思想学习。

③舆：车。

④绅：古代士大夫束腰的大带子。

【释文】

（这是论述《道德经》中的"言有宗，事有君；执古之道，以御今之有"。）

子张问成为领悟真理的至善之人的方法途径。

孔子说："你如果不能沿着古圣先贤的思想做学问，永远也入不了这个门。"

子张问如何成为一个遵道贵德的人。

孔子说："要想成为一个遵道贵德的人，言语要符合因果法则，为人处世的行为要笃定遵循真理，即使到了天涯海角，也能行走天下。言语不符合规律法则，行为不笃厚恭敬真理，即使是在本乡本土，能行得通站得住吗？站立时，就好像看见'忠实、真理、笃厚、恭敬'的字样直立在面前；在车上时，就好像看见这几个字刻在车前横木上，这样才能处处行得通。"

子张觉得老师讲得太好了，为了防止遗忘，随手就把这些话写在自己衣服的大带上了。

子张问崇德辨惑。

子曰："主忠信，徙义，崇德也。爱之，欲其生；恶之，欲其死；既欲其生，又欲其死，是惑也。诚不以富，亦祗以异。"

子曰："爱之，能勿劳①乎？忠焉，能勿诲②乎？"

子曰："法语之言，能无从乎？改之为贵。巽③与之言，能无说乎？绎④之为贵。说而不绎，从而不改，吾末如之何也已矣。"

子曰："不曰'如之何⑤，如之何'者，吾末如之何也已矣。"

子曰："群居终日⑥，言不及义，好行小慧⑦，难矣哉！"

【注释】

①劳：疲倦，懈怠，放弃。

②诲：通"悔"，追恨，后悔。

③巽：xùn，八卦之一。代表风。引申为散布，传播。

④绎：引出头绪，寻求事理。

⑤如之何：为什么这样，现象背后的本质是什么，现象背后的真理法则是什么。

⑥群居终日：群，众多。居，内心的价值观。群居终日的本义是指有很多人的价值观，比喻一个人平时人云亦云，没有自己独立的思想价值观。

⑦小慧：小聪明。

【释文】

（这是论述《道德经》中的"载营魄抱一，能无离乎？"）

子张向孔子请教怎样去提高品德修养，怎样看透万事万物的本质、规律，也就是如何遵道贵德。

孔子说："最核心的就是坚信因果规律为根本，行为总是做到符合真理，尽善尽美，这就可以提高自己的德行了。喜欢好的德行又想得到更多的财物，厌恶真理的时候又希望能名垂千古，既要财富，又要名声，这就是糊涂的人。'坚持这样做不是为了获得财富，这只是为了改变自己的品行'。"

孔子说："发自内心地喜欢这个美德，你能永远不懈怠吗？全心全意地奉行这个真理美德，你能永远不后悔吗？"

孔子说："合乎法则、真理的话，你敢不服从吗？只有按它来改正自己不好的德行，才是难能可贵的。给你讲述传播的真理，你听了之后难道不是很高兴吗？但只有分析鉴别、理出头绪，才是难能可贵的。只顾高兴而不加以深刻分析，表面听从实际上不能修正自己的德行，我也没有什么办法来对付这种人了。"

孔子说："那些不去不断地追问'现象背后的法则、真理是什么？现象背后的法则、真理是什么？'的人，对问题不探究其本质的人，我看他不会明白现象背后的法则、真理是什么了。"

孔子严厉地说："平时总是人云亦云，自己没有独立思考精神，言语不符合做人的原则和真理，做事喜欢卖弄小聪明，这种人很难教导的。"

伯牛[①]有疾，子问[②]之。

自牖执其手，曰："亡之[③]，命矣夫[④]？斯人也而有斯疾也！斯人也而有斯疾也！"

曾子言曰："鸟之将死，其鸣也哀；人之将死，其言也善。"

曾子有疾，孟敬子[⑤]问之。

召门弟子曰："启予足[⑥]！启予手[⑦]！《诗》云：'战战兢兢，如临深渊，如履薄冰'。而今而后，吾知免夫小子[⑧]！"

【注释】

①伯牛：牛，比喻固执或骄傲。伯牛指最有脾气、最固执的人。

②问：审讯，追究。例如：审～；～案；唯你是～。

③亡之：死了，完了。

④命矣夫：这就是命运吗？

⑤孟敬子：姬姓，鲁国孟孙氏第 11 代宗主。

⑥启予足：启，啟，教育。《说文》"从攴，启声"。《论语》中说"不愤不啟"。予，给予。足，脚，引申为根本，原因。启予足指从现在开始教育大家，都要知道出现这个问题的根本原因是什么。

⑦启予手：手，技能，本领；法（技巧，方法）。例：～段；留一～。启予手指从现在开始教育大家，都要学会解决这个问题的本领、技能！

⑧小子：不好的学生。

【释文】

（这是论述《道德经》中的"弱者，道之用。柔弱胜刚强。坚强者，死之徒。强梁者，不得其死。不知常，妄作！凶。"柔弱处下，才能长久；强横的人，必有灾殃。现象背后都有其形成的法则，也就是"有果必有因，性格决定命运"。也就是如何建立自己正确的世界观。）

孔子的学生伯牛性格十分暴躁，总是争强好胜，不讲究做人的准则。有一次他与人发生了争执，犯了罪，被关在监狱里，要被判刑了，孔子去责问他为什么能犯这样严重的错误。

伯牛从窗户里握着孔子的手，无限悲伤地说道："老师，我真的要完了！我要被处决了！这难道就是我的命运吗？像我这样性格冲动暴躁的人，注定会犯这样的错呀！像我这样性格冲动暴躁的人，注定会犯这样的错呀！"

曾子感慨地说："鸟将要死时，鸣叫声是悲哀的；人在临近死亡的时候，发自内心说出的话，才能透出真理啊。伯牛在绝境中终于反省自己性格的问题了。"

曾子虽然说得很好，头头是道，但还是没有做到知行合一。有一次他不小心，也违背了做人的准则，犯了一个错误，孟敬子就追究了他的责任。

孔子就赶紧把他所有的学生都召集了过来，说道："同学们，大家都给我认真听好了啊！从现在开始教育大家，都要知道曾子犯错的根本原因是什么！从现在开始，教育大家，都要学会解决这个问题的法则和手段！任何人再也不能犯冉耕和曾子同样的错误了！以免重蹈冉耕这样的人生悲剧。"

"《诗经》上说：'做事的时候，一定要小心谨慎，战战兢兢，好像是面临着深渊，好像走在薄薄的冰层上一样，要深思熟虑之后再行事。'从今以后，我知道大家不会成为不好的学生了！"

子疾病①。

子路使门人为臣②，子路请祷③。

病间，子曰："有诸？"

子路对曰："有之。《诔》④曰：祷尔于上下神祇。"

子曰："丘之祷久矣。"

曰："久矣哉，由之行诈⑤也。无臣而为有臣，吾谁欺？欺天乎？且予与其死于臣之手也，无宁死于二三子之手乎？且予纵不得大葬⑥，予死于道路乎？"

子曰："天生德于予，桓魋⑦其如予何？"

【注释】

①病：不满，责备。例如：诟病。

②臣：奴隶。

③请祷：祈祷，盼望。

④诔：lěi，叙述死者生前事迹，哀悼死者的文章。

⑤诈：欺诈，不诚实。

⑥大葬：古谓按封建礼制举行的隆重葬礼。泛指正式葬礼。

⑦恒魋：魋 tuí，兽名，似小熊，毛浅而赤黄。魋形容各种危险、灾祸。恒魋形容天大的灾祸。

【释文】

（这是论述《道德经》中"含德之厚，比于赤子。毒虫不螫 [shì]，猛兽不据，攫 [jué] 鸟不搏。 古之所以贵此道者何？不曰求以得，有罪以免邪"！）

有一次，孔子违反了国家制定的制度，犯了错，被君主责备、惩罚。

子路让孔子的学生们去给君主道歉，说我们都是君主下等的奴隶，大人不记小人过，以此请求君主原谅老师的过错。

孔子正在被责备、惩罚的时候，知道了这事，孔子说："同学们，真有这回事吗？"

子路诚实地回答说："老师，是真的，有这回事。我在祈福的文章中说'祈祷天上地下的神灵都来救救老师'。"

孔子说："我不需要你给我祈福，我自己早就祈祷过老天爷了。"

孔子接着说："子路，你跟随我学习这么久了，这样做就是虚伪啊！我们不是奴隶而你让我们去充当奴隶。我欺骗过谁呢？欺骗上天吗？你这样是让我死在当奴隶这件事上啊，这样我就会死在你们这些学生手中啊！这样会使我不能按照正式的葬礼进入祖坟，难道你们让我死在荒郊野路上吗？"

孔子骄傲地说："同学们，我坚持真理、拥有先天好的品德，天大的灾祸又能把我怎样呢？坚持真理的人，老天爷永远都会保佑他！所以，大家请放心，我无论遇到任何灾祸，都会化险为夷！"

03 虚心篇

子路问成人①。

子曰："若臧武仲之知②，公绰③之不欲，卞④庄子之勇，冉求之艺，文之以礼乐，亦可以为成人矣。"

曰："今之成人者，何必然⑤？见利思义，见危授命，久要不忘平生之言，亦可以为成人矣。"

子曰："君子成⑥人之美⑦，不成人之恶⑧。小人反是。"

【注释】

①成人：成为一个真正的人。

②臧武仲之知：臧武，不逞武力，不争强好胜。仲之知，认为自己的智慧是第二。臧武仲之知指做人要自谦，认为自己能力不行。

③公绰：在国家为官。

④卞：法度，效法。《玉篇》：卞，法也。

⑤何必然：必须要成为什么样子。

⑥成：完成，成为。

⑦美：好的，善的，符合真理的行为现象。

⑧恶：坏的，不好的，不符合真理的行为现象。

【释文】

（这是论述《道德经》中的"曲则全"。如果总觉得自己是无知的，不断的修正自己，那就是完美的人了。）

子路问怎样才算是完人。

孔子说："比如总认为自己能力不行，从来不想贪图功名利禄，能够效法庄子那样勇敢，慢慢地学习各类礼法制度，用各种规则和思潮给与教育，就可以算个完人了。"

孔子又说："现在大家所认为的真正的人，必须要成为什么样子的呢？见到利益能想到道义，遇到危险随时肯献出生命，长期处在贫困之中，也不忘平生的诺言，也就可以算是完人了。"

孔子说："君子立志成为一个有美好德行、有价值的人，而不违背真理和失去美德。小人则与此相反。"

子罕①言利，与②命③与仁。

子曰："不知命，无以为君子也；不知礼，无以立也；不知言，无以知人也。"

孔子曰："君子有三畏：畏天命，畏大人④，畏圣人之言。小人不知天命，而不畏也，狎⑤大人，侮⑥圣人之言。"

【注释】

①罕：稀少，没有，不。

②与：赞许，信奉。

③天命：上天赐予的不可改变的使命。

④大人：德高望重的圣人。

⑤狎：不重视或不注意，戏弄，嘲笑。

⑥侮：轻慢，藐视，看不起。

【释文】

孔子从来不谈论如何获得功名利禄，只探寻人生的使命和仁德是什么。

孔子说："同学们，一个人如果不知道自己人生的使命意义是什么，就没有可能成为君子；不懂得做人的准则，就没办法有所作为；不知道分辨别人言语背后的逻辑，便不能了解别人。"

孔子说："君子有三种敬畏：敬畏规律、真理，敬畏德高望重的圣人，敬畏圣人的言论。小人不知道规律、真理不可违抗，所以不敬畏规律、真理，嘲笑德高望重的圣人，藐视圣人的文章言论。"

子之所慎：齐①，战②，疾。

子曰："好勇、疾贫，乱也！人而不仁，疾之已甚，乱也！"

子贡问曰："赐也，何如？"

子曰："女器也。"

曰："何器也？"

曰："瑚琏③也。"

子曰：君子不器④。

子曰："管仲之器小哉！"

或曰："管仲俭⑤乎？"

曰："管氏有三归⑥，官事不摄⑦。焉得俭？""然则管仲知礼乎？"

曰："邦君树塞门⑧，管氏亦树塞门。邦君为两君之好，有反坫⑨，管氏亦有反坫。管氏而知礼，孰不知礼？"

子曰："臧文⑩仲⑪居蔡⑫，山节藻棁⑬，何如其知也？"

子曰："臧文仲其窃位者与！知柳下惠⑭之贤而不与立⑮也。"

子贡问曰："何如斯可谓之士矣？"

子曰："行己有耻，使于四方不辱君命，可谓士矣。"

曰："敢问其次。"

曰："宗族称孝焉，乡党称弟焉。"

曰："敢问其次。"

曰："言必⑯信⑰，行必果⑱，硁硁然小人哉！抑亦可以为次矣。"

曰："今之从政者何如？"

子曰："噫！斗筲⑲之人，何足算也？"

太宰⑳问于子贡，曰："夫子圣者与？何其多能也？"

子贡曰："固天纵之将圣，又多能也。"

子闻之，曰："太宰知我乎？吾少也贱㉑，故，多能鄙事㉒。君子多乎哉？不多也。"

牢㉓曰："子云：吾不试㉔，故艺。"

子曰："吾有知㉕乎哉？无知也！有鄙夫㉖问于我，空空如也㉗！我叩其两端㉘而竭㉙焉。"

子曰："觚㉚？不觚？""觚哉、觚哉！""亡㉛而为有，虚㉜而为盈㉝，约㉞而为泰㉟。难乎有恒㊱矣！"

曾子曰："以能，问于不能；以多，问于寡㊲；有，若无；实，若虚；犯而不校㊳，昔者吾友，尝从事于斯矣！"

"达巷党人㊴"！

曰："大哉孔子！博学而无所成名。"

子闻之，谓门弟子曰："吾何执㊵？执御㊶乎？执射㊷乎？吾执御矣。"

子贡曰："有美玉㊸于斯，韫椟㊹而藏诸？求善贾㊺而沽㊻诸？"

子曰："沽之哉，沽之哉！我待贾者也。"

子使漆雕㊼开仕。

对曰："吾斯之未能信。"子说。

子曰："三年学，不至于谷[48]，不易得也。"

季氏[49]使闵子骞[50]为费宰。

闵子骞曰："善为我辞焉！如有复[51]我者，则吾必在汶[52]上矣。"

闵子侍侧[53]，訚訚[54]如也。子路，行行[55]如也。冉有、子贡，侃侃[56]如也。

子乐。"若由也，不得其死然[57]？"

阙党[58]童子将命[59]，或问之曰："益者与？"子曰："吾见其居于位也，见其与先生并行也。非求益者也，欲速成者也。"

子曰："可与共学，未可与适道；可与适道，未可与立；可与立，未可与权[60]。"

子曰："道不同，不相为谋[61]！"

子曰："辞，达而已矣。"

师冕[62]见，及阶[63]，子曰："阶也。"

及席，子曰："席[64]也。"

皆坐，子告之曰："某[65]在斯，某在斯。"

师冕出，子张问曰："与师言之道与？"

子曰："然。固相师[66]之道也。"

子曰："可与言而不与之言，失人；不可与言而与之言，失言。知者不失人，亦不失言。"

【注释】

①齐：相同高度，例如：见贤思齐，齐腰深，齐天大圣。这里指成了和圣贤一样的人，形容自满，自大。

②战：泛指搏斗，争斗，争胜负，比高低。例如：论战，争战。

③瑚琏：古代祭祀时盛黍稷的尊贵器皿，比喻人特别有才能，可以担当

大任。

④君子不器：器，才华。君子不器指真正的君子都很谦虚，认为自己没有任何才华。

⑤俭：爱惜。

⑥三归：三，不是具体数字三，是形容很多。归，趋向，去往，打算。三归指有许多个人的打算，有许多自私自利的想法。

⑦摄：管辖，统领。

⑧树塞门：树，建立。塞门，影壁门。树塞门指建立一个影壁墙。

⑨反坫：土筑的平台，茶几。

⑩臧文：臧，通"赃"，贪污，行贿，引申为丧失。文，美德。臧文指没有一点美德。

⑪仲：第二。

⑫居蔡：蔡，野草。居蔡引申为内心价值观低微、卑贱，没有成为国家栋梁的远大理想。

⑬山节藻棁：古代天子的庙饰。山节，刻成山形的斗拱。藻棁，画有藻文的梁上短柱。后用以形容居处豪华奢侈，越等僭礼。山节藻棁引申为奢靡的物质生活。

⑭柳下惠：柳下：柳树枝条下垂，树荫很大。引申为隐藏其中。惠，通"慧"，智慧。柳下惠这个人名寓意是一个非常有智慧的人，把自己的智慧隐藏起来，不被人看到，大智若愚。

⑮立：指出仕，登位，即位。例如：立班（上朝时依品秩站立）。《史记·陈涉世家》当立者乃公子。

⑯必：固执。

⑰信：法则，教条。

⑱果：实现，凡事与预期相合的成果。

⑲斗筲：筲，shāo，一种竹器，仅容一斗二升。因斗和筲和鼎相比都是很小的容器，比喻没有什么才华、见识短浅，不值一提。

⑳太宰：这个名字隐喻指极端狂妄自大、自以为是的人。

㉑贱：拙笨，傻。

㉒鄙事：鄙陋、见识浅薄的事。

㉓牢：坚决，肯定。例如：牢护，坚决的维护。

㉔不试：试，任用，聘用。不试指没有被任用。

㉕有知：有智慧，知道什么是智慧真理。

㉖鄙夫：鄙，边邑；边境。鄙夫指远方来的人。

㉗空空如也：什么智慧也没有。

㉘叩其两端：叩，推理。两端，问题与答案，现象与本质。叩其两端指推理问题与答案，现象与本质。

㉙竭：失去，什么也没有。

㉚觚：通"孤"，缺少，辜负的意思。

㉛亡：没有，缺少。

㉜虚：空虚，空洞。

㉝盈：充满。

㉞约：卑微，卑下。

㉟泰：富裕高贵。

㊱恒：永久的，不变的。指真理。

㊲寡：少，没有。

㊳校：对抗，抗衡，计较。

㊴达巷党人：达，举荐，支持，赞成，愿意。巷，直为街，曲为巷；大者为街，小者为巷。达巷指一无所知，十分无知。党，美，善，正直。后作“谠”，《广雅》：党，善也；美也。党人，品德高尚的人。达巷党人指认为自己一无所知，才是最高尚的品德。

㊵执：掌握。

㊶御：使用，应用。

㊷射：谋求，逐取，得到。

㊸美玉：引申为贤德的品质。

㊹韫椟：yùn dú，韫，隐藏。椟，柜子。韫椟指在柜子里隐藏。

㊺贾：商人，买家。

㊻沽：买卖。

㊼漆雕：漆，涂抹。雕，中国古代的一种制作工艺技术，用彩画装饰。漆雕指用显赫的头衔和好看的衣服来粉饰包装一个没有名气的人，把一个粗俗的人说成具有高尚品德和才华的人。

㊽谷：通“穀”，中心，领导，第一。

㊾侧：不正。

㊿季氏：目前的注解认为是鲁国正卿季孙氏，即季平子，是当时鲁国三大权门之一。我认为季氏是代指一个学习最差的、末流的人。

(51)闵子骞：闵，可怜，忧虑。骞：抬举。闵子骞引申为不喜欢被人夸赞的人。

(52)复：践行，以此去做。

(53)汶：心中昏暗不明。

(54)訚訚：yín yín，基本意思是说话和悦而又能辨明是非之貌。

(55)行行：行，刚强。形容十分刚正的样子。《集韵》：行，行行，刚强的样子。

㊱ 侃侃：形容说话理直气壮，不慌不忙。

㊲ 不得其死焉：这是反问句，是死得其所的意思，指人生会很有价值。

㊳ 阙党：阙，终了，空，无。党，正直。阙党指不正直。

㊴ 将命：奉命。

㊵ 权：领导。

㊶ 谋：商议，探讨。

㊷ 师冕：号称自己是天下第一的老师，圣人。

㊸ 阶：官衔，等级。

㊹ 席：职位。

㊺ 某：我。

㊻ 相师：互相为师，互相学习。

【释文】

（这是论述《道德经》中的"大器免成，大白若辱，大直若屈。知其白，守其黑，知其荣，守其辱"。真正有才华的人都谦虚无为。）

孔子特别担心自己有以下三种思想：第一，认为自己智慧了得，成了和古圣先贤思想高度一样的人；第二，总想战胜他人，当天下第一；第三，自己的认知有缺陷。

孔子说："同学们，喜欢争强好胜、痛恨自己没有社会地位，那是极为不好的现象！如果一个人没有仁爱，是最令人痛恨的了，那是违背仁德的现象啊！"

有一天子贡问孔子说："老师，你说我的才华怎么样？"

孔子说："你好比是个有用的器具。"

子贡好奇地问："我是一个什么样的器具呢？"

孔子说："就是宗庙里盛黍稷的那个尊贵的瑚琏啊。虽然你不是像鼎一样的国家重器，但是你善于经商赚钱，还是稍微有点本领的。"

孔子说："我郑重地警告你啊，真正领悟真理的君子，都是谦虚地认为自己没有任何才华和功绩。你千万不要因为有点权力，就开始追求奢侈，觉得自己了不得！"

孔子说："我考考大家，我们当朝的官员管仲，他是谦虚的君子吗？"

或者说："管仲作为官员，他有美德吗？他是什么器皿呢？"

孔子说："我告诉大家：管仲私心很重，总想借助自己手中的权力为自己多多捞取名利、好处。而且对于官家给他分配的工作，他从来不尽心尽责的管辖，他怎能是爱惜自己的美德呢？如此看来，管仲懂做人的准则吗？"

孔子接着说："管仲的家里装饰得超级豪华，你看邦君的宫殿内有影壁墙，管仲的家里也有影壁墙；邦君为了两个国家能够和睦相处，为了表示对来访者的尊重，使用了茶几，而管仲竟然在家里也设有茶几；假如有人说管仲懂社会的规则，那天下还有谁不知道社会的规则呢？"

孔子严厉地批评说："像管仲这样，抛弃了大学里老师的谆谆教导，没有舍己为民的远大理想，内心价值观变得卑贱、龌龊，过分地追求外在奢靡的生活，怎么能够说他知晓做人的准则呢？"

孔子对同学们大声说："管仲没有一点美德，用不合法的手段取得地位，能赞成他这样吗？拥有大智若愚的贤者，是不会赞成和他这样的人一起同朝谋事的。"

子贡问道："老师，既然管仲这样的人不是好的官员，那怎样才可称得上是一位好的管理者呢？"

孔子说："把当官就是为了发财这种想法，当作是耻辱来约来束自己，做事不辜负自己的职责使命，这就可以称作是一位好的管理者了。"

子贡说："请问次一等的管理者是什么样的？"

孔子说：“宗族的人称赞他孝顺圣贤思想，乡里的人称赞他有仁爱。”

子贡说：“请问再次一等的管理者是什么样的？”

孔子说：“执行国家制定的政策时，说话固执、做事死板，机械刻板地追求达到政策文件文字的条条框框，不懂融汇贯通，不懂得实事求是，不考虑人民的实际情况，这样的就是小人，但也可以算是再次一等的管理者了。”

子贡说：“老师，现在那些执政的人，怎么样啊？”

孔子无奈地说：“唉！都是一些像斗筲一般不值一提的家伙，有什么值得去说的呢？”

有一个狂妄无知的人太宰，向子贡问道：“夫子是圣人吗？为什么他才华横溢呢？”

子贡傲气地说：“这本是上天想让他成为圣人，所以他才华横溢。”

孔子听了这些话，对子贡说：“太宰整天不好好学习，没有一点见识和眼光，他能知道我到底有什么才华吗？我在小时候很拙笨，后来学会了不少低下粗陋的技艺。我有君子那么多才华吗？没有的。”

有一个学生坚定地说：“老师，不是你说的这样啊，你曾给我们讲过你的人生经历，‘我因早期考取功名不成功，没有被国家任用，所以后来又努力学了很多做人的准则。’”

孔子说：“是吗？我有智慧吗？我没有智慧啊。有一个远方来的人问我有什么智慧吗，我对他说，我没有什么智慧。我曾反复想去探求事物的来龙去脉，问题与答案、现象与本质，我依然没有收获任何智慧真理。”

孔子自问自答地说：“我是辜负了真理呢，还是没有辜负真理啊？”“我没有掌握真理啊，我确实是没有掌握真理啊！”“本来没有德，却装作有德；内心空无智慧，却装作有智慧；本来穷困卑下，却装作富裕高贵。这样的人很难拥有真理啊。”

曾子感慨地说：“老师说得太好了！老师明明很有智慧，却总向没有智慧的人请教；明明知识广博，却总向知识少的人请教；明明有学问，却像没学问一样愚钝；明明满腹智慧，却像一无所知一样；即使被他人冒犯，也不去计较。那些曾经和我交往过的人，都是我学习的好榜样，我也要尝试着像老师这样去做啊。”

总认为自己是孤陋寡闻、一无所知的人，才是最有智慧的人啊！

同学们一致感叹道："我们老师真是伟大啊！虽然学问广博，坚持真理、很有智慧，却从来不认为自己有任何成就和名声。"

孔子听了这话，对学生们说："同学们，我掌握了什么真理吗？我能使用什么真理吗？我能实现什么远大的志向目标吗？我仅仅能使用了一点点真理罢了！"

子贡说："老师，假如有贤德、有思想、有智慧的人，都应该像你一样永远在这里隐藏起来呢，还是找位赏识自己的贵人，去实践自己的思想呢？"

孔子说："子贡啊，你太无知了，竟然会问这么愚蠢的问题！你赶紧去展示自己的理想才华吧！你赶紧去实现你的理想才华去吧！我那个待求知音有贤德的学生啊！"

孔子让子贡包装一下自己的形象头衔去做官，子贡赶紧推辞说道："不行，不行！老师，我还没有领悟你所讲述的圣贤智慧啊，不够当领导的资格啊。"

孔子听了很高兴。

孔子赞叹的说："子贡读了这么多年圣贤书，你能谦虚地认为自己还没有彻底领悟圣贤智慧，不配当领导，这是很难得的啊。"

一个没有一点智慧的人季氏，鼓动教唆闵子骞花钱贿赂一个官当一当。

闵子骞告诉来人说："如果真的为我好，你就帮我推辞掉吧！我根本没有做领导的才华和能力！如果我答应他们说的，去做一个官员，我的脑子一定是糊涂透了。"

同学们听了老师的训诫之后，都变得越来越谦虚好学。

闵子总是谦虚地认为自己做得很不好，不符合做人的准则，不符合真理，说话和悦而又能辨明是非的样子；子路十分刚强正直的样子；冉有、子贡，说话理直气壮，不慌不忙的样子。

孔子很高兴，他说："同学们，照这样下去，大家难道还实现不了人生的价值吗？"

孔子讲的课虽然很好，有成就的学生无数，但是总有一些人不同意孔子的观点。

有一个心术不正且无知的学生，就很不服气，反问孔子说："像老师您说的这样做，真有什么好处吗？我可不这么认为，我认为有才华就应该去炫耀。"

孔子对同学们说："我发现这个同学觉得自己和老师一样有文化，觉得自己像长辈一样做得很好。他其实不是一个虚心学习追求上进的人，而是一个急于求成的人。"

孔子说："同学们，可以和你一同学习的人，未必可以和你有共同的三观认知；可以和你有共同三观认知的人，未必可以和你共创事业；可以和你共创事业的人，未必可以和你一起当领导。"

孔子愤怒地说："人以群分，物以类聚！三观认知不一样的人，是不能在一起探讨、商量问题的！"

孔子说："一个人说的话，能表达出核心意思就可以了，不要过度宣扬自己多厉害。"

一个号称自己是天下第一的人来见孔子，孔子说："您是有高贵身份的人啊。"

他走到座席边，孔子说："您是有社会地位的人啊。"

大家都坐下后，孔子告诉他说："我本人没有什么高贵身份，我本人没有什么地位。"

号称自己是天下第一的人告辞后，子张问道："他和老师您谈话的方式，是符合人际交往法则的形式吗？"

孔子很是不屑的说："是的，这本来就是互相学习的方式。"

孔子说："同学们，酒逢知己千杯少，话不投机半句多。本来应该和君子沟通交流，但没有与君子沟通交流，这是错失了人才；本来没必要与小人对话及却与小人对话了，这就是说错话了。聪明的人不错过人才，也不和不该谈的人说错话。"

子贡问君子。

子曰："先行其言，而后从之。"

子语①鲁大师②乐，曰："乐其可知也。始作，翕③如也；从之，纯④如也；皦⑤如也，绎⑥如也，以成。"

大师挚⑦适齐，亚饭⑧干⑨适楚⑩，三饭⑪缭⑫适蔡⑬，四饭缺⑭适秦，鼓方叔⑮入于河，播鼗⑯武⑰入于汉⑱，少师⑲阳⑳击磬㉑襄㉒入于海。

子曰："其言之不怍㉓，则为之也难。"

子曰："君子耻其言而过其行。"

【注释】

①语：谈论，议论。《说文》语，论也。

②大师：在某一方面造诣很深的人。这里指音乐大师，音乐指挥家。

③翕：和好，一致。

④纯：熟练，不杂。

⑤皦：清晰，分明。

⑥绎：继续，连绵不断。

⑦挚：亲密，诚恳。

⑧亚饭：古代天子、诸侯正餐之后，第二次饮酒水时奏乐助兴。

⑨干：求取，希望。

⑩适楚：脱掉华丽的衣服。

⑪三饭：吃完饭后的第三次饮酒水时奏乐助兴。

⑫缭：绕道而行。

⑬适蔡：蔡，形声，祭声，本义：野草，引申为野外。适蔡指逃到城郊野外。

⑭缺：空缺。

⑮方叔：方，人的品行方正。叔，假借为"少"。《白虎通·姓名》叔者，少也。方叔指不再保持自己的端庄形象了。

⑯播鼗：鼗，táo，两旁缀灵活小耳的小鼓，有柄，执柄摇动时，两耳双面击鼓作响。俗称"拨浪鼓"。

⑰武：猛烈，暴躁。

⑱汉：银河，引申为天上。

⑲少师：音乐官员。

⑳阳：突出。

㉑击磬：击碰，撞击。磬：古代乐器。用石或玉雕成，悬挂于架上，击之而鸣。击磬这里指用头撞击磬。

㉒襄：手拿农具在地里挖一个个小洞，放进种子，再盖土。襄，类似埋葬的意思。

㉓怍：zuò，惭愧。

【释文】

（这是论述《道德经》中的"夫轻诺必寡信，多易必多难"。做人不要把任何事想得很简单，而做不到位。）

子贡问孔子怎样才能成为一个君子。

孔子说："对于你想要说的话，不要先说出来，而是先做好了，然后再说出来，就是君子的作风。"

有一次，孔子和一位号称是鲁国音乐大师的人，共同谈论音乐创作的方法技巧，这位大师说："谱曲、演奏音乐的方法技巧是很简单的：前奏开始时，各种乐器配合得和谐一致，声音甜美，继续展开下去，音节分明，情感突出，连续不断地演奏，最后完成。"

某一天，齐国国君诚恳地邀请这位盛名远播的鲁国音乐大师前去作曲演奏。

在晚上的宴会上，他指挥了第一场乐曲，现场的人们都觉得太难听了，乐队的人们说，真希望立刻甩掉表演服装，不干了。这位著名的鲁国音乐大师说，再换一首风格的曲子演奏一次，大家就觉得美妙了。第二次演奏，人们觉得这个曲子更难听了，乐队的人们都说想赶紧绕道离开宴会厅，逃到荒郊野地去了。这位著名的鲁国音乐大师又一次说，再换一首风格的曲子演奏一次，大家就觉得美妙了。可是这一次，人们觉得这样的音乐简直是对生命的摧残、折磨啊！人们都觉得即使是逃到遥远的秦国去，都难以表达心中强烈的不满了！打鼓乐师也不在乎自己的端庄形象了，愤怒地说，跳进黄河死了得了！摇鼗鼓的乐师也暴跳如雷地说，让老天爷把自己的命收走得了！主管音乐的官员从人群中猛然跳出来说，要用头撞磬而死，然后再让人们把他的尸体沉入海底，这样才能消解心中的闷气。

看来，这位这位所谓的鲁国著名音乐大师，原来是夸夸其谈、徒有虚名之辈啊！

孔子说："一个人说大话而不感觉内心有愧疚，想让他变成一个谦虚的人就很难了。"

孔子说："同学们，要以此引以为戒。君子把说得很好、却做不到位，自吹自擂，视为是可耻的行为。"

子贡问为仁。

子曰："工欲善其事，必先利其器。居是邦也，事其大夫之贤者，友其士之仁者。"

子曰："民之于仁也，甚于①水火②。水火，吾见蹈③而死④者矣，未见蹈仁而死者也。"

子曰："当仁，不让于师。"

【注释】

①甚于：好过，超越。

②水火：水患，着火。比喻灾祸。

③蹈：遵循，实行。

④死：不通达，固执。

【释文】

子贡问有仁德的君王是什么样的。

孔子说："我给你举个例子：每一个劳动者要想做好自己的工作，必须先有得心应手的工具。所以，担当国家的君王，要想治理好天下，就要礼贤下士对待大夫中的贤人，结交士大夫中的仁人。"

孔子说："使全国民众内心都有仁爱，比处理水火这样的灾害大事还要重要。水火这样的灾害，我看见有人死在里面，却没有见过因为实行仁爱，人会死的。"

孔子说："所以，需要主持发扬仁爱的时候，一定要争先去做，即使对老师也不必谦让。"

子贡听了老师说的话，总是积极帮助他人，争做好人好事。

陈司败问①："昭公②知礼乎？"

孔子曰："知礼。"

孔子退，揖巫马期③而进之，曰："吾闻君子不党，君子亦党乎？君取于吴，为同姓，谓之吴孟子。君而知礼，孰不知礼？"

巫马期以告④。

子曰："丘也幸。苟有过，人必知之。"

陈子禽⑤谓子贡曰："子为恭也，仲尼岂贤于子乎？"

子贡曰："君子一言以为知，一言以为不知，言不可不慎也。夫子之不可及也，犹天之不可阶而升也。夫子之得邦家者，所谓立之斯立，道之斯行，绥⑥之斯来，动之斯和。其生也荣，其死也哀。如之何其可及也？"

叔孙武叔语大夫于朝，曰："子贡贤于仲尼。"子服景伯以告子贡。

子贡曰："譬之宫墙，赐之墙也及肩，窥见室家之好。夫子之墙数仞，不得其门而入，不见宗庙之美、百官之富。得其门者或寡矣。夫子之云，不亦宜乎！"

叔孙武叔⑦毁仲尼。

子贡曰："无以为也！仲尼不可毁也。他人之贤者，丘陵也，犹可逾也；仲尼，日月也，无得而逾焉。人虽欲自绝⑧，其何伤于日月乎？多见其不知量也。"

孺悲⑨欲见孔子，孔子辞以疾，将⑩命者出户，取瑟而歌，使之闻之。

子曰："君子坦⑪荡荡⑫，小人长⑬戚戚⑭。"

子贡曰："君子之过也，如日月之食焉？过也，人皆见之；更也，人皆仰之。"

子曰："人之过也，各于其党⑮。观过，斯知仁矣！"

子曰："过而不改，是谓过矣。"

子曰：由⑯，诲女知之乎？知之为知之，不知为不知，是知也。

子曰："莫我知也夫！"

子贡曰："何为其莫知子也？"

子曰："不怨天，不尤人，下学[17]而上达，知我者其天乎？"

颜渊喟然叹曰："仰之弥高，钻之弥坚，瞻之在前，忽焉在后。夫子循循然善诱人，博我以文，约我以礼。欲罢不能，既竭吾才，如有所立卓尔。虽欲从之，末由也已。"

【注释】

①败问：败，腐烂，变质。败问引申为不怀好意。

②昭公：鲁昭公。

③巫马期：巫医，做法祈福消灾的人。

④告：向公众公开。

⑤禽：鸟。引申为禽兽一般。

⑥绥：安抚人心以保持平静。

⑦叔孙武叔：叔孙，把叔叔当作自己的晚辈。武，军事打击。叔孙武叔形容一个人狂妄自大，不懂得尊重长辈。

⑧自绝：绝，断，毁灭。自绝指自己毁灭自己，自毁前程。

⑨孺悲：孺，小孩子。孺悲指像小孩子一样悲伤哭泣。

⑩将：传达，表达。

⑪坦：没有任何隐瞒。

⑫荡荡：荡，洗涤，清除。叠字用法，是先秦时代最常用的一种语言修辞手法，是为了加强这个字的意思。荡荡指彻底地清除。

⑬长：增加，增长。

⑭戚：愤怒，不高兴。

⑮党：知晓，解悟，认知。《荀子》法先王，顺礼义，党学者。

⑯由：凭借，以此，从这里。

⑰下学：下，形而下者谓之器；事物表面的学问。下学代指普通的学问、知识。

【释文】

（这是论述《道德经》中的"宠辱若惊。圣人不病，以其病病"。圣人都是认为自己的毛病、问题很多，自己是很无知的人。）

陈司不怀好意地问孔子："鲁昭公知道做人的准则吗？"

孔子说："他当然知道做人的准则。"

孔子走出去后，巫马期向陈司作了个揖，走近他说："我听说君子不因关系亲近而偏袒，难道君子也结党营私吗？孔子的思想是来源于吴，是鲁君的同姓，被称为吴孟子。如果孔子若算得上知道做人的准则，还有谁不知道做人的准则呢？孔子就是一个爱偏袒乡亲的小人。"

巫马期就把此话公告于天下。

孔子听说后，感慨地说："我孔丘真幸运，一直坚持以本色做人，光明磊落，总是说真话，不说谎话，要不然就会被人看出来了。一个人想把自己的缺点隐藏起来不被人知晓，那是不可能的，一定会被别人看出来的，别人一定会把这个错误公告于天下，让世人皆知。"

陈司又不怀好意地对子贡说："你为人真是谦和啊！大家都有目共睹，仲尼岂能比你更有才能？"

子贡说："君子的一句话，可以体现出聪明；一句话，也可以体现出不聪明；所以你说话不可以不慎重。我老师的才华美德没人能赶得上，就像青天无法通过阶梯登上去一样。假如老师去治理国家的话，说要立于礼，百姓就宣于礼；引导百姓，百姓就跟着实行；安抚百姓，百姓就会来归服；动员百姓，百姓就会协力同心。他活着的时候荣耀，死了令人哀痛，我怎么可能达到他的才能呢？"

陈司在朝廷上对大夫们说："子贡的才华比仲尼更强些。"子服景伯把这话告诉了子贡。

子贡说："我就用围墙作比喻吧。我家围墙只有齐肩高，从墙外可以看到里面房屋的美好。我老师的围墙有几千米高，如果你不能从大门口走进去，你就看不见里面宗庙的雄美、房屋的富丽。能够找到大门的人或许太少了，所以陈司才会说我比老师更有贤德，这不就是很自然的事情了吗？"

陈司不听子贡的解释，依然不分长幼尊卑猛烈诋毁孔子，说孔子是很无知的人。

子贡对他严厉地批评道："请你不要这样做！仲尼是不可诋毁的！别人的贤能，好比丘陵，还可以被超过；仲尼的思想品德，就好比是日月，是永远无法逾越的。一个人见贤不思齐、自毁前程，对日月又能有什么伤害呢？只显出他愚蠢无知、自不量力罢了。"

陈司听了子贡的这几番慷慨陈词之后，终于认识到自己做错事了，悔恨不已，悲痛欲绝的样子就像幼儿嚎啕大哭，他想去拜见孔子，希望能为自己的鲁莽无知向孔子赔礼道歉，孔子婉言拒绝了陈司道歉的请求。因为孔子认为，陈司对自己的批评很对，自己的学识确实不够好，身上还有很多毛病问题。

传话的人刚出门，孔子便取下瑟来边弹边唱，故意让诋毁自己的陈司听见，他想让陈司知道自己心情很好，根本没有在意他对自己的污蔑、诋毁。

孔子对子贡说："君子能够坦然地面对别人指出的错误和问题，并彻底地改掉自己的错误和问题；小人面对别人指出的毛病和问题，内心会不断地增加抵抗与愤怒。"

子贡说："君子身上的过失错误，不就像日食和月食一样主动袒露无遗吗？他有过错时，主动坦诚认可，人人都看得见；他改正了自己身上的毛病过失，人人都仰望他的高尚德行。"

孔子说："人们之所以会犯各种各样的错误，是因为每个人认知维度不一。所以观察一个人对自己所犯错误的态度，就可以知道他的为人是否有仁了。"

孔子说："有了过错而不改正，这才真叫大错了。"

孔子说："同学们，从以上我给你的教诲中，你都懂了吗？知道就是知道，不知道就是不知道，这才是真的有智慧！"

孔子惋惜地说："可惜啊！这个世界上没有人能够了解我啊！"

子贡疑惑地说："老师，您为什么说世界上没有人能了解您呢？"

孔子说："我从不埋怨自己命运的不公，出了问题也不责备是他人的过错，我所遭遇的一切厄运、磨难，都是我自己的认知造成的。我透过万事万物普遍的现象，就能够领悟出事物背后的本质、规律，了解我的大概只有老天爷了吧！"

颜渊无限感叹地说："我的老师啊，他的学问道德，抬头仰望，越望越觉得高；努力钻研，越钻研越觉得无比深奥。看着好像是已经理解了老师的思想，忽然又像一点都没有领悟老师的思想。老师善于有步骤地引导我们，用各种文献来丰富我们的知识，用做人的准则来约束我们的行为，我们想要停止学习都不可能。我已经用尽自己的智力，似乎有一个高高的东西立在我的前面，虽然我想要追随上去，却找不到可循的路径。老师真是神人啊！"

04 知人篇

或问子产①。

子曰："惠人也。"

问子西②。

曰："彼哉③！彼哉！"

问管仲。

曰："人也，夺伯氏④骈⑤邑三百，饭疏⑥食，没齿⑦无怨言。"

【注释】

①子产：产，出生，生育，结出果实。子产这个人名引申为有功绩的人。

②西：日落的方向，西方。引申为堕落，没有什么成就。

③彼哉：另外一面，相反的方向。

④伯氏：兄长。

⑤骈：两匹马并行的车。

⑥疏：粗劣，粗糙。

⑦没齿：牙齿都没有了，死了。

【释文】

（这是论述《道德经》中的"孰能有余以奉天下？唯有道者！夫唯道，善贷且成"。）

有人问孔子，子产这样的人什么样？

孔子说："这个人都是上善之人啊。"

有人问，在社会中没有成就的人是什么样的。

孔子说："与之相反的人呀！与之相反的人呀！这些人不是上善之人啊。"

有人问到管仲是怎样的人。

孔子说："他可是个人才啊。他被剥夺了兄长的地位和车马城池，以及三百户的封地，生活极为简朴，但是一辈子都没有怨言。"

子问公叔文子于公明贾。

曰："信乎，夫子不言，不笑①，不取②乎？"

公明贾对曰："以告者过也。夫子时然后言③。人不厌④其言；乐然后笑，人不厌其笑；义然后取，人不厌其取。”

子曰："其然？岂其然乎？"

子曰："不逆诈，不亿⑤不信⑥，抑⑦亦先觉者，是贤乎！"

子曰："君子贞⑧而不谅⑨。"

【注释】

①不言不笑：言，发表意见、观点。笑，态度。不言不笑指不发表意见，也不表明态度。

②取：得到，获得，引申为理解、领悟。

③时然后言：然，样子。时然后言就是指对某个人或事，思想中有了一个观念（一般是指不客观的偏见），然后发表自己的看法。

④厌：饱，彻底满足，引申为到头了，结束了。

⑤亿：通"臆"。臆测，预料。《论语·先进》：亿在屡中。

⑥信：放任，随便。例如：信手拈来。

⑦抑：而且。

⑧贞：端正，正道，有节操。

⑨谅：固执，坚持己见。

【释文】

（这是论述《道德经》中的"重为轻根，静为躁君。不如守中"。）

孔子向公明贾询问公叔这个人的思想怎么样。

孔子说："我当时问他，你领悟真理了吗？老先生不发表观点，也不表明态度。他这样回复我，应该是没有领悟真理啊？"

公明贾回答说："您这样说就错了！老师您这样说，是因为您内心先预设了一个错误的观念之后才说出来的话，不是真实的他。您还没彻底说完话的时候，他内心正听得很高兴，听您讲完后，他才能表达自己的态度；您不等待他听完之后发表观点、态度，就想当然地认为这就是他的观点态度，您这是没有彻底理解他的想法啊。"

孔子不好意思地说道："是这样的吗？难道真的是这样的吗？"

孔子说："不预先怀疑别人欺诈，不凭空臆想别人不诚信，却能先行察觉，这样的人，才是贤者啊。"

孔子说："君子坚持真理，实事求是，而不固执己见。"

子贡方[1]人。子曰："赐也，贤乎哉？夫我则不暇[2]。"

子曰："吾之于人也，谁毁？谁誉？如有所誉者，其有所试矣。斯民也，三代之所以直道而行也。"

子曰："众恶之，必察焉；众好之，必察焉。"

子曰："君子不以言举[3]人，不以人废[4]言。"

子曰："始吾于人也，听其言而信其行；今吾于人也，听其言而观其行。于予[5]与改是[6]。"

子曰："视其所以，观其所由，察其所安[7]，人焉廋[8]哉？人焉廋哉？"

子曰："晋文公谲[9]而不正，齐桓公正而不谲。"

子曰："臧武仲以防求为后于鲁，虽曰不要[10]君，吾不信也。"

子夏问曰："'巧笑倩兮[11]，美目盼兮[12]，素以为绚兮[13]'。何谓也？"

子曰："绘事后素[14]。"

曰："礼后乎？"

子曰："起予者，商[15]也！始可与言《诗》已矣。

《诗》曰："衣锦尚絅[16]"，恶其文之著也。

故，君子之道，暗然而日章；小人之道，的然而日亡。君子之道，淡而面不厌，简而文，温而理，知远之近，知风之自，知微之显，可与入德矣。

《诗》云："相在尔室，尚不愧于屋漏[17]。"故，君子不动而敬，不言而信。

【注释】

①方：通"谤"（bàng），指责别人的过失。

②暇：空闲，没有事的时候。

③举：赞许；表彰。

④废：破灭；覆没，否定。

⑤于予：对于这样。

⑥是：赞同，遵从，以为法则。

⑦安：存有什么心。

⑧廋：隐藏。

⑨谲：jué，欺骗，诈骗。

⑩要：通"约"（yuē），胁迫。

⑪巧笑倩兮：见《诗经·卫风·硕人》，巧，美好，美丽，漂亮。倩，含笑的样子。巧笑倩兮形容一个人笑得极为灿烂的样子。

⑫美目盼兮：见《诗经·卫风·硕人》，盼，眼睛黑白分明的样子。美目盼兮比喻一个人用眼睛深情脉脉地看着对方。

⑬素以为绚兮：素，本来的面貌。绚，有文采的，色彩华丽。素以为绚兮指把原来的样子用华丽的外表包装一下。

⑭绘事后素：绘，画，粉饰。后：跟着后面，接着。绘事后素指粉饰、掩盖事物原本的样子，弄虚作假，故意讨好他人。

⑮商：交流，探讨。

⑯䌹：jiǒng，单层的衣服。

⑰屋漏：古代室内西北隅施设小帐，安藏神主，为人所不见的地方称作"屋漏"。这里指最隐蔽的地方。

【释文】

（这是论述《道德经》中的"见素抱朴"。圣人在任何地方、任何时候都坚持真理。）

有一天，子贡当众议论别人的过失。

孔子说："你赐就什么都好吗？我就没有你这种去议论别人的闲暇。"

孔子说："我对于别人，毁谤了谁？赞誉了谁？如果有所赞誉的话，一定对他有所考察才说的。如果民众有了这样认知，子孙后代都会成为正直的人。"

孔子说："众人都厌恶他，一定要去考察众人都厌恶他的原因是什么；大家都喜爱他，也一定要去考察大家都喜爱他的原因是什么。"

孔子说："君子不因为听到一个人的某一句话，就全盘赞许他；也不因为看到一个人行为有缺点，就全盘否定他的话。"

孔子说："之前，我和别人交往的时候，听他讲了什么话，我就相信他就是按照他自己说的那样做的；今天，我和别人交往的时候，我听他讲了什么话，然后观察他是不是按照他自己说的那样做的。对于和我交往的人，以这样的思维作为认识他的法则。"

孔子说："要想彻底认识一个人，你就观察他的行为状态，观察他为什么是这样的状态，再观察他内心的思想价值观。这样分析全天下的人，还有谁能隐藏得了呢？还有谁能隐藏得了呢？"

孔子说："晋文公就是诡诈而不正派，齐桓公正派而不诡诈。"

孔子说："隐藏自己的实力以备不时之需，说是为了继承鲁国，虽然他说不是要挟鲁国君，但是我是不相信他的话。"

子夏问道："《诗经·卫风·硕人》中写道'一个人对你笑得极为灿烂，用亮晶晶的眼睛深情脉脉地看着你，以此来掩饰自己内在真实的想法、目的'，说的是什么意思啊？"

孔子说："这是为了说某一个人为了粉饰他内在真实的本质、想法，而刻意表现出假装讨好你的样子罢了。"

子夏说："这不就是把做人的准则抛弃了吗？做人怎么能这样呢？"

孔子说："你能有这样的见解很好。能够互相给与对方启发、然后探究到问题的本质，我们能够在一起互相探讨问题，就是最好的学习方式！你能够如此深入思考事物的本质，现在我就可以与你共同探讨古圣先贤的文章了。"

《诗经》上说："内穿锦缎，外罩麻衣。"

我是很不喜欢这样表里不一、掩盖粉饰自己内心的人啊。

因此，君子坚守的真理，虽然外表暗淡无光，不被人知晓，但是君子的德行每日彰显；小人坚守的信仰，鲜艳显著，但日趋灭亡。君子坚守的真理，平淡但不令人厌恶，简约但文采熠熠，温和但有条理。知道自己的理想与实现的方法，知道人的思想是来自教化，知道做事要由小及大，这样就可进入到圣人的德行行列中去了。

《诗经》上说："独自一人在自己的房间里，应当无愧于任何看不见的地方，做人要表里如一，以一贯之。"所以，君子即使没有使用真理，也能表现出他对真理的恭敬态度；即使没有谈论真理，也能表现出他对真理的忠诚态度。

子张问明。

子曰："浸润①之谮，肤受之愬，不行焉，可谓明也已矣。浸润之谮②，肤受③之愬④，不行焉，可谓远也已矣。"

子曰："由之瑟⑤，奚⑥为于丘之门。"门人不敬子路。

子曰："由也升堂⑦矣，未入于室⑧也。"

公伯寮愬⑨子路于季孙，子服景⑩伯以告，曰："夫子固有惑志⑪于公伯寮，吾力犹能肆诸市朝⑫。"

子曰："道之将行也与，命也；道之将废也与，命也。公伯寮其如命何？"

季子然⑬问："仲由、冉求可谓大臣与？"

子曰："吾以子为异之问，曾由与求之问。所谓大臣者，以道事君，不可则止。今由与求也，可谓具臣⑭矣。"

曰："然则从之者与？"

子曰："弑父与君，亦不从也。"

【注释】

①浸润：谗言。液体渐渐渗入或附着在固体表面。引申为沉溺于。

②谮：zèn，无中生有地说人坏话。

③肤受：表面。比喻浅薄，造诣不深。

④愬：sù，诋毁、诬陷别人。

⑤瑟：庄重严谨，矜持稳重的样子。

⑥奚：在某种情况、时间或场合。

⑦升堂：比喻学问技艺已入门。

⑧入于室：领悟核心思想，掌握精髓。

⑨寮愬：寮，小窗，小屋。愬，sù，诉。寮愬指私下里偷偷说悄悄话，多数是坏话。

⑩服景：服，承受。景，情景。服景指大大方方。

⑪惑志：疑心，不了解其意图。

⑫肆诸市朝：肆，极，尽。市朝，公共场所。肆诸市朝指极力、尽快把这件事公布于众。

⑬然：赞同，认可。

⑭具臣：具，饭食，酒席。具臣指酒囊饭袋，没有任何才华的人。

【释文】

（这是论述《道德经》中的"知人者智，自知者明"。）

子张问什么是真正的明智。

孔子说："那些不懂什么是真理，沉溺于胡乱说话，没有独立思考判断就诽谤他人，在你这儿都行不通，就可以称得上明智了。那些不懂什么是真理，沉溺于胡乱说话，没有独立思考判断就诽谤他人，在你这里都行不通，就可以说已经超过他人了。"

孔子说："仲由这个人的特点是矜持稳重，不爱说话，因为某一个缘分来我这里做学生"。

孔子的其他学生看到仲由总是很矜持不说话，因此有点不尊重仲由。

孔子对学生们说："大家要尊重他啊，千万不要以貌取人！我认为仲由的学问很好，已经入门了，只是还没有掌握真理的精髓而已。"

公伯看到子路的为人处事风格，总以为子路确实哪里做得都不好，就在私下里偷偷向季孙氏诉说子路的各种坏话。

孔子知道了这个事情之后，第一时间把这件事告诉公伯说："我虽然不了解你偷偷向季孙氏说子路的坏话有什么意图，但是我依然想尽快把这件事公布于众。"

孔子说："真理必将被人们在天下践行，这是人类自然的发展规律决定的；真理必将被人们败坏、废弃，这种情形也是人类自然的发展规律决定的。这都是谁也无法阻止的。公伯喜欢私下里嚼舌头、偷偷搞小动作，又能把别人的命运怎么样呢？"

季子于是问：“仲由和冉求是否称得上大臣呢？”

孔子很不高兴地说：“我以为你提的这个问题不是一个正道的问题，你不应该隔着他们两个人向我询问他们是什么样的人。我们所说的大臣，应该能以合于真理的方式去侍奉君主，如果行不通，便宁可不干。你非要我现在评价由和求这两个人呀，我只能说我的两个学生只算得上是酒囊饭袋的臣子罢了。”

季子又问到：“如果真是这样的情况，他们是跟学你这些作风吗？”

孔子愤怒地说：“这是绝对不可能的事！哪怕是让我杀父亲、杀君主，违背人伦，我也是不会按照这样做的。”

季子哪里知道，孔子是正话反说，谦虚罢了，他不屑于和无知的人谈论是非之事。

叶公①问孔子于子路，子路不对。

子曰：“女奚不曰：‘其为人也，发愤忘食，乐以忘忧，不知老之将至云尔’。”

子贡问曰：“孔文子何以谓之文也？”

子曰：“敏而好学，不耻下问，是以谓之文也。”

子谓子产：“有君子之道四焉：其行己也恭②，其事上也敬③，其养民也惠，其使民也义。”

子曰：“君子博学于文，约之以礼，亦可以弗畔矣夫。”

子曰：“文，莫吾犹人也④。躬行君子，则吾未之有得。”

子曰：“若圣与仁，则吾岂敢？抑为之不厌，诲人不倦，则可谓云尔已矣。”

公西华曰：“正惟弟子不能学也。”

子夏曰：“君子有三变：望之俨然，即⑤之也温，听其言也厉⑥。子温而厉，威而不猛⑦，恭而安⑧。"

【注释】

①叶公：叶，树叶。叶公原意是只能看到树叶的人，引申为目光短浅的人。

②恭：奉行。

③敬：慎重地对待，不怠慢不苟且；敬谨。

④莫吾犹人也：是倒装句，吾莫犹人也。莫吾犹人也指我不担心和别人有差距。

⑤即：接近。

⑥厉：通"励"，振奋，激励，勉励，策，鞭打。例如：陈寿《三国志》亲秉旄钺，以厉三军。

⑦猛：凶暴，霸道。

⑧安：从容不迫。

【释文】

（这是论述《道德经》中的"知人者智"。）

一个目光短浅的人向子路询问孔子是怎样的人，子路没有回答。

孔子对子路说："你为什么不回答他呢？你应该这样说：他这个人嘛，发奋追求真理，专心致志到了忘记吃饭的程度，沉溺于学有所得的快乐中，而不知道什么是忧虑，甚至自己即将进入老年了，都不知道。如此而已。"

子贡问道："老师，您为什么被大家称赞为最有才华和美德的人呢？"

孔子说："我勤奋爱学，不以向比自己学问低下的人请教为耻，所以大家称赞我有才华有美德。"

孔子给大家讲述如何成长进步，说："大家能做到符合君子标准的四个方面就可以了：第一，为人处世奉行真理，不走歪门邪道；第二，在单位工作为领导办事，慎重地对待，不怠慢，不苟且；第三，对百姓关心爱护，给予恩惠，有仁爱之心；第四，役使百姓时，也做得合乎情理，使百姓真心拥护。"

孔子说："君子广泛学习圣贤的美德，再用做人的准则加以约束，这样就不会离经叛道了。"

孔子说："对于圣贤的美德，我学得可以了，不担心和别人有差距了。但是，身体力行地去做一个君子，那我还没有什么心得体会。"

孔子说："如果说我成了圣人并拥有仁了，那我怎么敢当！不过是朝着圣人并拥有仁的方向努力做而不厌倦，教导别人不知疲倦，仅仅可以这样说。"

大家把老师的这个问题剖析开，说："老师您这样高尚的思想，正是我们弟子学不到的。"

子夏说："践行真理的君子，会使人感到有三种变化：远远望去庄严可畏，接近他时却温和可亲，听他说话则精神振奋。温和可亲且令人振奋，有威仪但是不凶暴，对人谦恭且从容不迫。老师就是这样的人啊。"

孟氏使阳肤①为士师②，问于曾子。

曾子曰："上失其道，民散久矣。如得其情，则哀矜而勿喜。"

子曰："孟公绰③为赵魏④老则优，不可以为滕薛⑤大夫。"

子曰："君子泰⑥而不骄，小人骄而不泰。"

子曰："刚毅、木讷⑦，近仁。"

子游曰："吾友张⑧也为难能也，然而未仁。"

曾子曰："堂⑨堂乎张也，难与并为仁矣。"

曾子曰："可以托六尺之孤，可以寄百里之命，临大节而不可夺也，君子人与？君子人也。"

【注释】

①阳肤：阳，表面的，肤浅的。肤，大。《诗·小雅·六月》：薄伐狁狁，以奏肤公。又如：肤功（大功）。阳肤指认知很肤浅的人。

②士师：知识分子的老师。

③绰：古同"搅"，吹拂，搅乱，没有原则。

④赵魏：赵，赵国。魏，魏国。

⑤滕薛：公元前 712 年，姬姓滕侯与任姓薛侯同去鲁国朝见周天子，两人都争着排在前头为长。薛侯认为他的祖先分封在前应排在前头，滕侯认为自己是皇族姓应排首位。鲁隐公派羽父去劝说薛侯，薛侯同意让滕侯居上。滕薛指互相争抢，互不谦让，不懂分寸。

⑥泰：命运亨通，事业发达。

⑦木讷：人质朴而不善辞令。

⑧张：子张。

⑨堂：高显的样子。

【释文】

（这是论述《道德经》中的"自是者，不彰；自伐者，无功；自矜者，不长。贵以身为天下，若可寄天下；爱以身为天下，若可托天下"。）

孟氏选用了一个只会溜须拍马做表面文章的人当老师。

曾子说："在上位的人一旦丧失了真理，民心离散是早晚的事。如果你了解了这个事情的本质，就应该矜持，而不要沾沾自喜！"

孔子说："孟公做事不坚持真理，很没有原则，认为在赵魏很有资历就是最厉害的人了。你不能和他们一样，做这种互相争抢、互不谦让不懂分寸的大夫。"

孔子说："君子虽然命运亨通、事业发达，但不骄矜凌人；小人喜欢骄矜凌人，但是没有社会地位。"

孔子说："刚强坚毅、质朴慎言，具备了这种品德的人，便接近仁德了。"

子游说："我的朋友子张是难能可贵的人才了，然而他还没有达到仁的境界。"

曾子说："子张总是表现出一副十分高高在上的官样啊，很难把他和仁相提并论了。"

曾子说："如果一个人能像老师说的那样宠辱不惊，可以把未成年的孤儿托付给他，可以将国家的命脉寄托于他，面对生死存亡的紧要关头，他都能够不动摇不屈服。这样的人是君子吗？这样的人当然是君子啊。"

05 为德篇

樊迟从游于舞雩①之下，曰："敢问崇德，修慝②，辨惑？"

子曰："善哉问！先事后得，非崇德与？攻其恶，无攻人之恶，非修慝与？一朝之忿，忘其身③，以及其亲④，非惑与？"

或曰："以德报怨，何如？"

子曰："何以报德？以直报怨，以德报德。"

【注释】

①舞雩：雩，yú，彩虹。舞雩指跳舞。

②慝：tè，邪恶，坏。

③身：品德，修养。

④亲：喜爱的、崇尚的圣贤思想。

【释文】

（这是对《道德经》中"报怨以德"的论述。）

樊迟一直是一个只喜欢学习唱歌跳舞，不喜欢学习君子之道的学生。有一次上课的时候，樊迟突然说道："请问老师，如何提高自己的品德修养，改正过失，辨别是非？"

孔子高兴地说："樊迟，你这个问题问得好啊！难得你问了一个很有价值的问题，我给讲一下啊。奉献在先，享乐在后，这不就可以提高自己的品德修养吗？检查自己的错误，不去指责别人的缺点，这不就消除邪恶了吗？因为一时气愤，而不顾自己的品德和崇尚的圣贤思想，这不就是糊涂吗？"

樊迟又说试探地说："老师，我听有人说，应该用恩德来回报怨恨，您觉得怎么样？"

孔子不高兴地说："那用什么来回报恩德呢？不可以这样。我认为应该用正直来回报怨恨，用恩德来回报恩德。"

周公谓鲁公曰："君子不施其亲[1]，不使大臣怨乎不以。故，旧[2]无大故[3]，则不弃也，无求备于一人。"

【注释】

①亲：有血缘关系的人。

②旧：有交情的大臣。

③故：意外事件。

【释文】

周公对鲁公说："君子在朝中不践行安置和他有血缘关系的人，不借助权力颐指气使大臣，人们对他的怨恨自然就没有了。所以，如果那些有交情的老臣没有大的过错，就不要抛弃他们，不要对每个人求全责备。"

子张问："士何如斯可谓之达矣？"

子曰："何哉？尔所谓达者？"

子张对曰："在邦必闻，在家必闻。"

子曰："是闻也，非达也。夫达也者，质直而好义，察言而观色，虑以下人。在邦必达，在家必达。夫闻也者，色取仁而行违，居之不疑。在邦必闻，在家必闻。"

【释文】

（这是论述《道德经》中的"太上，不知有之"。）

子张问："老师，一个人做到士怎么样，可以说是通晓了真理、见识高远吗？"

孔子没有正面回答，反问说："子张，你为什么这样说呢？你所说的通晓了真理、见识高远，是什么呢？"

子张回答说："我理解的通晓真理是在诸侯的国家一定有名声，在大夫的封地一定有名声。"

孔子不屑的说："你说的这个只是有名声而已，不是通晓了真理、见识高远。通晓了真理、见识高远的人，本质正直而喜爱道义，体会别人的话语，观察别人的脸色，时常想到对别人谦让。这样的人在诸侯的国家一定有社会地位，在大夫的封地也一定有社会地位。有名声的人，表面上要实行仁德而行动上却相反，以仁人自居而毫不怀疑。他们在诸侯的国家一定虚有其名，在大夫的封地也一定虚有其名。"

子张问曰："令尹子文三仕为令尹，无喜色；三已之，无愠色。旧令尹之政，必以告新令尹。何如？"

子曰："忠矣！"曰："仁矣乎？"曰："未知。焉得仁？""崔子弑齐君，陈文子有马十乘，弃而违之。至于他邦，则曰：'犹吾大夫崔子也。'违之。之一邦，则又曰：'犹吾大夫崔子也。'违之。何如？"

子曰："清矣。"曰："仁矣乎？"曰："未知。焉得仁？"

【释文】

（这是论述《道德经》中的"宠辱不惊"。）

子张问道："老师，子文多次被国家任命为宰相的职务，他都没有显出高兴的样子；几次被罢免，他也没有显示出怨恨的神色。对于原来的管理制度法则，他每次也是一定交代给下届接位的人。这个人怎么样？"

孔子说："这个人可算得上践行了圣人的思想了。"

子张问："他算得上有仁德吗？"

孔子说："不知道，这怎么能算仁呢？"

子张又问："老师，崔杼杀了齐庄公，陈文子有四十四马，他都丢弃不要，就离开了。到了另一个国家，说：'这里的执政者和我国的崔子差不多'，又离开了。再到了一国，说：'这里的执政者和我国的崔子差不多'，还是离开了。这人怎么样？"

孔子说："他很自命清高。"

子张说："他算得上有仁德吗？"

孔子说："不知道，这怎么能算有仁德呢？"

06 君子篇

子贡问友。

子曰：“忠告而善道之！不可，则止，毋自辱焉。”

曾子曰：“君子以文会友，以友辅仁。”

【释文】

子贡问与朋友的相处之道。

孔子说：“忠心地劝告他，要把真理彻底贯穿始终！如果他不听从你的建议，就不要再劝告他了，你自己要认真践行真理，千万不要辜负了自己一生。”

曾子说：“君子用圣贤学问来结交、聚合朋友，让好朋友帮助自己培养仁德。”

孔子曰：“益者三乐，损者三乐。乐节礼乐，乐道人之善，乐多贤友，益矣。乐骄乐，乐佚游，乐宴乐，损矣。”

君子所贵乎道者三：动容貌，斯远暴慢矣；正颜色，斯近信矣；出辞气，斯远鄙倍矣。笾①豆之事，则有司存。

孔子曰：“侍于君子有三愆：言未及之而言，谓之躁；言及之而不言，谓之隐；未见颜色而言，谓之瞽。”

子曰：“古者民有三疾，今也或是之亡也。古之狂②也肆③，今之狂也荡④；古之矜⑤也廉⑥，今之矜也忿戾⑦；古之愚也直，今之愚⑧也诈⑨而已矣。”

孔子曰：“君子有三戒：少之时，血气未定，戒之在色；及其壮也，血气方刚，戒之在斗；及其老也，血气既衰，戒之在得。”

孔子曰：“君子有九思：视思明，听思聪，色思温，貌思恭，言思忠，事思敬，疑思问，忿思难，见得思义。”

子曰：“君子，不重则不威；学则不固。主忠信，无友不如己者；过则勿惮改。”

孔子曰："见善，如不及；见不善，如探汤。吾见其人矣，吾闻其语矣。隐居，以求其志；行义，以达其道。吾闻其语矣，未见其人也。"

子曰："君子道者三，我无能焉：仁者不忧，知者不惑，勇者不惧。"

子贡曰："夫子自道也。"

【注释】

①箯：biān，古代王宫中一种从事杂役的奴隶。

②狂：第一个狂，指勇猛。第二个狂，指自傲、自大。

③肆：正，直。

④荡：行为不检，不受约束。

⑤矜：第一个矜指庄重，庄严。第二个矜指自大，骄傲。

⑥廉：正直；刚直；品行方正。

⑦忿戾：蛮横无理，动辄发怒。

⑧愚：第一个愚指敦厚。第二个愚指欺骗，戏耍。

⑨诈：虚伪。

【释文】

孔子说："作为君子，要深刻认识到：有益于自己的坚守有三种，有害于自己的习惯有三种。一，安于良好社会风俗习惯；二、喜欢发扬美好的道德；三、原意结交所有圣贤的朋友；这三种都是有益处的。有害处的：一、安于骄傲自大骄纵；二、喜欢放荡的思想；三、情愿吃喝玩乐；这三种都是有害的。"

君子所应当重视的做人准则有三个方面：使自己的容貌庄重严肃，这样就可以避免别人的粗暴和怠慢；使自己面色端庄严正，这样就接近真理了；讲究言辞和声和气，这样就可以避免粗野和错误。至于那些杂事，自有其主管人员。

孔子说："坚守君子的德行容易有三种过失：没有轮到他发言而发言，叫作急躁；到该说话时却不说话，叫作隐瞒；不看君子的脸色而贸然说话，叫作盲目。"

孔子说："古人最痛恨出现的三种恶行，现在的人看到后都觉得无所谓了。古代的人勇敢并且坚守正道，现在的人狂妄无知、不守正道；古代的人英勇无畏并且品行方正，现在的人自高自大、蛮横无理；古代的人为人敦厚并且公正不偏私，现代的人为人欺骗、奸诈虚伪，仅此罢了。"

孔子说："君子一生有三件事应该特别警惕戒备：第一戒，戒色。年少的时候，世界观、人生观、价值观还没有稳定下来，一定要警戒迷恋花花世界上的外在物质，防止在年少无知的时候过度痴迷于追求身外的奢华物质，从而迷失了自己远大的理想、追求，玩物丧志导致人生一事无成。第二戒，戒斗。壮年的时候，自己的人生观、价值观已趋于成熟，一定要戒除总觉得自己'老子天下第一'的念头，要谦虚无为，防止过分争强好胜，与人发生冲突出现意外。第三戒，戒得失。人生是用来体验的，当人到了老年的时候，这一辈的功过得失已经成为历史，人的精气神已经衰败，要戒除患得患失的想法，不要为自己这一辈子的成败得失、官大官小、钱多钱少等等耿耿于怀，保持身心健康就是最好的人生了。"

孔子说："君子有九种思考：看的时候要思考看明白了没，听的时候要思考听清楚了没，待人接物时，要想想脸色是否温和，样貌是否恭敬，说话时要想想是否忠实，做事时要想想是否严肃认真，有疑难时要想着询问，气愤发怒时要想想可能产生的后患，看见可得的要想想是否合于义。"

孔子说："一个君子，如果内心不庄重，就没有外在的威严；学习了真理，就不会顽固不化。行事应当坚持法则、真理，人人都可以做自己的老师，有了过错，要不怕改正。"

孔子说："见到善的行为，唯恐自己达不到，赶紧努力的去学习；看见不善的行为，就像手伸进了沸水中那样，赶快避开。我曾经看见过这样积极向善的人，也听到过有人讲过这样的话。不去彰显自己，为了追求自己的理想志向，按照符合正义的原则行事，以求实现他信奉的天道规律。我听到过有人讲这样的话，却没见到这样谦虚无为的大圣人。"

孔子说："君子所遵循的人生准则有三条，可惜我一条都没能做到！第一，内心充满仁德，一生不会有任何忧愁；第二，觉悟了世间的真理，一生不会有任何迷惑；第三，勇敢刚强，一生不会惧怕任何事。"

子贡笑着说道："哎呀！老师讲了半天，就是在描述他自己的样子啊。"

子夏之门人，问交于子张。

子张曰："子夏云何？"

对曰："子夏曰：可者与之，其不可者拒之。"

子张曰："异乎吾所闻：君子尊贤，而容众；嘉善，而矜不能。我之大贤与，于人何所不容？我之不贤与，人将拒我，如之何其拒人也？"

子曰："躬自厚而薄责于人，则远怨矣。"

【释文】

（这是论述《道德经》中的"善者，吾善之；不善者，吾亦善之"。）

子夏的学生向子张请教如何结交朋友。

子张问："子夏怎么说？"

对方回答："子夏说：'可以交往的就和他交朋友，不可以交往的就拒绝、远离他。'"

子张说："我所听到的与此不同：君子不仅尊重贤人，也能容纳众人；既能赞美、推举善人，也能同情、宽容能力弱的人。如果我是十分贤良的人，那对别人有什么不能容纳的呢？如果我是坏人，那别人就会拒绝、远离我，我又怎么能拒绝别人呢？"

孔子说："君子总是严厉地责备自己而宽容地对待别人，就可以远离别人的怨恨了。"

司马牛①忧曰："人皆有兄弟，我独亡②。"

子夏曰："商闻之矣：死生有命，富贵在天。君子敬而无失。与人恭而有礼，四海之内皆兄弟也。君子何患乎无兄弟也？"

子曰："德不孤③，必有邻④！近者悦，远者来！"

司马牛问君子。

子曰："君子不忧不惧。"

曰："不忧不惧，斯谓之君子已乎？"

子曰："内省不疚，夫何忧何惧？"

《诗》云："潜虽伏矣，亦孔之昭！"。"故，君子内省不疚，无恶于志。君子之所不可及者，其唯人之所不见乎？"

【注释】

①司马牛：司，官吏；方面之长。牛，喻固执或骄傲，倔脾气。司马牛这个人名寓意是一个脾气很倔，人缘不好的官吏。

②亡：没有。

③孤：通"辜"，亏欠，辜负。

④邻：亲近。

【释文】

（这是论述《道德经》中的"美言可以市尊，美行可以加人"。）

一位脾气性格火爆的官吏司马牛，忧愁地说："老师，为什么别人都有好兄弟，唯独我没有呢？"

子夏对司马牛说："司马牛啊，我听说过'一个人的生死是由命运决定，富贵也在于上天的安排。'一切事物的产生与发展，都有其原因、法则。君子总是谨慎地遵守万事万物的法则、真理，所以永远不会出差错。对人恭敬而有原则，四海之内的人，都当作自己的兄弟，君子何必担忧自己没有兄弟呢？"

孔子说："子夏说的对，一个人如果不缺少美好的德行，自然会有人愿意亲近他！他身边的那些人自然会感到身心愉悦，而那些远方的人，也会因为他的美好德行被吸引，主动来找他做朋友。司马牛，你没有朋友，就应该反思一下自己的品行有什么缺陷啊！"

司马牛觉得大家说的都很对，接着问孔子，怎样才算是君子？

孔子说："得道的君子对一切事物没有任何忧虑不解的，对一切好坏结果没有一点恐惧心理。"

司马牛说："老师，对一切事物没有任何忧虑不解的，对一切好坏结果没有一点恐惧心理，这就叫君子了吗？"

孔子说："是啊。一个人总是反省自己是否有真理有仁德，做到时时刻刻符合真理，那还有什么可忧虑呢？"

《诗经》上说："尽管潜藏隐匿在水下，仍然清晰可见。"

"因此，君子内心省察自己而不感到内疚，无愧于心。那些能力不如君子的原因，不就是在人看不到的地方不能严格要求自己、胡作非为吗？"

子路问君子。

子曰："修己，以敬。"

曰："如斯而已乎？"

曰："修己，以安人。"

曰："如斯而已乎？"

曰：“修己，以安百姓。修己，以安百姓，尧舜其犹病诸！”

【释文】

（这是论述《道德经》中的“修之以身，其德乃真”。）

子路也问孔子，怎样做才是君子。

孔子说：“努力做一个最好的人，以表达自己对圣贤的崇敬。”

子路说：“老师，像这样就可以了吗？”

孔子说：“不止如此，应该修养自己并且使别人也愿意安于我这样。”

子路又问：“老师，像这样就可以了吗？”

孔子说：“修养自己，并且使百姓安于我这样。修养自己，使百姓都安于我这样，尧、舜大概都担心自己很难完全做到这几条吧！”

子路问曰：“何如斯可谓之士矣？”

子曰：“切切①、偲偲②、怡怡③，如也，可谓士矣。朋友切切、偲偲，兄弟怡怡。”

曾子曰：“士，不可以不弘毅！任重而道远。仁以为己任，不亦重乎？死而后已，不亦远④乎？”

【注释】

①切切：切，把骨角玉石加工制成器物，引申为看透事物内在的本质、法则。切切形容十分深入的交流。

②偲偲：偲，能力好。偲偲形容十分有能力。

③怡怡：怡，愉悦，喜乐。怡怡形容十分愉悦。

④远：时间久，永恒。

【释文】

子路问孔子："老师，怎样才可以称为有文化、有理想的有知识分子呢？"

孔子说："彻底看透事物内在的本质、规律，能力越来越强大，心情也越来越喜悦，就可以叫作好的知识分子了。朋友之间要相互学习、互相探讨，彻底看透事物内在的本质、规律，能力越来越强大，兄弟之间就会越来越喜悦"。

曾子说："作为有文化有理想的知识分子，不可以没有远大的志向！我们每个人的一生都是任重而道远。把实现'仁德'作为自己的责任，意义不重大吗？直到死了也不考虑自己的利益，名声不就流芳百世了吗？"

07 为仁篇

问仁。

曰："仁者，先难①而后获②，可谓仁矣。"

叶公语孔子曰："吾党③有直躬者④，其父攘⑤羊，而子证⑥之。"

孔子曰："吾党之直者异于是：父为子隐⑦，子为父隐，直在其中矣。"

子曰："已矣乎！吾未见能见其过⑧，而内自讼者⑨也！"

子曰："孟之⑩反不伐⑪，奔而殿⑫，将入门，策⑬其马，曰：'非敢后也，马不进也。'"

子曰："君子求诸⑭己，小人求诸人。"

子谓子贱⑮："君子哉！若人！鲁无君子者，斯焉？取斯？"

【注释】

①难：不好的。

②获：得到，拥有。

③党：古代地方户籍编制单位。以五百家为一党。

④直躬者：做事正直、符合真理的人。

⑤攘：偷，盗取。

⑥证：告发，引申为证明，说明。

⑦隐：熄灭，堵塞。引申为杜绝，阻拦，劝阻。

⑧过：犯错。

⑨自讼者：讼，自责。自讼者指自己批评自己的人。

⑩孟之：又名孟之侧，鲁国大夫。

⑪反不伐：反对，抗拒。伐，自夸，觉得自己很好。反不伐指抗拒自己批评自己，抗拒自我反思。

⑫殿：最后。

⑬策：鞭打。

⑭诸：之于。

⑮子贱：贱，地位低下，人格卑鄙。子贱这个人名寓意是自己说自己低贱，是自我贬低、自我批评的意思。

【释文】

（这是论述《道德经》中"枉则直。自伐者，无功"。）

有人问孔子，怎么样才叫作有仁德。

孔子说："有仁德的人，先认为自己是不好的、是错误的，然后就能拥有美名了。这样可以说是有仁德了。"

有一个见识短浅的人对孔子说："我的家乡有一个自以为正直的人，他父亲偷了羊，他便告发自己的父亲，证明他父亲做了这样的错事。"

孔子摇摇头，说："我家乡那些坚持正义真理的人与此不同！父亲会阻拦、劝诫儿子从一开始就不要有这样的念头、不犯这样的错误；儿子也会阻拦、劝诫父亲，从一开始就不要有这样的念头、不犯这样的错误。这就是我家乡人信奉的正义真理。"

孔子无奈地说："现在的这个社会算是完了吧！我从未见过看到自己有错误，便能自我责备的人。"

孔子说："我给大家讲一个案例，孟之在政府工作的时候，他从来不懂得反思自己的问题。他在去工作时候十分懒散，一点也不勤奋，上班从来不提早出门，总是快到上班的点了，他才着急忙慌地骑着马往朝堂赶，因此总是落在人群的最后，等大家都早已进入朝堂了，才看见他在宫门口用鞭子使劲儿地驱赶着他的马，急匆匆进入大门。大家批评他上班一点也不积极主动，可他却说：'大家看一下啊，大家看一下啊，不是我上班不积极、愿意迟到啊，是因为这匹马不肯往前跑的缘故啊！我使劲打它，马都不知道努力往前跑啊！'"

孔子说："遇到问题的时候，君子总是找自己的原因，而愚昧无知的人，都是在找外部的借口。"

孔子在讲述什么是自我批评时说："能够这样评价自己的人，真是个君子啊！如果鲁国没有这样的君子，这可怎么办呢？我们又去以谁为学习的榜样呢？"

子张问仁于孔子。

孔子曰："能行五者于天下为仁矣。"请问之。

曰："恭①、宽②、信③、敏、惠。恭，则不侮；宽，则得众；信，则人任焉；敏，则有功；惠，则足以使人。"

【注释】

①恭：奉行。

②宽：宽恕。

【释文】

子张向孔子请教什么是仁。

孔子说："能够在天下实行五种美德，就是仁了。"

子张问："请问是哪五种？"

孔子说："恭敬地对待圣贤思想，宽厚对待人民，遵循自然规律，勤勉理政，有慈爱之心。恭敬地对待圣贤思想，就不会有轻慢之心，宽厚对待人民，就会得到大家的支持，坚持法则、真理，就会人人任用自己，勤勉理政，就会建立功业，对人民充满慈爱，就能够治理好人民。"

子贡曰："君子亦有恶乎？"

子曰："有恶。恶称人之恶者，恶居下流，而讪上者；恶勇，而无礼者；恶果敢，而窒者。"

曰："赐也，亦有恶乎？恶徼，以为知者；恶不孙，以为勇者；恶讦，以为直者。"

子曰："里①仁为美。择不处仁，焉得知？"

子曰："不仁者，不可以久处约，不可以长处乐。仁者安仁，知者利仁！"

子曰："攻乎异端，斯害也已。"

子曰："唯仁者，能②好人，能恶人。"

子曰："苟志于仁矣，无恶也。"

子曰："我未见好仁者，恶不仁者。好仁者，无以尚之；恶不仁者，其为仁矣，不使不仁者，加乎其身。有能一日用其力于仁矣乎？我未见力不足者。盖有之矣，我未之见也。"

子曰："君子而不仁者有矣夫？未有小人而仁者也！"

【注释】

①里：动词，居住，引申为内心的信奉、坚守。

②能：友好，亲善，和睦，包容。例如：《史记·萧相国世家》：何素不与曹参相能。

【释文】

（这一段是孔子论述《道德经》中"善者，吾善之；不善者，吾亦善之，德善。信者，吾信之；不信者，吾亦信之，德信"。）

子贡问："老师，君子也有憎恶的人或事吗？"

孔子肯定地说："当然有所憎恶的人和事了。君子憎恶宣扬别人过错的人，憎恶身居下位而毁谤身居上位的人，憎恶勇敢而无礼的人，憎恶害怕过不好的一生，但是又顽固不化的人。"

孔子问："赐，你也有憎恶的人和事吗？我憎恶抄袭他人之说，而自以为聪明的人；憎恶把不谦逊当作勇敢的人；憎恶揭发别人的隐私，却自以为直率的人。"

孔子说："一个人内心坚守仁慈才是好的。假如他居心叵测，你怎能知道他的心思到底是什么样的呢？"

孔子说："一个没有仁德的人，是不能够长久地与他人交往的，也不能够长久地处于幸福安乐之中的！有仁德的人长期坚守慈爱的精神，明白仁爱的人对他人也会实行仁爱。"

孔子说："诋毁那些和自己不同思想学派的人，这是十分不好的。"

孔子说："只有内心有仁爱的人，既可以与坚持真理的好人和睦相处，也能与没有真理的坏人和睦相处。"

孔子说："如果立志追求仁德，那么这个人就不会成为不好的人了。"

孔子说："我从未见过喜爱仁德的人，厌恶不仁德的人。喜爱仁德的人，觉得没有比崇尚美德更好的了；厌恶不仁德的人，他实行仁德，只是为了使不仁德的事物不加在自己身上。有谁能在一天之内努力就能达到仁了吗？我没见过不努力学习就有仁的人。假如有这样的人，那就是我没有见过罢了。"

孔子说："假如是君子却没有仁爱，会有这样的人吗？从来没有小人有仁德的情况！那是根本不可能有的情况。"

子曰："色厉而内荏①，譬诸小人②。其犹穿窬③之盗也与？"

子曰："鄙夫④，可与事君也与哉？其未得之也，患得之；既得之，患失之。苟患失之，无所不至矣。"

子曰："恶紫之夺朱⑤也，恶郑声⑥之乱雅乐⑦也，恶利口⑧之覆邦家者⑨。"

子曰："予欲无言。"

子贡曰："子如不言，则小子何述焉？"

子曰："天何言哉？四时行焉，百物生焉。天何言哉？"

【注释】

①荏：柔弱，软弱。

②小人：没有仁德，人格卑下的人。

③窬：yú，门边像圭形的小洞。

④鄙夫：认知孤陋浅薄的人。

⑤恶紫之夺朱：恶，嫉妒。《资治通鉴》——表恶其能而不能用也。紫朱，代表权贵君王。恶紫之夺朱指嫉妒权贵想夺取王位。

⑥郑声：正确的思想。

⑦雅乐：好的制度。

⑧恶利口：凶狠、尖利的话。

⑨覆邦家者：颠覆国家的人。

【释文】

（这是论述《道德经》中的"天下神器，不可为也！为者败之，执者失之。天网恢恢，疏而不失！"）

孔子接着对同学们说："你不要认为那些高高在上的管理者都很厉害，他们内心实际是很怯懦，是假装勇敢的君主，这样就是没仁爱的人。这不就像是挖洞爬墙的盗贼吗？"

孔子说："那些认知孤陋浅薄的人，我可以和他们一起在国家供职吗？他们在未得到职位时，总是害怕得不到；得到职位以后，又唯恐失去，如果老是担心失去职位不能享受荣华富贵，那么他会什么坏事都做得出来。我是不屑与他们在一起供职的。"

孔子说："社会上有些人，他憎恨权贵却想自己夺取君王地位，他憎恨正确的治国思想理念，却想自己改变正统的国家制度，说着凶狠、尖利的话，妄想要颠覆国家。"

孔子说："对于以上的人，我是没有什么想说的话了。"

子贡说："如果您不想揭露这些坏人，那我们这些学生又该如何讲什么呢？"

孔子反问说："上天说什么话了吗？四季照样运行，万物照样生长，上天说什么话了吗？天网恢恢，疏而不失。所以，同学们不要着急，那些不遵循天道规律做事的君主，自有其应得的报应。"

颜渊问仁。

子曰：“克己复礼为仁。一日克己复礼，天下归仁焉。为仁由己，而由人乎哉？”

颜渊曰：“请问其目。”

子曰：“非礼勿视，非礼勿听，非礼勿言，非礼勿动。”

颜渊曰：“回虽不敏，请事斯语矣。”

子曰：“回也，其心三月不违仁。其余，则日月至焉而已矣。

【释文】

颜渊问孔子什么是仁。

孔子说：“抑制自己的私心贪欲，使言语和行动都符合做人的准则，就是仁。一旦做到了这些，天下的人都会称许你有仁德。实行仁德要靠自己，难道是靠别人吗？”

颜渊说：“请问老师，实行仁德的具体途径有那些呢？”

孔子说：“不合做人准则的事不看，不合做人准则的事不听，不合做人准则的事不言，不合做人准则的事不做。”

颜渊说：“我虽然不聪敏，我愿意照老师您说的这些话去做。”

孔子说：“颜回呀，他的心中长久地不离开仁德。其余的学生，总觉得自己很短的时间就做到了，一点也不能长久。就是这样而已。”

仲弓问仁。子曰：“出门如见大宾；使民如承大祭。己所不欲，勿施于人。在邦无怨，在家无怨。”

仲弓曰：“雍虽不敏，请事斯语矣。”

【释文】

仲弓问孔子什么是仁。

孔子说："有仁爱的人，出门会客，好像去见贵宾一般有礼有节；役使民众，好像举行对祖先的拜祭一样小心、恭敬。自己所不想要的结果，就不要强加给别人。按照这样，做一国的君主，人们没有抱怨；在自己的家族做族长，家人也没有抱怨。"

仲弓说："我虽然文雅谦虚，但是不够反应灵敏，如果遇到什么事情不会解决，我就向老师你请教。"

或曰："雍也，仁而不佞。"

子曰："焉用佞？御①人以口给②，屡憎于人，不知其仁，焉用佞？"

子贡曰："如有博③施于民而能济④众，何如？可谓仁乎？"

子曰："何事于仁？必也圣乎！尧舜其犹病⑤诸！夫仁者，己欲立⑥，而立人；己欲达⑦，而达人。能近取譬⑧，可谓仁之方⑨也已。"

【注释】

①御：统制，管理。

②口给：口才敏捷，能言善辩。

③博：广泛的。

④济：救助，拯救。

⑤病：困难，不容易。

⑥立：登位，即位，建立功勋。例如：《史记·陈涉世家》：当立者乃公子。

⑦达：地位显赫。

⑧能近取譬：近，合乎，恰当。例如：不近情理。譬，领悟，使他人知晓。

能近取譬指能够用合适的、恰当的词语使他人知晓领悟出来深刻的哲理。

⑨方：规律，法则，真理。例如：《庄子·秋水》：是所以语大义之方，论万物之理也。

【释文】

（这是论述《道德经》中的"修之于天下，其德乃普"。）

有人说："十分文雅谦虚，有仁德，就是不巧言谄媚巴结他人。"

孔子说："你对他的评价怎么可以用巧言谄媚这个词呢？伶牙俐齿地同别人争辩，常常会被人讨厌。你不知道他是否能称得上有仁德，怎么可以用巧言谄媚这个词呢？"

子贡说："如果一个人能把真理广泛地惠及社会大众，而且能够帮助众人获得解脱，这人怎么样？可以说他有仁德了吗？"

孔子赞叹的说："哪里仅仅是仁德呢，那一定是可以称他为圣人了！尧和舜大概都难以做到！一个有仁德的人，想要建立功勋，那就先帮助别人建立功勋；自己想要成为地位显赫的人，那就先帮助别人实现他的志向。能够用恰当的词语使他人领悟出来这个深刻的哲理，可以说是实行仁的真理了。"

司马牛问仁。

子曰："仁者，其言也切。"

曰："其言也切，斯谓之仁已乎？"子曰："为之难，言之得无切乎？"

子曰："晏平仲善①与人交，久而敬之。"

【注释】

①晏平仲善：晏，平静，安逸。仲，第二，并且。晏平仲善指极为舒缓平静而且有良知。

【释文】

司马牛问什么是仁。

孔子说："内心有仁的人，他的言语显得谨慎。"

司马牛又说："老师，言语谨慎，这就可以称作仁了吗？"

孔子说："当你认识到，任何事情要想了解其本质、真相是很困难的，你说话能不谨慎吗？"

孔子说："以极为舒缓平静且有良知的态度与人交往，相识时间久了，别人会更加尊敬他。"

樊迟问仁。

子曰："居①处恭，执事敬②，与人忠，虽之夷狄③，不可弃也。"

【注释】

①居：居住，安着，怀着。引申为内心的坚守，信仰。

②敬：尊敬，对得起。

③夷狄：少数民族，偏远的地方。

【释文】

（这是论述《道德经》中的"居善地，心善渊，与善仁，言善信，正善治，事善能，动善时"。）

樊迟问什么是仁。

孔子说："对圣贤的思想、真理，要坚信不疑，工作的时候要对得起自己的职责，对待他人要诚心于德，即使在别人看不见的、不起眼的地方，也不能抛弃这些原则。"

樊迟问仁。

子曰："爱人。"

子曰："志士仁人，无求生①以害②仁，有杀③身④以成仁。"

问知。子曰："知人。"

樊迟未达，子曰："举直错诸枉，能使枉者直。"

樊迟退，见子夏曰："乡也，吾见于夫子而问知，子曰：举直错诸枉，能使枉者直。何谓也？"

子夏曰："富哉言乎！舜有天下，选于众，举皋陶⑤，不仁者远矣。汤有天下，选于众，举伊尹⑥，不仁者远矣。"

【注释】

①生：生计，生活。

②害：损坏，妨碍。

③杀：凋落，死亡。

④身：生命。

⑤皋陶：传说虞舜时的司法官。狱官或狱神的代称。

⑥伊尹：官员。

【释文】

樊迟问老师什么是仁。孔子说："爱人。"

孔子说："志士仁人，不会为了追求个人的生活而妨碍追求仁爱，即使牺牲生命也要去成就仁爱。"

樊迟又问什么是智。孔子说："善于知人。"樊迟没有完全理解。孔子说：

"把正直的人提拔上来，使他们的位置在不正直的人上面，就能使不正直的人变正直。"

樊迟回去后，还是没有完全理解老师说的话是什么意思，见到子夏，说："刚才我去见老师，问他什么是智，他说：'把正直的人提拔上来，使他们的位置在不正直的人上面，就能使不正直的人变正直。'这是什么意思？"

子夏说道："老师说的这句话涵义多么丰富的话呀！舜有了天下，在众人中选拔人才，把懂司法的人提拔了起来，不仁的人就远远地离开了。汤得了天下，也从众人中选拔人才，把有为官的人提拔起来，那些不仁的人就远远离开了。"

孟武伯问："子路仁乎？"

子曰："不知也。"又问。

子曰："由①也，千乘之国，可使治其赋②也，不知其仁也。"

"求③也何如？"

子曰："求也，千室之邑，百乘之家，可使为之宰也，不知其仁也。"

"赤④也何如？"

子曰："赤也，束带立于朝，可使与宾客言也。不知其仁也。"

【注释】

①由：顺从，沿着。

②赋：军队。

③求：进一步，设法得到。

④赤：空，尽，一无所有，到了极限。

【释文】

孟武伯向孔子问道："你的学生子路有仁德吗？"

孔子说："我不知道啊。"

孟武伯接着又问。孔子说："按照这样做下去，拥有千乘兵车的大国，用他的思想去管理军队，对于他的仁德人民却不知道啊。"

"再分析一下他怎么样呢？"

孔子说："再按照这样做下去，拥有数不清军队的大国，可以让他做宰臣，对于他的仁德人民却不知道啊。"

"发展到最后，会是什么样的呢？"

孔子说："发展到最后，可以在朝当君王，穿戴好礼服立在朝堂上，可以让他应对各地来访的宾客，对于他的仁德人民却不知道啊。"

宰我问曰："仁者，虽告之曰'井[①]有仁焉'，其从之也？"

子曰："何为其然也？君子可逝[②]也，不可陷[③]也；可欺[④]也，不可罔[⑤]也。"

【注释】

①井：比喻法度；条理。

②逝：死。

③陷：掉进，坠入，沉下。引申为堕落。

④欺：压迫，侮辱。

⑤罔：无，没有。例如：罔恤民隐（不管百姓的隐忧）；罔生（苟活）；罔死（白白地死）；罔恤（无忧无虑）；罔知（不知）；罔顾（不顾）。

【释文】

宰我问道："老师，那些有仁德的人，即使是告诉别人'法律也有仁慈啊！'，难道所有的人都会顺从法律做事吗？"

孔子说："宰我，为什么要这样说呢？君子都是即使是死，也不会自甘堕落！可以被人欺负压迫，但不可以没有仁德。"

子曰："吾未见刚①者。"

或对曰："申枨②。"

子曰："枨也欲，焉得刚？"

子贡曰："我不欲人之加诸我也，吾亦欲无加诸人。"

子曰："赐也，非尔所及也。"

【注释】

①刚：刚正，刚直方正。

②申枨：申，表达，表现。枨 chéng，木柱。申枨引申为正直。

【释文】

孔子说："我没有见过刚正无私的人。"

有人就回答说："那些追求正直的人不就是吗。"

孔子说："一心执着想要做正直的人，也是人的一种私欲，怎么能说他是真正正直无私的人呢？"

子贡说："我不愿别人的观念强加在我身上，我也不想把自己的观念强加在别人身上。"

孔子说："赐呀，这很难啊！不是你随随便便就可以做得到的。"

子贡问为仁。

子曰："工欲善其事，必先利其器。居是邦也，事其大夫之贤者，友其士之仁者。"

子曰："民之于仁也，甚于①水火②。水火，吾见蹈③而死④者矣，未见蹈仁而死者也。"

子曰："当仁，不让于师。"

【注释】

①甚于：好过，超越。

②水火：水患，着火。比喻灾祸。

③蹈：遵循，实行。

④死：不通达，固执。

【释文】

子贡问有仁德的君王是什么样的。

孔子说："我给你举个例子：每一个劳动者要想做好自己的工作，必须先有得心应手的工具。所以，担当国家的君王，要想治理好天下，就要礼贤下士对待大夫中的贤人，结交士大夫中的仁人。"

孔子说："使全国民众内心都有仁爱，比处理水火这样的灾害大事还要重要。水火这样的灾害，我看见有人死在里面，却没有见过因为实行仁爱，人会死的。"

孔子说："所以，需要主持发扬仁爱的时候，一定要争先去做，即使对老师也不必谦让。"

子路曰："桓公杀①公子纠②，召忽死之，管仲不死"。曰："未仁乎？"

子曰："桓公九合诸侯，不以兵车，管仲之力也。如其仁，如其仁！"

子贡曰："管仲非仁者与？桓公杀公子纠，不能死，又相之。"

子曰："管仲相桓公，霸诸侯，一匡天下，民到于今受其赐。微管仲，吾其被发左衽矣。岂若匹夫匹妇之为谅也，自经于沟渎而莫之知也。"

【注释】

①杀：抑制，凋落。

②纠：集合，缠绕。引申为结党营私。

【释文】

子路说："老师，齐桓公抑制了公子结党营私的行为，召见他时忽然自杀而亡了，但管仲却没有死。接着又说，管仲是不仁吗？"

孔子说："齐桓公能够团结各诸侯国会盟，不用武力，都是管仲出的力。这就是他的仁德！这就是他的仁德！"

子贡说："管仲不是仁人吧？齐桓公抑制了公子结党营私的行为，他不以死相殉，反又去辅佐齐桓公。"

孔子说："管仲辅佐齐桓公，称霸诸侯，匡正天下一切，人民到现在还受到他的好处。如果没有管仲，我们大概都会披散着头发，衣襟向左边开了。难道他要像普通男女那样守着小节小信，在山沟中上吊自杀而没有人知道吗？"

08 为礼篇

季康子患盗，问于孔子。

孔子对曰：“苟子之不欲，虽赏之不窃。”

季康子问政于孔子，曰：“如杀无道，以就有道，何如？”

孔子对曰：“子为政，焉用杀？子欲善而民善矣。君子之德，风；小人之德，草；草上之风，必偃。”

季康子①问政于孔子。

孔子对曰：“政者，正也。子帅以正，孰敢不正？”

季康子问：“使民敬忠以劝，如之何？”

子曰：“临之，以庄，则敬；孝慈，则忠；举善而教；不能，则劝。”

季康子问：“仲由可使从政也与？”

子曰：“由也果，于从政乎何有？”

曰：“赐也可使从政也与？”

曰：“赐也达，于从政乎何有？”

曰：“求也可使从政也与？”

曰：“求也艺，于从政乎何有！”

季氏旅②于泰山③。

子谓冉有曰：“女弗能救与？”

对曰：“不能。”

子曰：“呜呼！曾谓泰山不如林放④乎？”

齐人归⑤女乐⑥，季桓子受之⑦，三日不朝，孔子行。

孔子谓季氏：“八佾⑧舞于庭，是⑨可忍也，孰⑩不可忍也？”

【注释】

①季康子：季，末了，最后一个。康，谷皮；米糠，瘪，空。季康子这个名字是形容此人腹中空空，是最没有智慧的人。

②旅：客居、寄居外地，不是原本应该有的长久居所，与"居"是反义词，"居"是一个人内心的信仰坚守。旅，引申为超出自己原本地位角色的心思。

③泰山：古人把泰山作为高山的代表，常用来比喻敬仰的人或重大的事物。在这里隐喻指齐国的最厉害的人。

④林放：林，泛指人或事物的会聚，汇集处 。放，散漫， 恣纵。林放指散漫无组织、无纪律的人。

⑤归：通"馈"（kuì）。馈，赠送。

⑥女乐：女子歌舞乐队。

⑦受之：接纳。

⑧八佾（yì）：古代奏乐舞蹈，每行八人，称为一佾。天子可用八佾，即六十四人：诸侯六佾，即四十八人；大夫四佾，即三十二人。在社会最底层的人应该用四佾。

⑨是：这样。

⑩孰：什么。

【释文】

（这是论述《道德经》中的"不贵难得之货，使民不为盗"。）

鲁国有一个官员季康子，为国家盗窃事件多发而苦恼，听说孔子熟知古代圣贤经典，是很有智慧的贤者，就特来向孔子求教。

孔子对他说："如果你自己率先垂范不贪求太多的财物，即使奖励百姓去偷盗财物，他们也不会干。"

季康子又问道："要想使百姓恭敬、效忠并且勤勉向上，那要怎么做呢？"

孔子说："那就要求君王能庄重地面对百姓，百姓自然恭敬；能对人民慈爱有加，百姓自然效忠；彰显自己的善良，教育人们也要善良；不能做到的人，就规劝教育他们努力达成。"

季康子紧接着向孔子询问做为君主整治那些坏人的方法，他说："假如杀掉坏人，以此来亲近好人，怎么样？"

孔子很不高兴地说："您治理国家，怎么能想到用杀戮的方法呢？您要是有仁爱之心好好治国，百姓自然就会好起来，百姓都是上行下效。君子的品行如同风，小人的品行如同草，风往哪里刮，草一定往哪里倒。要想管理好天下，关键是你要率先垂范啊"

季康子觉得孔子讲得很有道理，继续问做为君主如何治理天下。

孔子回答说："'为政'的意思就是端正，您自己先做到端正，谁还敢不端正？"

季康子觉得孔子讲得很好，就想请孔子和他的学生一起来为官。

季康子问："你的学生仲由可以参与政事吗？"

孔子说："仲由呀，办事果断，参与政事有什么困难呢？"

季康子又问："端木赐可以参与政事吗？"

孔子说："端木赐呀，有远大的理想抱负，参与政事有什么困难呢？"

季康子又问："冉求可以参与政事吗？"

孔子说："冉求呀，多才多艺，参与政事有什么困难呢？"

季康子很高兴，他一下子招揽了孔子和他的弟子这么多优秀的人才。

虽然季康子在口头上很认可孔子的思想，但是在现实中，季康子为人骄傲自大，一直没有把孔子说的话放在心上，总是狂妄地认为自己是齐国最厉害的人，是齐国的老大。

孔子对冉有说："你作为他的谋臣，不能纠正他的错误行为吗？"

冉有回答说：“老师，我已经劝诫他了，但他还是一点也不改变。”

孔子说：“唉！这个人也太自不量力了！难道说有极高威望曾经鲁国的圣贤，还不如那些散漫无组织、无纪律的后生吗？”

齐国君主觉得季康子是一个贪图个人享乐的昏君，就安排人赠送给季恒子一个女子歌舞乐队，他很是高兴，天天莺歌燕舞，很长时间不理政事。

孔子对此十分不满，强烈地反对，愤然离开了季康子。

孔子对季康子这样的行为评价说：“像季氏这样整天就知道唱歌跳舞不务朝政的官员，如果大家都能忍受他这样，那么还有什么样的错误行为不能被宽恕呢？”

季氏将伐①颛臾②。冉有、季路见于孔子，曰：“季氏将有事③于颛臾。”

孔子曰：“求！无乃尔是过与？夫颛臾，昔者先王以为东蒙主，且在邦域之中矣，是社稷之臣也，何以伐为？”

冉有曰：“夫子欲之，吾二臣者皆不欲也。”

孔子曰：“求，周任有言曰‘陈力就列，不能者止’。危而不持，颠而不扶，则将焉用彼相矣？且尔言过矣。虎兕出于柙，龟玉毁于椟中，是谁之过与？”

冉有曰：“今夫颛臾，固而近于费。今不取，后世必为子孙忧。”

孔子曰：“求！君子疾夫舍曰‘欲之，而必为之辞’。丘也闻有国有家者，不患寡④，而患不均⑤；不患贫⑥，而患不安⑦。盖⑧均无贫，和⑨无寡，安无倾。夫如是，故远人不服，则修文德以来之。既来之，则安之。今由与求也，相夫子，远人不服，而不能来也；邦分崩离析而不能守也；而谋动干戈于邦内。吾恐季孙之忧，不在颛臾，而在萧墙⑩之内也。”

【注释】

①伐：砍，去掉，脱离，改变。

②颛臾：颛，zhuān，专擅，通"专"把持，保持。臾，善。颛臾指不为自己的名利，保持慈爱为善的治国理念。

③事：治理，改变。

④寡：较少（人）。

⑤均：互相团结，和睦相处。

⑥贫：物质很少。

⑦安：乐于，安于。

⑧盖：句首语气词。

⑨和：和睦，融洽。

⑩萧墙：内部。

【释文】

（这是论述《道德经》中的"名与身，孰亲？身与货，孰多？"。）

孔子辞职之后，季康子就准备改变孔子倡导的慈爱为善的治国理念，多为自己捞取更多的利益。

冉有、子路去拜见孔子，说："老师，季康子准备改变您提倡的慈爱为善的治国理念，多为自己捞取利益，这可怎么办呢？"

孔子说："冉求！这难道不是你的过错吗？舍己为民、慈爱为善的治国理念，以前先王把它当作自己的治国宗旨，而且它在鲁国的疆域之内实现得很好，是国家的基础啊，他为什么要舍弃呢？"

冉有说："老师您的想法是这样的，可是我们两个人的想法不是这样的。我们如果去劝诫季康子，他会恼怒的，我们俩人会被开除公职的，我们就没工作没钱挣了。"

孔子说："冉求！周任说过：'根据自己的才力去担任职务，不能胜任的就辞职不干。'就像盲人遇到了危险你不去扶持，跌倒了你不去搀扶，那还用辅助的人干什么呢？你作为季康子的监督、辅助者，这次你的话说错了。老虎、犀牛从笼子里跑出来，龟甲和美玉在匣子里被毁坏了，是谁的过错呢？那还不是看护者的责任吗？"

冉有委屈地说："老师，现在君王推行慈爱为善的治国理念，不为自己捞取利益，在普通人看来显得十分顽固不化、近乎不明智了。齐国许多贵族大臣都在想，如果现在不趁自己有权利多搞点金银财宝，将来的后代子孙一定会穷困潦倒，没办法生活"。

孔子愤怒地说："冉求！君子痛恨那些不说自己做不到，却一定要另找借口的人。我听说，对于诸侯和大夫，不怕人少，而怕不能互相团结、和谐相处；不怕物质生活简陋，而怕不乐于为善。互相团结、和谐相处就不会人少，舍己为民、乐于为善，就不会有国家灭亡的危险。像这样做，远方的人还不归服，那就再修仁义礼乐的政教来招致他们。他们来归服了，就让他们安心生活。现在，仲由和冉求你们辅佐季孙，远方的人不归服，所以不能归顺我们；国家分崩离析不能保全守住，反而谋划在国内动用武力为自己谋取私利。我对季康子的担心，不在于他改变慈爱为善的治国理念，而在于国家内部的官员没有一个人敢舍身为国、坚持真理啊。"

09 为孝篇

孟懿子问孝。子曰："无违。"

樊迟御①，子告之曰："孟孙问孝于我，我对曰无违。"

樊迟曰："何谓也？"

子曰："生，事之以礼，死，葬②之以礼，祭之以礼。"

孟武伯问孝。

子曰："父母唯其疾之忧。"

子游问孝。

子曰："今之孝者，是谓能养。至于犬马，皆能有养，不敬，何以别乎？"

【注释】

①御：抵挡，阻止。

②葬：藏。《礼记·檀弓》：葬也者，藏也。

【释文】

（这是论述《道德经》中的"居善地，心善渊，与善仁，言善信，正善治，事善能，动善时"。）

孟懿子问孔子什么是真正的孝道。

孔子说："一生永远不要违背真理、做人的准则，这就是真正的孝。"

樊迟拦住孔子询问这是为什么，孔子告诉他："孟孙刚才问我什么是孝道，我对他说，不要违背真理、做人的准则。"

樊迟说："老师，你为什么这样说呢？"

孔子说："在你的一生中，做任何事情都要坚持真理；即使是在你死的时候，依然要坚持真理，哪怕是后人，依然要怀念这个真理。因为，天地间的真理，才是人类最宝贵的财富。"

孟武伯请教孔子什么是孝道。

孔子回答说："父母最担心的事情，是你在社会上犯了错，做人做事不符合做人的准则。"

子游请教什么是孝的真谛。

孔子说："现在人所说的孝，仅仅指的是用财物食物赡养父母便行了，这样理解实际上是严重错误的！我举例给你看，即使是家里的狗和马，也都有人饲养，这样难道就是孝吗？所以，如果不能敬重先圣，不能践行做人的准则，那和饲养狗、马又有什么区别呢？"

子夏问孝。

子曰："色①难，有事，弟子服其劳；有酒食，先生馔②。曾是以为孝乎？"

子曰："从我于陈蔡③者，皆不及门④也。德行：颜渊、闵子骞、冉伯牛、仲弓。言语：宰我、子贡。政事：冉有、季路。文学：子游、子夏。"

子曰："回也非助我者也。于吾言无所不说。"

子曰："孝哉，闵子骞！人不间⑤于其父母⑥昆弟⑦之言。"

子畏于匡，颜渊后，子曰："吾以女为死⑧矣。"

曰："子在，回何敢死？"

【注释】

①色：贵金属的成色。代指金银财宝。

②馔：zhuàn，饮食，吃饭。

③陈蔡：一群人排列在野外，居无定所。

④不及门：没有领悟所讲的思想。

⑤间：隔阂；嫌隙。

⑥父母：这里代指老师，长辈。

⑦昆弟：兄和弟，比喻同学们亲密友好。

⑧死：古板，不能通过，引申为不开窍。 例如：死胡同。

【释文】

子夏问老师什么是孝道。

孔子说："假如在你没有钱的时候，知道老师家里遇到事情，你还愿意代替老师去做事；你有好吃好喝的，先让老师享受，你是不是认为这样就是孝呢？我认为这不是真正的孝，真正的孝是继承先辈的伟大思想。"

孔子说："子夏说的很对，真正的孝是继承先辈的伟大思想，不是给长辈好吃好喝的生活物质。跟随我居无定所遭受困厄的学生们，都不在我身边了。德行好的有：颜渊，闵子骞，冉伯牛，仲弓。娴于辞令的有：宰我，子贡。能办理政事的有：冉有，季路。熟悉古代文献的有：子游，子夏。"

孔子赞赏地说："颜回啊，并不是仅仅精神上支持我的，他对我说的话都能够领悟实并践得很到位。"

孔子说："闵子骞继承圣贤思想做得很好呀！他对老师和师兄弟称赞他的话，从来没有任何嫌弃和怨言。"

孔子曾经很担心没有学生能继承他所掌握的圣贤思想，去拯救天下苍生。他的得意门生颜渊学习很优秀，在毕业时完全继承了孔子的思想，孔子很是高兴。

孔子开心地说："你这个臭小子，我之前还以为你是一点也不开窍的笨家伙呢。"

颜渊打趣的说："老师，有您这么循序善诱的老师教我们圣贤智慧，我怎么敢成为不开窍的笨家伙呢？"

子曰："君子怀[1]德，小人怀土[2]；君子怀刑[3]，小人怀惠。"

子曰："放于利而行，多怨[4]。"

子曰："士而怀居[5]，不足以为士矣！"

子曰："君子周[6]而不比[7]；小人比而不周。"

子华使于齐[8]，冉子为其母[9]请粟。

子曰："与之釜[10]。"请益。

曰："与之庾⑪。"

冉子与其粟五秉⑫，子谓卫公子荆："善居室，始有，曰苟合矣；少有，曰苟完矣；富有，曰苟美矣。"

子曰："赤⑬之适⑭齐⑮也。乘肥马，衣轻裘。吾闻之也：君子周急不继⑯富。"

季氏富于周公，而求也为之聚敛而附益之。

子曰："非吾徒也。小子鸣鼓而攻之可也！"

【注释】

①怀：心里存有，怀藏。指内心的信仰。

②土：泥土。与美玉相对，引申为低等的，庸俗的。《道德经》中"圣人被褐怀玉"。

③刑：正义，典范，模范，榜样。

④怨：别离，失去。

⑤居：积蓄，储存。《汉书·张汤传》：居物致富。

⑥周：救济。

⑦比：较量，攀比。

⑧齐：本义是禾麦吐穗上平整。全，好，成功。引申为更富有。

⑨母：产生万物的本源，想法。

⑩釜：计量单位，一斛为十斗。

⑪庾：一庾等于十六斛。

⑫秉：一秉合十六斛。

⑬赤：空，尽，一无所有。

⑭适：去，归向。

⑮齐：一样的，同等的。

⑯继：接济。

【释文】

（这是论述《道德经》中的"天之道，其犹张弓与？高者抑之，下者举之；有余者损之，不足者补之。天之道，损有余而补不足。"）

孔子说："君子的内心充满如美玉般的仁德，小人的内心全是低级的、庸俗的思想。君子心中坚持真理及做人的法则，修身齐家治国平天下，努力做天下人的榜样，小人内心则是自私自利，总想得到他人更多的好处、恩惠。"

孔子说："如果一个人总是放任自己，追逐个人的名利，必然会失去真理和仁德。"

孔子说："同学们，如果读书人总是想着积攒财富，就不足以做读书人了！"

孔子教育他的学生们说："高尚有德行的君子，总是用自己的钱财救济天下的百姓，而不与人较量、攀比财物多少。品格卑下的小人，总是喜欢与人较量、攀比财物多少，而不愿意用自己的钱财救济天下的百姓。"

有一个叫子华的人，想再富裕一些，冉有就因为他的这个想法向孔子请求补助一些粮食。

孔子说："给他一斛粮食就够了。"

冉有请求再增加一些，孔子说："给他增加到一庾，就够了。"

冉有却给要他五秉。孔子就拿当朝的公子荆举例子，说："当他刚拥有了好的房产时，便说：'差不多够了。'当稍微多起来时，就说：'快要足够了。'当财物到了富有的时候，就说：'真是太完美了。'看来，人们对物质生活都是不知道满足啊。"

孔子说："所以，像你这样过分要求更多的外在物质财富，就太贪得无厌了，一点也不符合做人的准则啊！天道的运行规律是把一贫如洗的人救济到和富人的一样多，人人均等。骑肥马，穿着又轻又暖和的皮袍。我听人说，你平时的生活都是这样的富有：君子应该救济有紧急需要的穷人，而不应该给你这样的富人再添财富。"

季氏比周天子还富有，可是冉求不听孔子的劝告，还为他搜刮，再增加他的财富。

孔子愤怒地说："冉有不再是我的学生了，大家可以大张旗鼓地去批判他这种贪得无厌的恶劣品行了！"

哀公问社①于宰我。

宰我对曰："夏后氏以松②，殷人以柏③，周人以栗④。曰：'使民战栗。'"

子闻之，曰："成事不说，遂事不谏，既往不咎。"

公曰："千乘之国，受命于天子，通其四疆，教其书社，循其灌庙，建其宗主，设其四佐，列其五官，处其朝市，为仁如何？"

子曰："不仁，国不化。"

公曰："何如之谓仁？"

子曰："不淫于色。"

哀公问曰："何为则民服？"

孔子对曰："举直错诸枉，则民服；举枉错诸直，则民不服。"

哀公问："弟子孰为好学？"

孔子对曰："有颜回者好学，不迁怒，不贰过，不幸短命死矣！今也则亡，未闻好学者也。"

子曰："贤哉，回也！一箪⑤食，一瓢饮，在陋巷，人不堪其忧，回也不改其乐。贤哉，回也！"

【注释】

①社：国家。

②松：高大稀疏的树木。引申为高大，骄傲。

③柏：有香味的常绿乔木。引申为人们喜欢的永远长青的。

④栗：敬谨、戒慎，严厉。《书经·舜典》："直而温，宽而栗。"

⑤箪：盛饭的竹器。

【释文】

（这是论述《道德经》中的"执古之道，以御今之有，能知古始，是谓道纪"。）

鲁哀公向宰我询问关于管理国家的事情。

宰我回答说："夏朝的继承者，都以宽松的态度治理天下；商朝的继任者，都遵循天道规律治理天下，让人们自由的生活；现在周朝的继任者，都以严厉的态度治理天下。这个"栗"的意思是让百姓对君王害怕、畏惧吗？所以，应该用严酷的手段管理国家。"

孔子听到后，对大家说："宰我说的不对！已经有结果的事，就不必再说了；既成历史的，就不必再劝告了；已经过去的事，不必再有抱怨了。他所讲的都是过去的经验，不一定适合现在的社会情况，我们应当实事求是，针对现在的国情制定最佳的管理方案，而不是照抄过去的历史经验。"

孔子说的话传到了鲁哀公耳朵里了，鲁哀公觉得孔子讲的话很有道理，就请孔子来到自己这里，向孔子询问为政之道。

鲁哀公说："我们鲁国，是一个拥有众多军事装备的国家，是受于天地法则的册封；政令能够贯穿到他四面的边界，对于登记在户籍的百姓，讲习军旅争战的事；遵循着圣贤的思想教育各级官员，建立起他的宗族领导地位；设司徒、司马、司寇、司空四佐；并在四佐之下，列置小宰、小司徒、小司寇、小司空、小司马等五官，以协助施政。我以这样的状态在朝堂执政，你认为怎么样呢？"

孔子不以为然地说："如果君王不施行仁政，国家的人们将不会被教化。"

鲁哀公说："君王怎么样做，才能称得上有仁呢？"

孔子说："君王不要沉迷在名利物质里，而是要心怀仁德，关爱天下的人民，追求国富民强，这样就称得上仁了。"

鲁哀公又问孔子："先生，请问我应该怎样做，才会使老百姓都听政府的话呢？"

孔子回答说："要想使老百姓都听政府的话，就要表扬符合真理的好人好事，矫正那些不合真理的坏人坏事，民心就归服；表扬那些不合真理的坏人坏事，打击符合真理的好人好事，则民心不服。老百姓听不听政府的话，就看君主怎么做了。"

鲁哀公觉得孔子讲的治国理念很好，就想请孔子和他的学生都来做官，就问孔子："我想请您和您的学生来我这里做官，辅助我管理天下，您的弟子当中谁算是最勤奋好学的呢？"

孔子恭敬地回答："曾经有个叫颜回的学生，勤奋好学，他从不迁怒于别人，宠辱不惊，同样的错误绝不犯第二次，不幸短命死了。现在没有这样的弟子了，也没再听说过比他更勤奋好学的人了。"

孔子无限悲伤地说："我的学生颜回真是个大贤人啊！用一个竹筐盛饭，用一只瓢喝水，住在简陋的巷子里。别人都忍受不了穷困、不得志，颜回却能照样心甘情愿地追求真理，真是个大贤人啊，我的好学生颜回！"

孔子每次提到颜回的时候，总是伤心欲绝、悲痛不已，很久说不出话来。等他稍微恢复了平静的心情后说，子路是目前最优秀的学生，可以来协助我做管理。鲁哀公听后很是高兴，听从了孔子的意见，请孔子和子路一起来鲁国帮助自己管理鲁国。

公山①弗扰②以费畔③，召，子欲往，子路不说，曰："末之也已，何必公山氏之之也。”子曰：“夫召我者，而岂徒④哉？如有用我者，吾其为东周乎？”

佛肸⑤召，子欲往。子路曰：“昔者，由也，闻诸夫子曰‘亲于其身为不善者，君子不入也。’佛肸以中⑥牟⑦畔，子之往也，如之何？”

子曰：“然，有是言也。不曰坚乎，磨而不磷⑧；不曰白乎，涅⑨而不缁⑩。吾岂匏瓜⑪也哉？焉能系⑫而不食⑬？”

哀公问于有若⑭曰：“年饥，用不足，如之何？”

有若对曰：“盍彻⑮乎？”

曰：“二，吾犹不足⑯，如之何其彻也？”

对曰：“百姓足，君孰与不足？百姓不足，君孰与足？”

【注释】

①公山：公，朝廷；国家。山，形容大声。例如：山呼万岁。公山指国家大肆宣扬发布政令。

②弗扰：弗，通“沸”（fèi），泉水喷涌的样子。扰，骚扰，侵犯。弗扰指不断地侵犯。

③费畔：费，消耗，浪费。畔，田地的边界。费畔指侵犯田地的边界。

④徒：徒刑，古代刑法名。即拘禁使服劳役。

⑤佛肸：佛，通“弗”，到处喷涌、传播。肸，xī，散布，传播。佛肸指到处散布谣言。

⑥中：指宫禁之内，亦借指朝廷。《史记》赵高用事于中。例如：中侍（宫中的侍从官）；中使（宫中派出的使者）；中尚方（古代官署名。掌宫内营选杂作）；中秘书（宫廷藏书）；中书（皇宫中的藏书）

⑦牟：取得。

⑧磷：碎末。

⑨涅：可做黑色染料的矾石。

⑩缁：黑色的帛。

⑪匏瓜：一年生草本植物，果实比葫芦大，中间是空的，老熟后可剖制成器具。这里形容没有思想内涵的人。

⑫系：拴住。

⑬不食：不能吃，引申为没有什么价值。

⑭有若：有，获得，占有。若，如果。有若指如何占有。

⑮彻：税收政策，十成收一成。

⑯足：充分，够量。例如：～月。～见。～智多谋。

【释文】

（这是论述《道德经》中的"天之道，利而不害；圣人之道，为而不争。有德司契，无德司彻。圣人不积，既以为人己愈有，既以与人己愈多"。）

鲁国国库有点捉襟见肘了，鲁哀公就大肆宣扬要把公田的面积扩大，侵占人们的私有田地，以增加政府的赋税，人们对这样的税收政策意见很大，吵吵着反对这样重的税赋。

政府就想召集选拔一名代表去谈判，协商一个互相都能接受的税赋比例，孔子准备作为老百姓的代言人前去和鲁哀公谈判。

子路知道后很不高兴，说："老师，您不可以这样办啊！鲁国现在国库亏空，急需要粮食，鲁哀公下达的这个政令谁都难以违抗，您去谈判或许还会惹祸上身得罪了鲁哀公，我们就没饭吃了，您何必到公家那里去谈呢？"

孔子很生气地对子路说："政府召我去谈判的人，岂会拘禁我吗？我又没有犯法。假如有人还能让我做点事，我还不是为了我们东周这个国家好吗？你不用说了，我一定要去和政府谈判。"

大家也都四处议论纷纷地说孔子最有才华，最适合去和政府谈判。孔子就打算前往，子路还是想劝老师不要去，子路对老师说："以前我听老师您给我们讲过：'对于品德不善的人，君子是不会去和他见面的。'鲁哀公是一个没有美德人，大家都四处传言您要去找官方谈判，为人们争取得到人们应有的田地，这怎么能行呢？"

孔子说："确实是这样的！我有讲过这样的话，我不是说过吗？坚硬的东西无论如何磨也磨不损！我不是说过吗？洁白的绢布无论如何染也染不黑！我难道只是一个没有内涵的葫芦瓢吗？我怎么能够悬挂在那里做个样子而没有价值呢？谁劝我也不行，我必须要去！"

孔子到了鲁哀公的住处，鲁哀公问孔子，国库亏空如何占有更多赋税，说："最近几年，土地年成欠收，国家备用不足，这可怎么办呢？"

对于鲁哀公提出如何占有更多赋税的问题，孔子回答说："政府何不实行十分抽一的赋税呢？"

鲁哀公说："现在政府是十分抽二的赋税，尚且不能够量，怎么能去实行十分抽一的赋税呢？那不就更没有粮食了？"

孔子回答说："我不这样认为。如果政府让老百姓能看到种田多劳多得，生活有希望，自然就会勤恳地耕种更多的田地。如果百姓家里粮食充足，国君怎么会粮食不足呢？如果百姓粮食不足，国君怎么会粮食充足呢？所以，我的建议是减少百姓种田的赋税，百姓种田的积极性就上来了，粮食产量自然就会多，老百姓的粮食多了，国家的税收自然也就多了。"

鲁哀公听后觉得孔子说的很有道理，十分赞赏孔子的见解，就下令实行十分抽一的赋税，不再增加百姓的税收负担。

子路问事君。

子曰："勿欺也，而犯之。"

子曰："君子喻于义，小人喻于利。"

陈成子弑[①]简公。

孔子沐浴而朝，告于哀公。曰："陈恒弑其君，请讨之。"

公曰："告夫三子。"

孔子曰："以吾从大夫之后，不敢不告也，君曰'告夫三子'者！"之三子告，不可。"

孔子曰："以吾从大夫之后，不敢不告也。"

子游曰："事君②数③，斯辱④矣；朋友数，斯疏⑤矣。"

子曰："事君，敬其事而后其食。"

子夏曰："事父母，能竭其力；事君，能致其身；与朋友交，言而有信。"

子曰："事父母几谏，见志不从，又敬不违，劳而不怨。"

虽曰未学，吾必谓之学矣。

子曰："事君尽礼，人以为谄也。"

定公问："一言而可以兴邦，有诸？"

孔子对曰："言不可以若是其几也。人之言曰：为君难，为臣不易。如知为君之难也，不几乎一言而兴邦乎？"

曰："一言而丧邦，有诸？"

孔子对曰："言不可以若是其几也。人之言曰：予无乐乎为君，唯其言而莫予违也。如其善而莫之违也，不亦善乎？如不善而莫之违也，不几乎一言而丧邦乎？"

定公问："君使臣，臣事君，如之何？"

孔子对曰："君使臣以礼，臣事君以忠。"

孔子曰："禄之去公室五世矣，政逮于大夫四世矣。故，夫三桓⑥之子孙微矣。"

子曰："先进于礼乐⑦，野人⑧也。后进于礼乐，君子也。如用之，则吾从先进。"

南容三复白圭⑨，孔子以其兄之子妻之。

【注释】

①弑：古代统治阶级称子杀父、臣杀君为"弑"。

②事君：在朝中供职、上班。

③数：计算，引申为计较。

④辱：辜负，辱没。

⑤疏：远。

⑥桓，本义：表柱，古代立在驿站、官署等建筑物旁作标志的木柱，后称华表，这里代指朝代。三桓比喻夏、商、周。

⑦礼乐：社会的礼法制度和人的思想。

⑧野人：田野之民，农人，粗野的人。

⑨白圭：白，纯洁的，正确的。圭，古代帝王或诸侯在举行典礼时拿的一种玉器，古代测日影的器具。白圭引申为正确的国家礼法制度。

【释文】

（这是论述《道德经》中的"名与身，孰亲？知足不辱，知止不殆，知足之足，常足矣"。）

孔子和政府的谈判大获成功，为百姓争取减免了一大部分税收，鲁国的百姓们欢欣鼓舞。子路也没想到这次谈判这么成功，由此对老师的才华很是敬佩，就谦虚地问老师："老师，您的治国才华太厉害了！您教一教我，我在朝为官时，应该怎样对待国君？"

孔子说："你不应该为了让君主给你加官进爵，进而放弃做人的原则，去讨好君主、欺瞒君主。你之前的思想总想保全自己的俸禄，是严重错误的！你应该舍己为民、坚持真理，直言不讳地指出君主的错误。"

孔子说："坚持真理的君子，都源于明白什么是正义，小人都只能看得见自己的利益，不敢坚持真理。"

子路听了老师的教诲十分赞同，发誓一定要按照老师的训示为官。

有一天，陈成子杀了齐简公。

孔子斋戒沐浴以后，随即上朝去见鲁哀公，报告说："陈恒把他的君主杀了，违背了社会的伦理纲常，请你出兵讨伐他吧。"鲁哀公说："我不去派兵，你去通告给大家讨伐陈成子吧。"

孔子退朝后说："因为我是做大夫的，所以我要冒死相谏，可君主却说'你去告诉大家吧'！这样是不符合国家制度的，我哪里有资格派兵征讨陈成子呢。"

孔子无奈地说："因为我是做大夫的，所以我要冒死相谏，可是鲁哀公很怕死，不敢伸张正义啊。"

子游感叹地说："老师真是一位有高贵美德的大丈夫啊！在朝当官，侍奉君主，（在单位上班）不能太计较个人荣辱、生死安危，如果你太在意自己的利益得失，那就辜负了自己应该有的职责。和朋友交往，你不能计较自己的付出与得失。否则，你太精明、过于算计，就会与原来好朋友的感情越来越疏远了，你就失去了这个好朋友。"

孔子说："侍奉君主为国家做事，应该是认真负责、一心为公，把薪资报酬的事放在后面。"

子夏说："侍奉父母，能够竭尽全力；服侍君主为国家做事，能够献出自己的生命；同朋友交往，说话恪守做人的规则。"

孔子说："侍奉父母，对他们的过失要婉言劝阻。如果父母不听从自己的心意，仍然要恭敬地对待父母，不要违背他们。虽然很辛苦麻烦，但不能有怨言。"

虽然我还没有学到这样的高度，但是我也一定要说这就是我人生的学习目标。

孔子说：“按照做人的准则去侍奉君主为国家做事，别人却认为这是在讨好君主。无论别人怎们看我，我依然坚持我人生的准则。”

鲁定公听了孔子一番话，十分感慨，问到：“国君如何役使臣子，臣子如何服侍君主，各自应该怎么做？”

孔子答道：“君主应该按照做人的准则管理臣子，臣子应该用忠心来服侍君主。”

鲁定公问孔子：“因为一句话就可以使国家兴盛，有这样的事吗？”

孔子回答说：“君主对语言不能有那么高的期望。有人说：‘做国君难，做臣子也不容易。’如果知道了做国君的艰难，（自然会努力去做事）这不近于一句话而使国家兴盛吗？”

定公说：“因为一句话而丧失了国家，有这样的事吗？”

孔子回答说：“对语言的作用不能有那么高的期望。有人说：‘我做国君没有感到什么快乐，唯一使我高兴的是我说的话没有人敢违抗。’如果说的话正确而没有人违抗，这不是很好吗？如果说的话不正确也没有人敢违抗，这不就近于一句话就使国家丧亡吗？”

孔子说：“只可惜啊！国家政权离开了正统王室已经五代了，政权落到大夫手中已经四代了。所以能够继承夏商周思想的炎黄子孙，几乎不存在了。”

孔子说：“先学习了礼法制度和圣贤思想，而后做官的人，是原来没有爵禄的平民；先做了官而后学习礼法制度和圣贤思想，是卿大夫的子弟。如果让我来选用人才，那么我赞成优先选用那些学习礼法制度和圣贤思想的人。”

南容把正确的做人准则学了无数遍，孔子认为他是一位贤者，便把自己哥哥的女儿嫁给了他。

林放问礼之本。

子曰："大哉问！礼，与其奢①也，宁俭！丧②，与其易③也，宁戚！"

子曰："麻冕④，礼也；今也纯⑤！俭，吾从众⑥。拜下，礼也！今拜乎上，泰⑦也！虽违众，吾从下。"

子曰："已矣乎！吾未见好德如好色⑧者也！"

子曰："师挚⑨之始，关雎⑩之乱，洋洋乎⑪盈耳哉！"

子曰："关雎！乐而不淫⑫，哀而不伤。子钓而不纲，弋⑬不射宿⑭。色斯举⑮矣，翔而后集。"

曰："山梁雌雉！时哉⑯！时哉！"子路共之⑰，三嗅而作⑱。

子曰："由！知德者鲜矣。"

子曰："奢⑲则不孙⑳，俭则固㉑。与其不孙也，宁固。"

子曰："巧言令色㉒，鲜矣仁。"

子曰："巧言令色足恭㉓，左丘明耻之，丘亦耻之。匿怨㉔而㉕友其人，左丘明耻之，丘亦耻之。"

子曰："论笃㉖是与㉗？君子者乎？色庄者㉘乎？"

子夏曰：贤贤㉙易色！

子曰："富与贵，是人之所欲也，不以其道得之，不处也；贫与贱，是人这所恶也，不以其道得之，不去也。君子去仁，恶乎成名？君子无终食之间违仁，造次必于是，颠沛必于是。"

子曰："士，志于道，而耻㉚恶衣恶食㉛者，未足与议也！"

子曰："衣敝缊袍㉜，与衣狐貉者立，而不耻者，其由也与？不忮㉝不求，何用不臧㉞？"

子曰："饭疏食饮水，曲肱而枕之，乐亦在其中矣。不义而富且贵，于我如浮云。"

子曰："富而可求也，虽执鞭之士，吾亦为之，如不可求，从吾所好。"

子与人歌㉟，而善㊱，必使反㊲之，而后和㊳之。

子食㊴于有丧者之侧，未尝饱㊵也。子于是日哭，则不歌。

【注释】

①奢：多，用钱没有节制，过分享受。

②丧：失去。

③易：轻视，无所谓。例如：贵货～土。

④麻冕：冕，古代帝王、诸侯及卿大夫所戴的礼帽。麻冕指粗布的皇冠、礼帽。引申为普通、质朴的生活。

⑤纯：从"糸"，表示与线丝有关。本义指蚕丝。引申为奢侈豪华的生活。

⑥众：大众，多数人。

⑦泰：奢侈。

⑧好色：好，喜欢。好色指喜欢追逐金银财宝的人。

⑨师挚：挚，掌握。师挚指当老师。

⑩关雎：关，切断，关闭。关关，不停地关闭张开又关闭。雎，本义指雎鸠，即鱼鹰。关雎指不停地抓鱼，引申为贪婪的攫取物质。

⑪洋洋乎：许许多多的样子。

⑫淫：贪婪，过度，无节制。

⑬弋：带绳子的箭，射程可以控制。

⑭宿：栖息在巢穴，值班守卫。这里指巢穴里生长发育的幼鸟。

⑮举：兴起，赞许。

⑯时哉：当下就是这样的状况啊。

⑰共之：共，相同，一样。共之指感同身受，共鸣。

⑱三嗅而作：作，产生，生长出。三嗅而作指内心琢磨了很多遍，有了自己的理想追求。

⑲奢：奢侈，不节俭。

⑳孙：通"逊"，谦虚，谦让。

㉑固：鄙陋，见识浅，顽固不化，傻傻的样子。

㉒令色：指喜欢追逐金银财宝的人。

㉓足恭：足，重视，使满足。恭，恭敬。足恭指一味地追求当官、被人重视。

㉔匿怨：对某人心里不喜欢而不表现出来。

㉕友：结交。

㉖笃：一心一意。

㉗与：追随，亲近，赞许。例如《管子》：公先与百姓而藏其兵。《国语》：桓公知天下诸侯多与己也。

㉘色庄者：庄，打扮。色庄者指用金钱物质显示自己的人。

㉙贤贤：贤，有贤德的人。贤贤指特别有德行的人。

㉚耻：羞愧，觉得不好。

㉛恶衣恶食：恶，不好的。恶衣恶食指简陋的衣服和很差的饭菜。引申为简朴的生活。

㉜衣敝缊袍：衣，穿。敝，破旧。缊，乱麻。旧絮。袍，有夹层、中着棉絮的长衣。衣敝缊袍指穿着乱麻破旧的衣服。

㉝忮：害，嫉妒，狠。违逆；刚愎。

㉞臧：成功。

㉟歌：古诗体的一种。如《长恨歌》《大风歌》。歌，就是指吟诗作对。

㊱善：高明，工巧。

㉟反：类推。例如：举一反三。

㊳和：依照别人诗词的题材作诗文。

㊴食：靠着吃饭，赖以为生；这里是上班的意思。例如：食官响。食邑，卿大夫的封地。收封地的租税以供食用，故称"食邑"，或称"采邑"。

㊵饱：满足，充实。

【释文】

（这是孔子论述《道德经》中的"圣人为腹不为目。知足之足，常足矣"。这是论述价值观。）

林放问孔子，什么是做人最根本的准则。

孔子高兴地说："林放啊，你问的这个问题太好啦！我认为做人最根本的准则就是：与其一生追求过多的名利物质享受，不如更爱惜自己的德行。失去做人的准则，与其对此类道德败坏的社会现象感觉无所谓，不如对不再崇尚美德的丑恶社会现象，感到无比地愤怒。"

孔子说："追求平凡、质朴的生活，这是合乎作为君主的准则，如今的君主追求奢侈的生活，那就是大逆不道啊。爱惜自己的品德，我要求自己多多去做。推崇简朴的物质生活，追求彰显美德，那才是符合人的行为准则！而今天的人们都崇拜、迷恋高贵奢华的物质生活，不爱惜自己的德行了，这是爱慕虚荣、奢侈的表现。虽然我的信仰主张违背了大多数人的观念，但是我还是坚持爱惜自己的德行。"

孔子感慨地说："现在的社会道德规范秩序，真是彻底完了啊！我还从来没有见过爱惜自己的德行，超过喜爱名利物质的人！"

孔子说："自从我当老师开始，在社会中这些过度追求名利财富、贪得无厌的乱象，我都听到数不清有多少件了。"

孔子说："同学们，我教育大家千万不要学习效仿鱼鹰贪得无厌的生活习性啊！你可以努力地追求获得无限的名利财富，但是不要过度沉溺于名利财富，不要被名利财富所控制、绑架；假如你努力半生，依然得不到自己想要的名利财富，但请你不要悲伤！因为这样的结果，不会使你的品德受到损害！"

"同学们应该只用鱼竿钓鱼，而不用大网来捕或大或小的鱼，要捕捉大的、保护幼小的；用带绳子的箭射鸟，但不射巢里正在生育幼雏的鸟，要捕捉大的、保护幼小的。对于物质的追求，要有节制，要适可而止。"

"同学们，如果你在课堂上觉得我讲的很有道理，放弃了对物质的贪念，决定做一个追求美德的好人，然而步入社会之后又开始过于重视追求外在物质财富，这不就如同树上的鸟群刚刚一哄而散，又忽然聚集在树枝上一样吗？这不就成了山梁上不懂人语的禽兽（母野鸡）了吗？"

"老师，当今社会就是这样的状态啊！当今社会就是这样的状态啊！人们都是贪得无厌啊！"子路对老师列举的例子深有感受，产生了强烈的共鸣，情不自禁地感慨道。

子路反复琢磨其中的哲理，觉得老师说的太对了，决定不再想做疯狂追求物质生活的人。

孔子说："子路啊，你要知道在当今的社会拥有美德的人已经很少了啊！你能立志做一个不追求物质而追求美德的人，那真是太好了！"

孔子说："一个人过度追求外在的名利财富，不懂得追求真理、美德，就会狂妄自大！一个人追求真理、爱惜自己的品德，追求真理就会表现得谦虚无为，显得没有什么见识，就会让别人认为自己傻傻的！假如大家步入社会之后都不再追求真理、爱惜自己的美德，而去疯狂地追求金钱，我绝对会对你们的这种行为表现出无比地愤怒！"

孔子说："一个人表面上整天说着道德高尚的话，实际上却疯狂地追逐金银财宝，这样的人是很少有真正仁爱之心的。"

孔子说："一个人只了解事物的表面现象，夸夸其谈，并且追逐金银财宝，不擅于追求事物本质真理的人，一味地追求名声希望被人重视，把这样的行为奉为自己人生价值观，左丘明是不屑于这样的，我孔丘也是不屑于这样的。

心里不喜欢这样的人，但不表现出来，还愿意去结交，左丘明是不屑于这样的，我孔丘也是不屑于这样的。"

孔子说："同学们，你认为人的一生，应该一心一意地亲近、坚守什么呢？是做一名真正的君子呢？还是做用金钱物质显示自己身份地位的人呢？"

子夏说："是呀！老师您说的对啊！特别重视自己贤德的人，一定是不会在乎金银财宝的。"

孔子说："同学们，虽然我刚才一直劝诫大家放弃对物质的贪欲，但是在现实生活中，金钱和地位确实可以给人们带来美好舒适的生活，这是每个人都向往的。但是，如果以不正当的手段得到它们，君子是不会这样做的。贫困和卑贱，是人们所厌恶的，但是，如果是不通过正当的途径摆脱它们，君子是不会摆脱的。君子背离了仁的准则，怎么能够成名呢？君子不会因为没有生活物资而放弃仁德的，即使在匆忙紧迫的情况下，也一定要遵守仁的准则，在颠沛流离的时候也和仁同在。"

孔子说："假如一个人立志要追求宇宙的真理，却觉得自己穿普通的衣服、吃普通的饭菜，生活过得很简朴是很不好的、是不能接受的，那与这样的人就不值得讨论什么是真理了。"

孔子说："穿着乱麻破旧的衣服，与穿着狐貉裘皮衣服的人站在一起，而不觉得羞耻的，大概只有仲由吧！'不刚愎自用，不贪求富贵，那不就是成功了吗？'"

孔子说："吃粗粮，喝清水，弯起胳膊当枕头，过着清贫的生活，我的坚持信仰就在其中。而通过干不正当的事得来的富贵，对于我来说就像浮云一般，我一点都瞧不起。"

孔子说："如果财富可以合理求得的话，即使是做手拿鞭子的差役，我也愿意。如果财富不能合理求得，我还是追求自己所喜欢的真理吧。"

孔子平时特别喜欢与友人一起讨论诗词文章，吟诗作对。如果对方写得文章对仗工整、很高明，孔子一定会以此类推，然后依照好友的诗文题材格式，自己附写上一首。

但是，孔子在不坚持真理、没有美德，过度追求名利的君主那里供职时候，总觉得自己空有满腹才华，却没有一席用武之地，内心没有一点职业上的满足感、自豪感！总觉得日子过得十分苍白无趣，孔子于是每天都感觉十分悲伤、痛苦，没有一点想去吟诗作对、娱乐应酬的心思。

孔子用自己的实际行动，践行了自己最初的信仰。

子夏曰："仕而优，则学；学而优，则仕。"

子曰："贤者辟世①，其次辟地②，其次辟色，其次辟言。"

子曰："作者七人矣。"

逸民③：伯夷、叔齐、虞仲、夷逸、朱张、柳下惠、少连。

子曰："不降其志，不辱其身，伯夷、叔齐与？"

谓："柳下惠、少连，"降志辱身矣，言中伦，行中虑，其斯而已矣。"

谓："虞仲、夷逸，隐居放言，身中清，废中权。"

"我则异于是，无可无不可。"

子曰："君子之于天下也，无适也，无莫也，义之于比。"

【注释】

①辟世：辟，开拓。世，时代，朝代。辟世指能够开辟统领一个新的时代。

②辟地：地，区域。辟地指开辟统领一个国家或地区。

③逸民：逸，隐遁，安乐。逸民指不彰显自己的人。

【释文】

（这是论述《道德经》中"修之于身，其德乃真；修之于家，其德有余；修之于乡，其德乃长，修之于国，其德乃丰，修之于天下，其德乃普"的论述。）

子夏说："一个人之所以飞黄腾达，那是因为他学习了这些真理；一个人对真理学习得很透彻，自然就能够飞黄腾达。"

孔子说："说得很对。有道德的人如果把真理用在天下，就能够开辟一个新的时代；有道德的人如果把真理用在邦国，可以掌管好一个国家或地区；有道德的人如果把真理用在家族，就可以开拓获得无限的财富；有道德的人如果把真理用在个人身上，就可以著书成文、流芳百世。"

孔子说："自古至今，能够达到如此有贤德的人，不过七八个人而已。"

不彰显自己的人：伯夷、叔齐、虞仲、夷逸、朱张、柳下惠、少连。

孔子说："不降低自己的志向，不辱没自己的德行，就是尊重卑贱的人，不巴结富贵的人！"

又说："大智若愚就没有人追随，降低了自己的志向，辱没了自己的德行，但言语合乎伦理，行为经过考虑，也就是如此罢了。"

又说："不忘记自己的理想志向，居住在偏远的地方，不彰显自己的信仰，放肆直言，立身清白，弃官合乎权宜。我就和他们不一样，没有什么可以或不可以。"

孔子说"君子对于天下的事，没有一定要怎样做，也没有一定不要怎样做，只依从符合真理、良知而做。"

10 为仕篇

子路使①子羔②为费③宰。

子曰："贼夫人④之子！"

子路曰："有民人焉，有社稷⑤焉，何必读书，然后为学？"

子曰："是故恶夫⑥、佞者。"

子见南子⑦，子路不说。

夫子矢之曰："予所否者，天厌⑧之，天厌之！"

子路从而后，遇丈人，以杖荷⑨蓧⑩，子路问曰："子见夫子乎？"

丈人曰："四体不勤，五谷不分，孰为夫子？"

植其杖而芸⑪，子路拱而立。止，子路宿，杀鸡为黍而食之，见其二子焉。明日，子路行以告，子曰："隐者也。"

使子路反见之，至，则行矣。

子路曰："不仕无义。长幼之节，不可废也；君臣之义，如之何其废之；欲洁其身，而乱大伦。君子之仕也，行其义也；道之不行，已知之矣。"

子曰："道不行，乘桴浮⑫于海，从我者，其由与！"

子路闻之喜。

子曰："由也好勇过我，无所取材。"

长沮⑬，桀溺⑭耦⑮而耕，孔子过之，使子路问津焉。长沮曰："夫执舆者为谁？"

子路曰："为孔丘。"

曰："是鲁孔丘与？"

曰："是也。"

曰："是知津矣。"

问于桀溺。桀溺曰："子为谁？"

曰："为仲由。"

曰："是鲁孔丘之徒与？"

对曰："然。"

曰："滔滔者天下皆是也，而谁以易之。且而与其从辟人之士也，岂若从辟世之士哉！"

耰[16]而不辍。子路行以告。

夫子怃然曰："鸟兽不可与同群。吾非斯人之徒与而谁与？天下有道，丘不与易也。"

子曰："凤鸟[17]不至，河不出图[18]，吾已矣夫？"

子击磬于卫，有荷蒉[19]而过孔氏之门者，曰："有心哉，击磬乎？"

既而曰："鄙[20]哉，硁硁[21]乎。莫己知也，斯已而已矣。深则厉[22]，浅则揭[23]。"

子曰："果哉！末之难矣。"

仪封人请见，曰："君子之至于斯也，吾未尝不得见也。"从者见之。

出曰："二三子何患于丧乎？天下之无道也久矣，天将以夫子为木铎[24]。"

阳货[25]欲见孔子，孔子不见，归[26]，孔子豚[27]，孔子时其亡[28]也，而往拜之，遇诸途，谓孔子曰："来！予与尔言"。曰："怀其宝而迷其邦。可谓仁乎？"

曰："不可。"

"好从事而亟[29]失时，可谓知乎？"

曰："不可。日月逝矣，岁不我与。"

孔子曰："诺。吾将仕[30]矣。"

齐景公问政于孔子。

孔子对曰："君君，臣臣，父父，子子。"

公曰："善哉！信如君不君，臣不臣，父不父，子不子，虽有粟，吾得而食诸？"

子曰："鲁卫之政，兄弟也。"

子曰："齐一变，至于鲁，鲁一变，至于道。"

子曰："吾自卫反鲁，然后乐[31]正，雅颂[32]各得其所。"

齐景公待孔子，曰："若季氏，则吾不能，以季孟间㉝待之。"

曰："吾老矣，不能用也。"孔子行。

子之武㉞城，闻弦歌之声，夫子莞尔而笑，曰："割鸡焉用牛刀。"

楚狂㉟接舆㊱歌而过孔子，曰："凤兮、凤兮，何德之衰？往者不可谏，来者犹可追㊲，已而㊳！已而！今之从政者殆㊴而！"

孔子下，欲与之言，趋而避之，不得与之言。

子见齐衰者㊵、冕衣裳者㊶与瞽者㊷，见之，虽少㊸，必作㊹；过㊺之，必趋。

孔子于乡党，恂恂㊻如也，似不能言者；其在宗庙朝庭，便便㊼言，唯谨尔。朝，与下大夫言，侃侃㊽如也；与上大夫言，訚訚㊾如也。君在，踧踖㊿如也，与与(51)如也。

执圭(52)，鞠躬如也，如不胜。上如揖，下如授。勃如、战色(53)，足蹜蹜(54)，如有循。享礼(55)，有容色。私觌(56)，愉愉如也。

子欲居九夷(57)。或曰："陋，如之何？"

子曰："君子居之，何陋之有？"

子之燕居(58)，申申(59)如也，夭夭(60)如也。

唐棣(61)之华，偏其反而。岂不尔思(62)，室是远而。

子曰："未之思也。夫何远之有！"

子在齐闻韶(63)，三月不知肉味，曰："不图(64)为乐之至于斯也。"

【注释】

①使：让。

②子羔：羔，小羊羔。子羔引申为像小动物一样摇尾乞怜，请求别人。

③费：花费，购买，需要用的钱财。引申为贿赂。

④贼夫人：贼，邪恶的，不正派的。贼夫人指邪恶、不正派的人。

⑤社稷：国家。

⑥恶夫：恶，庸俗，粗劣。恶夫指庸俗没有文化、没有见识的人。

⑦南子：君王，这里指齐国君王。

⑧厌：压制。例如：东厌诸侯之权，西远羌胡之难。——《汉书·翼奉传》。—师古曰："厌，抑也。"

⑨荷：担；扛。

⑩蓧：diào，古代一种竹编的耘田农具。

⑪芸：古同"耘"，除草。

⑫桴浮：小船。

⑬长沮：悲观的人。

⑭桀溺：凶狠奸诈的人。

⑮耦：两个人一起。

⑯耰：yōu，古代的一种农具，弄碎土块，平整田地用，用耰松土并使土块细碎。亦指覆种。

⑰凤鸟：代指君王。

⑱河不出图：河图，治国纲领。河不出图指没有好的治国纲领。

⑲荷蒉：荷，担；扛。蒉，古代用草编的筐子，一般用来盛土。荷蒉指担着筐子的人。

⑳鄙：粗俗浅陋。

㉑硁硁：用力敲打石头的声音。硁硁引申为浅陋固执，没有美感。

㉒厉：邪恶。例如：厉妖（邪恶怪异之物）；厉疾（灾疫。厉疫）。

㉓揭：彰显，使隐瞒的事物显露。

㉔木铎：《淮南子·氾论训》记载："禹之时，以五音听治，悬钟鼓磬

铎，置鞀，以待四方之士。为号曰：教寡人以道者击鼓，谕寡人以义者击钟，告寡人以事者振铎，语寡人以忧者击磬，有狱讼者摇鞀。""文事奋木铎，武事奋金铎。"即有关于国家政治的建议时敲击木铎，有军事建议时则敲击金铎，求职的人可以去官府门口击磬演奏乐曲《高山流水觅知音》，所以孔子安排子路在齐景公官府门口击打编磬。

㉕阳货：阳，明亮，外露。货，货物，礼品。阳货指特别招眼的豪华大礼。

㉖归：结算。引申为心里盘算，心里合计。

㉗豚：小猪。这里隐喻像猪一样傻。

㉘亡：丧失，失去。

㉙亟：qì，屡次。

㉚仕：当官，任职。

㉛乐：歌唱，引申为君王的治国理念、国家的政令。

㉜雅颂：雅，雅是周王朝直辖地区的音乐，即所谓正声雅乐。颂，是宗庙祭祀的舞曲歌词，内容多是歌颂祖先的功业的。雅颂引申为国家各类重要的治国理念纲领。

㉝季孟间：孟，长子，第一。季孟间指最后一名与第一名之间，中等的。

㉞武：勇猛，激烈。指着急地走。

㉟楚狂：楚，辛酸，痛苦。例如：酸楚。狂，猛烈，超出异常，特别异常。楚狂指从面容表情透露出来生活过得很痛苦、很艰辛的人。

㊱接舆：接，双手叉腰。舆，车厢，车。接舆指双手叉腰拦在车前。

㊲追：补救，弥补。

㊳已而：罢了。

㊴殆：失败，不行了。

㊵衰者：衰，古同"缞（cuī）"，古时的毛边丧服，用粗麻布制成。

衰者比喻为社会最底层的百姓。

㊶冕衣裳者：冕，礼帽。裳。礼服。冕衣裳者指穿豪华服装的人，比喻社会中有地位的达官贵人。

㊷瞽者：gǔ，盲人，瞎子。看不见世界的人，比喻没有任何真知灼见的人。

㊸少：小，不大。

㊹作：写作，记录。

㊺过：怪罪，责难。

㊻恂恂：恂，通畅、畅达。恂恂形容极为通情达理，不自以为是。

㊼便便：便，善辩。如：便佞（口才辩巧，善于逢迎，而所言不实）；便巧（巧言善辩）。便便形容思维极为敏捷多谋。

㊽侃侃：刚直，刚强正直。形容极为正直，不卑躬屈膝。

㊾訚訚：yín，訚，和悦而正直地争辩。形容与人交谈时极为和悦不失分寸。

㊿踧踖： cù jí ，恭敬而不安。形容十分恭敬、小心，十分干练 。

(51) 与与：援助，帮助。形容极为有奉献精神。

(52) 执圭：圭，中国古代贵族朝聘、祭祀、丧葬时以为礼器。执圭指手拿圭，借指在重大国事会议仪式上汇报工作。

(53) 勃如、战色：勃，旺盛，兴起，亢奋。战，指搏斗，争斗，争胜负，比高低 。勃如、战色形容一个人的情绪十分兴奋、斗志昂扬，好像是要参加一次重大的决斗一样。

(54) 足蹜蹜：蹜，sù，小步快走。足蹜蹜形容一个人做事极为小心谨慎，每走一步都认真考虑，不敢有一丝松懈。

(55) 享礼：享受荣誉、赞美。

(56) 私觌：觌，dí，见面。私觌指公差时间之外，私人之间的聚会。

(57) 九夷：泛称少数民族。引申为偏远的地方。

㊹ 燕居：退朝而处；闲居。

㊺ 申申：舒适安闲的样子。

㊻ 夭夭：体貌安舒或容色和悦的样子。

㊼ 唐棣：是蔷薇科的一种叶小乔木。

㊽ 思：思想，美德。

㊾ 韶：最美好的，最理想的。

㊿ 图：预料，料想到。多用于否定 。

【释文】

（这是论述《道德经》中的"圣人无常心，以百姓心为心。百姓皆注其耳目，圣人皆孩之。虽有荣观，燕处超然。"）

子路觉得老师有这么多治国理政的智慧，就想让孔子像小动物一样，摇尾乞怜、低三下四的请求齐国君主封他一个官当一当。

孔子生气地说："子路啊，做人要光明磊落，你有这样的想法就是邪恶、不正派的人！"

子路不服气地说："老师，如果读书不是为了当官发财，还能有可管理的百姓吗？还能拥有天下江山吗？如果读书不是为了升官发财，我们为什么要来读书呢？我们为什么还要来学习圣贤智慧呢？"

孔子极为愤怒地说："能说出这种话的人，都是庸俗无知、巧言谄媚的人！我教大家读圣贤书、追求真理，难道是为了让大家毕业之后升官发财吗？你这个不正派的家伙！"

子路听了老师的话，不再说什么了。

当时的齐国，各地诸侯贪赃枉法、争名夺利、鱼肉百姓，民不聊生，孔子看到这种情况，发誓要用自己的智慧整治天下。

孔子就想离开故土，去拜见齐国君王，求取官职救济天下。

子路知道后很不高兴，认为老师是为了自己享受荣华富贵，这样做严重违背了当初老师在课堂上对自己的教育宗旨。

孔子对子路发誓说："我求取功名，绝对不是为了个人的名利，我是为了拯救普天下的黎民百姓。假若我做了什么对不起良心的事，天打五雷轰！天打五雷轰！"

孔子和子路吵了一架，然后就独自踏上去齐国都城的路。

子路一开始虽然十分反对老师去求官，但是后来想通了，理解了想老师想救国家于危难之中的良好初心，毅然决定赶紧去追随老师。

子路经过跋山涉水，在追寻老师的路上，遇到一个老人，用手杖挑着除草用的工具在地里除草。

子路问道："老人家，我的老师孔夫子要去齐景公那里求职治理天下，您见他从哪条路走了吗？"

老人很不耐烦地说："你的老师孔夫子，他四肢不劳动，五谷分不清。他根本不懂社会底最层百姓的生活有多么辛苦，他哪能有资格当老师呢？"说完，把手杖插在地上继续锄草。

子路觉得老人说得很对，老师出身贵族，后来一直教学，对社会底层百姓的具体生活确实了解甚少，他就对老人说，他很想听一下底层社会百姓对政府的真实心声。老人不想和子路再交流了，但是子路依然礼貌地拱着手站在老人身旁，他坚持在毒辣的太阳底下等老人劳作结束后，再做请教。

老人见子路很有礼貌，为人谦虚，能够倾听穷苦百姓的心里话，是一位难得的知识分子，内心很是感动，就热情地邀约子路到他家中住宿。老人还把家里仅有的一只鸡杀了给子路做饭吃，那可是他家里最贵重的财产啊。他与子路讲述当今君主是多么的昏庸无道，官府定的税赋、劳役太重，底层人民生活极为贫苦，人们居无定所、衣食不继。老人还把他的两个没有机会读书的小儿子叫出来和子路相见，让他们两个人向子路请教他从孔子那里学了哪些圣贤智慧，他很希望两个小孩子也能有机会像子路一样上学读书，成为有知识的人。子路对两个孩子提的问题一一相告。

子路从老人那里获得了很多底层社会真实的信息，第二天赶上了孔子，并把他的所见所闻告诉了孔子。孔子感叹的说："这是个难得的隐士啊，对社会中存在的问题看得很尖锐。"叫子路返回去再见他，想多请教一些百姓的问题。子路到了那里，他已经又出门劳动去了。

子路回来说："老师，刚才我遇到的隐士，对社会上的问题看的那么透彻，有智慧却不出来做官，这是不符合道义的。长幼之间的礼节，不可以废弃；君臣之间的道义，又怎么可以废弃呢？本想保持自身纯洁，却破坏了重大的伦理道德。君子出来做官，是为了实行君臣之义，救济天下。至于老师你给我们讲的政治主张行不通，我是早就知道的了。"

孔子说："如果我的治国方略的确无法推行了，我想乘着木排漂流海外，再也不活了。永远能跟随我的，恐怕只有仲由吧？"子路听了这话很高兴地说，十分愿意随老师前往。

孔子感慨地说："我的学生仲由，一个人穿越野兽出没的荒山野岭来追随我，助我弘扬真理，他勇猛的精神大大超过我，有他和我一起出发，我就不需要准备任何防身物品了。"

他们在去齐国国都的路上要经过一条大河，突然看到长沮和桀溺并肩耕地，从他们那里经过，孔子就让子路去打听大河的渡口在哪儿。

长沮问子路，说到："那个坐在车里的人是谁？"

子路说："是孔丘先生。"

长沮不屑的又问："是鲁国的孔丘吗？"

子路说："是的。"

长沮冷冷的说："他那么聪明，他应该知道渡口在哪儿，哪还用问我呢。"

子路没办法，又向桀溺打听，桀溺说："你是谁？"

子路说："我是仲由。"

桀溺也是冷冷的说："是鲁国孔丘的学生吗？"

子路回答说："是的。"

桀溺就嘲笑的说："普天之下到处都像滔滔洪水一样混乱，你和谁去改变这种状况呢？况且你所追随的人是只会教书育人的教师，他不懂治国方略，他不会当官，你还不如去跟从其他国家那些能够开天辟地的大英雄呢。"说完，还是不停地用土覆盖播下去的种子，不正面回答子路的问题。

子路回来把路上遇到的详细情况告诉了孔子。

孔子怅然若失地说："俗话说，人是不能和鸟兽合群共处的。但是，我不和这些不懂礼的世人在一起，又能和谁在一起呢？我这一辈子的使命，就是教育天下的这些人都要坚持真理、彰显美德。如果整个国家的管理者都坚持真理、有美德，我就没必要和你们一起来改变它了。"

孔子悲伤地说："一个国家没有好的君王，就不会重视我的治国纲领。我空有一身治国良策却无处施展，我这一生难道也就这样完了吗？"

早在大禹时期，政府就流行一种五音听治的理政方式，凡是怀才不遇的人都可以到官府门口敲打编磬奏乐，应聘一份适合自己的工作。孔子依照这个传统，安排子路在齐景公官府的大门口摆上写有自己名字的牌子，击打编磬奏乐《高山流水觅知音》，他想让齐景公听到自己是有治国之才的人。子路心里很着急，没有按照乐曲的节拍击打编磬，而是用小锤子猛烈的击打编磬。

有一个挑着草筐的人经过子路这里，说："先生，你这个磬击打得有深意啊！你的目的仅仅是为了敲磬吗？你这是为了吸引全天下所有人的注意吧？"

过了一会儿他又说："先生，你这样做真粗俗浅陋啊！你把乐器编磬敲得像凿大石头一样当当作响，没有一点音乐的美感，这样做显得你很浅陋固执啊！你不要认为只有你自己知道你那点小心思，实际上，所有的人早都看透了你的心机。你把编磬敲得这么大的声响，就是为了故意让别人看到你老师好像是一位旷世奇才，你这样做就是一种邪恶的行为；依照乐曲的节拍敲打出优美动听的音乐《高山流水觅知音》，自己表现得十分谦虚，这才能彰显你老师孔子谦谦君子的形象，才能得到君王的赏识。"

子路羞愧地说："先生，您批评的太好啊！如果事实真是这样的话，我就没有什么遭难的事情了，不担心老师怀才不遇了。"

在官府掌管对外接待的礼官，听到门外有人在不断地敲磬演奏乐曲《高山流水觅知音》，知道这是忧国忧民的志士想求职报效国家，他就去对孔子的学生子路说："你老师济世救民的急迫心思我很是理解，你放心，凡是有德的君子来到此地求职，我没有不去拜会的。你回去禀告你老师，我这就去拜会他。"子路赶紧禀告老师，把这位礼官邀请进屋子与孔子见面会谈。

这位礼官与孔子经过长时间深度会谈后，告辞出来，对孔子的学生们说："各位学生们啊，大家何必着急、忧虑天道将要丧亡呢？天下混乱已经很久了，上天将把你们老师当做劝君为正、坚持天道的木铎，来弘扬天道啊。"

掌管接待的礼官回去后，立刻向齐景公汇报了孔子的详细状况，齐景公认为孔子是一位当世难得人才，就立刻安排人带着一份豪华的厚礼拜见孔子，想请孔子去做官，帮助自己拯救国家。

孔子觉得齐景公派人拿着这么丰厚的大礼来请自己，好像自己特别贪图钱财一样，这是侮辱自己作为读书人高尚的品德。所以，他一口拒绝了这一行人。过了一会儿，孔子转念合计之后，突然觉得人家齐景公安排人带着厚礼，只是想表达是真心实意地来请自己做官，自己竟然傻乎乎地拒绝了，自己刚才像猪一样傻，自己当时完全是失去了理智。所以，他便赶紧前往送礼的人那里去表示感谢。

不料，孔子却在途中遇见人家，对方说："请先生您过来一下，我有事请教一下您。"

"我觉得您太不懂做人的礼数了！一个人怀藏治国的本领，却听任国家混乱，这样叫作有仁慈吗？"

孔子不好意思地说："这样做没有仁慈。"

又问："总是想参与政事，而屡次错失时机，你这样做可以叫作聪明吗？"

孔子羞愧地说："您批评的很对，我这样做确实很不聪明！时光很快就流逝了，岁月是不等人的。"

孔子说："好吧，你说的对！我听你的建议，我计划要去做官了。"

孔子见到齐景公后，齐景公向孔子询问治理国家的方法有哪些。

孔子回答说："要想使国家能够健康向上的发展，那么，国君就要努力成为国君中最好的国君，臣子就要努力成为臣子中最好的臣子，父亲就要做父亲角色中最好的父亲，儿子就要做所有儿子中最好的儿子，社会中的每个角色各司其职，都把自己的这个角色做到极致、做到最好，就可以治理好天下了。"

齐景公说："先生说得好哇！历史的规律就是这样！如果国君不能做一个最称职的国君，臣子不能做一个最称职的臣子，父亲不能做一个最称职的父亲，儿子不能做一个最称职的儿子，整个社会的秩序就乱了，国家注定会灭亡啊，我也就失去这个王位了。真要到了那样的时候，即便是有粮食，我能够吃得着吗？"

孔子对齐景公说："君主，鲁国和齐国的政事，就像兄弟一样，鲁国出现的问题我都很有治理经验，齐国的问题我也能推理出来。"

孔子说："齐国的政治一改革，便可以达到鲁国的那个样子；鲁国如果一改革，也就可以符合天道规律了。"

孔子说："我从自己居住的城邦回到鲁国，才把君王的治国理念、国家的政令整理好，国家各类重要的治国理念纲领都有了适当的方向定位。"

齐景公听后，对孔子说："先生确实很有治国才华，假如让你当国家最低等的管理者，那我可不能这样安排，我给你安排一个最高和最低之间中等的官吧。"

孔子假意推辞地回复说："感谢君王的厚爱，我的思想太落伍了，不敢担此大任，您不能这样高规格用我啊。"齐景公说孔子一定能够胜任这个职务，孔子谦虚地道谢，然后就回去准备上任了。

孔子接到正式任命后，就急匆匆地走马上任去了。

当一行人快走到城中的时候，他们就听到前面好像有一支庞大的乐队吹拉弹唱夹道欢迎他们。孔子找人一打听，原来这些打鼓敲锣迎接他的人，都是自己将来的下级官员，孔子微笑着对大家说："杀鸡何必用宰牛的刀呢？不就是走马上任管理一个小地方吗，我又不是什么了不起的高官，大家何必搞得这么隆重呢？"

当孔子一行车队正浩浩荡荡行进在熙熙攘攘的人群中，突然有一位衣衫褴褛、面容苦楚的穷人，双手叉腰站在孔子的车前唱到："君王啊，君王啊！为什么如此混乱的国家没有坚持真理、有美德的君主主持正义啊？为什么当今的社会道德风气如此衰败啊？对于那些已经离开的官员，我们老百姓已经不能再给他提建议了，未来即将上任的官员还来得及提建议啊。算了吧，算了吧！今天新来的官员，和之前当官的一样会失败，都是搜刮民脂民膏的贪官啊！"

孔子觉得这个人说的话很有内情，或许是受了官府的压迫才如此穷苦潦倒，孔子就想下车虚心请教他为什么会这样，遇到了什么难事，但这个人不相信孔子是为民谋利的好官，快走几步避开了孔子，逃到人群中了。孔子努力地去追了半天也没能追上他。

孔子回到官府驻地之后，心里暗暗发誓，一定要励精图治，多方倾听老百姓的真实心声，彻底解决老百姓反映的一切社会不良问题，让天下的百姓都过上幸福美满的生活。

他在当政时期，每天日理万机，亲自接待那些齐国社会的各界人士。比如生活在社会最底层的普通百姓，还有社会上有地位的达官贵人，甚至是没有任何真知灼见的人，孔子都不遗余力地和他们相见，认真倾听他们的呼声。哪怕他们说的事情很小、再微不足道，孔子也一定会逐一记录下来。对于政府做得不好的事情，孔子会要求相关部门一定要赶快逐一修正更新，直到老百姓都满意为止。（这段话是论述《道德经》中的"圣人在天下，歙歙焉。百姓皆注其耳目，圣人皆孩之。"）

孔子在政期间，表现得十分出色。他在面对基层群众调研工作的时候，显得很温和恭敬，从来没有一点居高临下高傲的样子，专注地倾听百姓反映的问题和期望，从不反驳，像是不会说话的样子。但他在宗庙里、朝廷上开工作总结分享会时，却很善于言辞，详细地阐述自己的执政管理方略，娓娓道来，只是说得比较谨慎而已。孔子在朝堂与同僚工作的时候，同下级大夫说话，温和而快乐的样子，平易近人，从不来颐指气使，欺压下一级的官员；向比他职位高等的上大夫汇报工作时，表现得正直而公正，秉公直言，不巴结权贵，不卑躬屈膝；孔子单独在国君面前汇报工作时，他表现得恭敬而心中不安的样子，总认为自己做得这也不好、那也不好，没有任何作为、没有任何成绩，发誓还要继续勤勤恳恳、不求回报地奉献自己才华。

孔子向上级官长汇报工作时候，拱手行礼，很有礼貌；向下一级的官员委派工作时，详细讲解工作的具体细节内容，很有耐心。他自己处理事物的时候，精神百倍，好像是要打一次大仗一样，慷慨激扬，极为振奋人。等到执行工作具体细节的时候，既章法分明，又显得谨小慎微，好像有一个看不见的规矩可循。等他圆满地完成了上级委派的任务，接受众人对他的夸赞、敬意的时候，他内心显得十分愉悦享受。在和他的下属、朋友一起举行私下聚会，庆祝此次任务取得巨大胜利的时候，行为举止表现得十分得体，十分轻松愉快，不放荡形骸。

孔子虽然贵为管理有方的官员，但总是喜欢居住在偏远的地区。

有人说："那地方非常偏僻简陋，你作为一方长官怎么能居住在那里呢？"

孔子说："如果有道的君子住在那儿，怎么会偏僻简陋呢？"

孔子退朝在那里居住的时候，超然自得，显示出舒适安闲的样子，体貌安舒、和颜悦色。

唐棣树的花，正因为处于偏僻之所，反而显得更弥足珍贵。一个人假如没有高尚的思想品德，无论住在哪里都显得太偏僻、鄙陋。

孔子说："没有高尚的思想品德，住在哪里都是鄙陋之所。如果一个人有拥高尚的思想品德，又怎么会觉得住的偏远呢？"

孔子在齐国治理了一段时间，人们安居乐业，百业兴旺，全国上上下下都认为现在的生活实在是太美好了，都对他的治国才华赞不绝口，拍手叫好。

孔子知道后，开心极了，高兴得竟然一连好几个月都忘记了美酒佳肴是什么样的味道了，不禁感叹地说到："哎呀，实在是太好了！从没想到我远大的治国思想理念，竟然在齐国这里全部实现了。"

11 为政篇

子张学干禄[1]。

子曰："多闻阙疑[2]，慎言其余[3]，则寡尤[4]；多见阙殆[5]，慎行其余，则寡悔。言寡尤，行寡悔，禄在其中矣。"

【注释】

①干禄：谋生的手段。

②多闻阙疑：阙，去除。多闻阙疑指多听他人讲的话，去除你心里不了解的地方。

③慎言其余：其余，剩下的，藏在内心里的。慎言其余指小心谨慎地说你内心里真实的想法。

④尤：过失，罪过。

⑤多见阙殆：殆，危险。多见阙殆指多观察本质，去除危险的因素。

【释文】

孔子当官做的很出色，成绩斐然，声名远播，许多人慕名请教孔子为政之道。

有一天，子张来找孔子，想学谋生的手段。

孔子说："你啊，一定要多听，多听听别人怎么说，想办法去除你内心不了解的疑惑；谨慎地说你心里的真话，不要让别人知道你的底线。这样才能减少过失。然后呢？你还一定要多看，多观察本质，去除危险因素；在做的时候，也一定要谨慎，要考虑清楚、有把握了再去小心谨慎地做，这样就能减少因冲动而导致的失败。少说话就减少过失，办事就不后悔，你就能做到衣食无忧、生活有着落了。"

子路、曾皙、冉有、公西华侍坐①。

子曰："以吾一日长乎尔②，毋吾以也。居则曰③：'不吾知也。'如或知尔，则④何以⑤哉？"

子路率尔⑥而对曰："千乘之国，摄乎大国之间，加之以师旅，因之以饥馑⑦；由也为之，比及三年，可使有勇，且知方⑧也。"

夫子哂⑨之。

"求！尔何如？"

对曰："方六七十，如五六十，求也为之，比及三年，可使足民。如其礼乐，以俟⑩君子。"

"赤！尔何如？"

对曰："非曰能⑪之，愿学焉。宗庙之事，如会同，端⑫章甫⑬，愿为小相焉。"

"点！尔何如？"

鼓⑭瑟⑮希⑯，铿尔，舍瑟而作，对曰："异乎三子者之撰。"

子曰："何伤乎？亦各言其志也。"

曰："莫春者⑰，春服既成，冠⑱者五六人，童子六七人，浴乎沂，风乎舞雩，咏而归。"

夫子喟然叹曰："吾与点也！"

三子者出，曾皙后。曾皙曰："夫三子者之言何如？"

子曰："亦各言其志也已矣。"

曰："夫子何哂由也？"

曰："为国以礼，其言不让[19]，是故哂之。"

"唯求则非邦也与？"

"安见方六七十，如五六十而非邦也者？"

"唯赤则非邦也与？"

"宗庙会同，非诸侯而何？赤也为之小，孰能为之大？"

【注释】

①侍坐：侍，侍。侍坐本义指侍立于尊者之旁。此处指执弟子之礼，侍奉老师而坐。

②以吾一日长乎尔：以，因为；长，年长；毋吾以也：吾，作"以"的宾语，在否定句中代词宾语前置；以，同"已"，是"止"的意思。一说这里的"以"是动词；毋，不要。

③居则曰：居，平日，平时。居则曰指（你们）平日说。

④则：连词，那么，就。

⑤何以：以，动词，用。何以指用什么（去实现自己的抱负）。

⑥率尔：尔，相当于"然"，……的样子。率尔指急遽而不加考虑的样子。

⑦因之以饥馑：因，接续。饥馑，泛指饥荒。因之以饥馑指接连下来（国内）又有饥荒。

⑧方：合乎礼仪的行事准则。

⑨哂：shěn，微笑，这里略带讥讽。

⑩俟：等待。

⑪能：动词，能做到，胜任。

⑫端：古代的一种礼服。

⑬章甫：古代的一种礼帽。这里都是名词用作动词，意思是"穿着礼服，戴着礼帽"。

⑭鼓：弹。

⑮瑟：古乐器。

⑯希：同"稀"，稀疏，这里指鼓瑟的声音已接近尾声。

⑰莫春者，春服既成：莫春，指农历三月；莫，通"暮"；既：副词，已经。莫春者，春服既成指三月时节，漂亮的衣服已经做好了。

⑱冠：古时男子二十岁为成年，束发加冠。

⑲为国以礼，其言不让：以：介词。靠，用。让，礼让，谦逊。为国以礼，其言不让，指要用礼来治理国家，可他说话却不知道谦虚。

【释文】

有一天，子路、曾晳、冉有几个学生在孔子近旁陪坐聊天。

孔子说："同学们，我年纪是比你们大了一点，但是你们不要因为这个原因就不敢说话了。你们平日说：'别人都不了解我！'假如真有人了解你们，请你出去做官，那么你们打算怎么做呢？"

子路急遽而不加考虑地回答说："一个拥有一千辆兵车的中等诸侯国，夹在几个大国之间，再加上有军队来攻打它，接下来又有饥荒；如果让我治理这个国家，等到三年后，就可以使人民有保卫国家的勇气，而且还懂得合乎礼义的行事准则。"

孔子对着他微微一笑。

"冉有，你怎么样？"

冉有回答说："一个纵横六七十里或者五六十里的国家，如果让我去治理，等到三年后，就可以使老百姓富足起来。至于礼乐教化，自己的能力是不够的，那就得等待君子来推行了。

"公西华，你怎么样？"

公西华回答说："我不敢说我能胜任，但愿意在这方面学习。宗庙祭祀的工作，或者是诸侯会盟及朝见天子的时候，我愿意穿着礼服，戴着礼帽，做一个小相。"

"曾皙，你怎么样？"

曾皙弹瑟的声音渐渐稀疏下来，铿的一声，放下瑟站起身来，回答说："老师，他们都有远大的理想，可是我和他们三人的思想不一样，你可别生气啊。"

孔子说："那有什么关系呢？也不过是各自说自己的志向罢了，你就放心说好了。"

曾皙回答说："我的理想生活就是，人们在暮春三月的时节，春天的衣服已经做好了，五六个成年人，六七名少年，在沂水沐浴后，在舞雩台上吹吹风，唱着歌回来。天底下的每个人都过着自然而然的生活。"

孔子感叹一声说："我很是赞同曾皙的志向啊。"

子路、冉有、公西华都出去了，曾皙最后走。

曾皙问孔子："他们三位的话怎么样？"

孔子说："也不过是各自谈谈自己的志向罢了！"

曾皙说："您为什么笑子路呢？"

孔子说："治国要用礼，可是子路的话毫不谦让，所以我笑他。"

"难道冉有讲的不是国家大事吗？"

"怎么见得纵横六七十里或五六十里的小地方就不是国家呢？做大事一

定要从做好小事开始。"

"难道公西华所讲的不是国家大事吗？"

"宗庙祭祀、诸侯会盟和朝见天子，不是诸侯的事又是什么呢？如果公西华只能给诸侯做一个小相，那么谁又能做大相呢？，他的理想太小了。"

子曰："为政以德，譬如北辰，居其所，而众星共之。"

子曰："道之以政，齐之以刑，民免而无耻；道之以德，齐之以礼，有耻且格①。"

【注释】

①格：品格，规范。

【释文】

（这是论述《道德经》中的"道常无为，而无不为。侯王若能守之，万物将自化。化而欲作，吾将镇之以无名之朴。镇之以无名之朴，夫将不欲。不欲以静，天下将自定。"）

孔子说："一国之君的基本管理策略是要有德行，就好像是天上的北斗星一样，坚守在自己的位置，周围的星星自然就会围拢在你的身边。"

孔子说："假如一国之君的基本管理法则是武力征伐，对于违反社会秩序的人施之以刑法，人们就会没有道德，做坏事也不觉得有羞耻感；假如一国之君的基本管理策略是崇尚德行，对于违反社会秩序的人，以做人的基本准则约束他，那么人们内心就会有羞耻感，而且做事有品格、符合社会礼仪规范。"

子张问于孔子曰："何如斯可以从政矣？"

子曰："尊五美，屏四恶，斯可以从政矣。"

子张曰："何谓五美？"

子曰："君子惠而不费[①]，劳而不怨，欲而不贪，泰而不骄，威而不猛。"

子张曰："何谓惠而不费？"

子曰："因民之所利而利之，斯不亦惠而不费乎？择可劳而劳之，又谁怨？欲仁而得仁，又焉贪？君子无众寡、无小大、无敢慢，斯不亦泰而不骄乎？君子正其衣冠，尊其瞻视，俨然人望而畏之，斯不亦威而不猛乎？"

子张曰："何谓四恶？"

子曰："不教而杀谓之虐；不戒视成谓之暴；慢令致期谓之贼，犹之与人也，出纳之吝谓之有司。"

【注释】

①费：通"拂"（fú）。逆，违背。

【释文】

子张向孔子问道："怎样才可以治理政事呢？"

孔子说："推崇五种美德，摒弃四种恶政，这样就可以治理政事了。"

子张说："什么是五种美德？"

孔子说："君子对百姓仁爱，而不违背真理，使百姓劳作却无怨言，有正当的欲望却不贪求，即使是做最高领导也不骄傲，庄严有威仪而不凶猛霸道。"

子张说："君子对百姓仁爱不违背真理是什么意思呢？"

孔子说："顺着百姓想要得到的利益就让他们能得到，这不就是君子对百姓仁爱，而不违背真理吗？选择百姓可以劳作的时间去让他们劳作，谁又会有怨言呢？想要仁德而又得到了仁德，还贪求什么呢？无论人多人少，无论势力大小，君子都不怠慢，这不就是泰然自处却不骄傲吗？君子衣冠整洁，目不斜视，态度庄重，庄严的威仪让人望而生敬畏之情，这不就是庄严有威仪而不凶猛吗？"

子张说："什么是四种恶政？"

孔子说："不进行教化就杀戮叫作虐，不加申诫便强求别人做出成绩叫作暴，起先懈怠而又突然限期完成叫作贼，好比给人财物，出手吝啬叫作小家子气的官吏。"

子曰："不在其位，不谋其政。"

曾子曰："君子思不出其位。"

子曰："民可使⑧由之，不可使知⑨之！"

子曰："道①千乘②之国，敬事③而信，节用④而爱人。使⑤民以时⑥。"

子曰："雍也，可使南面⑦。"

子曰："由，知德者，鲜矣！"

子曰："无为而治者，其舜也与？夫何为哉？恭己正南面而已矣！"

子曰："君子贞而不谅⑩。"

子张曰："《书》云：高宗谅阴⑪，三年不言。何谓也？"

子曰："何必高宗？古之人皆然！君薨⑫，百官总己以听于冢宰⑬，三年。"

子曰："伯夷、叔齐⑭，不念旧恶⑮，怨是用希⑯。"

冉有曰："夫子为卫君乎？"

子贡曰："诺，吾将问之。"

入曰："伯夷、叔齐，何人也？"

曰："古之贤人也。"

曰："怨乎？"

曰："求仁而得仁，又何怨？"

出，曰："夫子不为⑰也。"

子曰："有德者必有言；有言者不必有德。仁者必有勇；勇者不必有仁。"

子曰："仁远乎哉？我欲仁，斯仁至矣。"

【注释】

①道：统治治理天下的法则、真理。

②千乘：兵车千辆。古代以一车四马为一乘。千乘形容数不清的军队。

③敬事：敬，严肃地对待，慎重地对待，不怠慢不苟且；敬谨。事：治理。敬事指谨慎严肃地对待治理天下的政策法规。

④节用：节，操守，坚持。用，实际使用。节用指坚持实事求是。

⑤使：让，叫，令。

⑥时：合时宜的，适时的。

⑦南面：当官。例如：《史记·秦始皇本纪》南面称帝。

⑧使：让，令。

⑨知：察觉，感觉到。例如：知觉，不自知。

⑩贞而不谅：贞，正，方正。谅，固执。贞而不谅意思是正直而不顽固不化。

⑪阴：与阳相对，指事物的背后原因、法则。

⑫薨：hōng，古代称诸侯或有爵位的大官去世了。

⑬冢宰：冢，大的，地位高的。冢宰同太宰，引申为最无知的人。在这里是自我谦虚的说法，因为圣人都是认为自己没有任何智慧。《道德经》"绝圣弃智，民利百倍。"

⑭伯夷叔齐：伯，排行第一。夷，偏远、野蛮、没有文化的地方。伯夷是指最偏远的地方、没有文化的人。叔，排行第三。齐，全，完美，最好。叔齐，

相当于好人中的第三名，引申为不骄傲自满。伯夷叔齐就是指一个人十分谦虚，认为自己是没有什么文化、十分不聪明的人，不骄傲自满，积极追求上进。

⑮恶：贫瘠，引申为很少、没有。这里指不值得一提的功绩。

⑯希：有所图，谋求。

⑰不为：没有作为。

【释文】

（这是论述《道德经》中的"绝圣弃智。为无为，事无事；太上，不知有之"。）

孔子说："同学们，如果你的职位达不到君王那个高位，你很难理解君王的所作所为。只有达那个到思想高度，你才能理解君王的思想。"

曾子说："是呀，君子的语言思想，永远无法越出他的认知边界。"

孔子说："君主管理天下最强大国家的法则就是：要谨慎地制定国家的政策法规，要符合法则真理，坚持实事求是，对天下的人民充满慈爱，即使是治理人民的时候，也要符合时宜，有分寸有尺度，做到让人人都满意。"

孔子说："一个人能做到文雅谦虚、十分和谐，就可以让他去做一个部门或一个地方的长官了。"

孔子说："天底下最好的君王，就是让民众顺着君王的管理制度去生活，但是他们却察觉不到君王的存在！太上，不知有之！"

孔子说："从刚才所说的话中可以知道，像这样遵道贵德的君王实在是太少了！"

孔子说："能够无为而治的君王，大概只有舜吧？他做了什么呢？他什么都没有做，他只是庄重端正地面南坐在王位上罢了。"

孔子说："坚持真理的君子，一生必定都能够建功立业，但他们都不认为自己有智慧。"

子张说："老师，史书上说：'殷高宗即位时，固执的坚持为君之道，不认为自己是圣人、不认为自己有智慧，多年不谈政事。'这是什么意思？"

孔子说："不只是殷高宗，古代圣贤的君主都是这样！因为最好的君王就是绝圣弃智，让人们各司其职，而不知道他的存在。太上，不知有之！就像是国君死了，所有官员都各司其职，听从太宰的命令很多年。"

孔子说："做为君主，为人一定要谦虚，认为自己是穷乡僻壤地方的人，没有什么文化，不骄傲自大，要无为而治。千万不要总是活在自己过去不值一提的功绩里，总是抱怨、怨恨别人为什么不夸赞自己呢，如果这样，那就是有功利心、有所图了，那就失去了做人的根本。"

冉有说："老师认为自己保卫国家有巨大功绩吗？"

子贡说："嗯，我去问问老师吧。"

子贡进入孔子房中，问道："老师，认为自己是没有什么文化、十分不聪明的人，这样的人怎么样呢？"

孔子赞叹的说："这样的人可是古代贤人的作风啊。"

子贡疑惑的说："他们这样做不会有怨悔吗？"

孔子说："他们追求仁德，不自认为有贤德，便得到了仁德，又怎么会有怨悔呢？"

子贡走出来，对冉有说："老师就是那个最贤德的人，他总是谦虚地认为自己没有什么惊天动地的作为啊。"

孔子说："有德的人说的话一定很有道理，但说话很有道理的人不一定有德。有仁爱的人一定勇敢，但勇敢的人不一定有仁爱。"

孔子说："同学们，仁德难道离我们很远吗？只要自己愿意实行仁，仁就可以达到。"

尧曰："咨①！尔舜！天之历数在尔躬②，允执其中③。四海困穷④，天禄永终⑤。"

舜亦以命禹，曰："予小子履⑥，敢用玄牡⑦，敢昭告于皇皇后帝；有罪不敢赦，帝臣不蔽⑧，简在帝心。朕躬有罪，无以万方⑨；万方有罪，罪在朕躬。"

周有大赉⑩，善人是富。"虽有周亲，不如仁人。百姓有过，在予一人。"

谨权量，审法度，修废官，四方之政行焉；兴灭国，继绝世，举逸民，天下之民归心焉。

所重：民，食，丧，祭⑪。宽，则得众；信，则民任焉。敏，则有功；公，则说⑫。

【注释】

①咨：表示赞赏，相当于"啧"。

②躬：身体力行，亲自去实践。

③允执其中：认真地掌握这个真理、法则。

④四海困穷：四海，全国各地。困，穷苦、艰难。穷，疾病经久难治的。后作"痌"。《礼记·月令》：季冬行春令，则"国多固疾"。四海困穷指全国各地的人们生活艰难很久，不好改变。

⑤天禄永终：上天赐予的福气将永远不再有了。

⑥履：践行。

⑦玄牡：指《道德经》中的真理。

⑧帝臣不蔽：蔽：欺骗，隐瞒。臣，屈从，听信。帝臣不蔽指君王要听信真理，不敢欺骗隐瞒真理。

⑨万方：各地，各国。

⑩大赉：赉，lài，奖赏。大赉指重大的奖励。

⑪丧祭：丧，失去，忘掉。祭，代指祖先。丧祭指忘掉祖先的思想。

⑫说：通"悦"，喜悦。

【释文】

（这是论述《道德经》中的"治人事天，莫若啬。有国之母，可以长久。是谓深根固柢、长生久视之道"。）

尧说："啧啧！你这位舜啊！按照上天安排的次序，帝位要落到你身上了，你要认真地掌握这个真理、法则。如果让全国各地的人们生活艰难很久，不好改变，上天给你的禄位也就永远终止了。"

舜也这样告诫禹。商汤说："你这个后辈一定要践行，有勇气用那个玄妙的真理，有勇气大大方方地禀告伟大的先祖：如果我有罪不需要赦免。君王要听信真理，不敢欺骗隐瞒真理，这些圣贤思想都要深深刻在君王的心里。假如你在做的过程中犯了错，不要认为是各个属地国的错，天下每个地方的错，都是因为我一个人做得不好。"周朝实行大封赏，使善人都富贵起来。

周朝得了上天大大的恩赐，故多有贤能之士。虽然有至亲，也不如有仁人。百姓有罪过，罪过都在我一人身上。谨慎地检验并审定度量衡，恢复废弃了的职官，天下四方的政令就会通行了。复兴灭亡了的国家，承续已断绝的圣贤思想，提拔被遗落的人才，天下的百姓就会诚心归服了。所以，君王所重视的是：人民的生活，不能忘记祖先的思想。君王为人宽厚，就会得到众人的拥护；诚恳守道，就会得到民众的信任；辛勤聪慧，就能取得功绩；公正廉洁，则大家心悦诚服。

子贡曰："纣之不善，不如是之甚也。是以君子恶居下流①，天下之恶皆归焉。"

子曰："南人有言曰'人而无恒②，不可以作巫医③。'善夫！'不恒其德，或承之羞④'"。

子曰："不占⑤而已矣。"

子曰："巍巍乎，舜禹之有天下也而不与焉。"

子曰："大哉，尧之为君也！巍巍乎，惟天为大，惟尧则之。荡荡乎，民无能名焉。巍巍乎其有成功也，焕乎其有文章！"

舜有臣五人而天下治。

武王曰："予有乱臣十人。"

孔子曰："才难，不其然乎？唐虞之际，于斯为盛，有妇人焉，九人而已。三分天下有其二，以服事殷。周之德，其可谓至德也已矣！"

子曰："禹，吾无间然矣。菲[6]饮食，而致孝乎鬼神；恶衣服，而致美乎黻冕[7]，卑[8]宫室，而尽力乎沟洫[9]。禹，吾无间然矣！"

【注释】

①恶居下流：心术不正，卑鄙阴险。

②恒：法则，真理，道。

③巫医：古代能够预测未来还能够治病的人。

④羞：耻辱，失败。

⑤占：口说，念诵。

⑥菲：微薄；使之微薄。

⑦黻冕：黻，fú，绣有特殊花纹的礼服。冕，古代帝王、诸侯及卿大夫所戴的礼帽。黻冕指贵族的衣服。

⑧卑：小瞧，不在乎。

⑨沟洫：农田水利。

【释文】

（这是论述《道德经》中的"圣人被褐怀玉"。）

子贡说："老师，历史上流传说商纣王昏庸无道，实际上并不像现在描述的那么严重，人们喜欢把事实夸大宣传。所以，假如一位君子做了一件心术不正、卑鄙阴险的事，人们会把天下的坏事就都归集到他身上去了。"

孔子说："君王有句话说：'一个人如果不懂得宇宙的法则、真理，就不可以做巫医。'这话说得好哇！"不能把彰显德行当作自己永恒的人生信仰，大概率就要遭受失败。"

孔子又说："子贡，你可不要总是嘴上说而不去做啊。"

孔子说："多么崇高啊！舜、禹拥有天下，不是为了自己享受，而是为百姓。"

孔子说："尧作为国家君主，真是伟大呀！崇高呀！唯有天最高最大，只有尧能效法于上天。他的恩惠真是广博呀！百姓简直不知道该怎样来称赞他。真是崇高啊，他创建的功绩，真是崇高呀！他制定的礼仪制度，真是灿烂美好呀！"

舜有五位贤臣，天下就得到了治理。

武王说过："我有十位能治理天下的臣子。"

孔子说："人才难得，不是这样吗？唐尧、虞舜时代以及周武王时，人才最盛。然而武王十位治国人才中有一位还是妇女，所以实际上只有九人而已。周文王得了天下的三分之二，还仍然服侍殷朝，周朝的道德，可以说是最高的了。"

孔子说："禹，我对他没有什么可说的了。他不在乎自己的饮食吃得很差，却重视遵循践行真理；他自己平时穿得很朴素，却认为比华丽的官服还要漂亮；他不在乎自己居住的房屋很差，却把力量完全用于改善沟渠水利上。禹，我对他没有意见了。"

子游为武①城宰。

子曰："女得人焉尔乎？"

曰：“有澹台②灭明③者，行不由径④，非公事⑤，未尝至于偃之室⑥也。”

子曰：“好勇疾贫⑦，乱⑧也。人而不仁，疾⑨之已甚，乱也。”

子谓韶：“尽⑩美矣，又尽善也。”

谓武⑪：“尽美矣，未尽善也。”

南宫适问于孔子，曰：“羿善射，奡荡舟，俱不得其死然，禹稷躬稼而有天下。”

夫子不答。

南宫适出，子曰：“君子哉若人；尚德哉若人。”

【注释】

①为武：为，成为，致力于。武，从止，从戈。据甲骨文，人持戈行进，表示要动武，强硬的手段。为武指用强硬的手段治理。

②澹台：澹，恬静、安然的样子。台，通“怡”，喜悦。《史记·卷一三〇·太史公自序》：唐尧逊位，虞舜不台。澹台指喜欢淡泊名利。

③灭明：不自以为是、不认为自己是明智的人。引申为有智慧但是极为谦虚的人。

④行不由径：行，做事。径，小路，行不由径引申为歪门邪道。

⑤非公事：事，侍奉，上班。非公事指没有这样的人来政府应聘上班。

⑥偃之室：偃，通“匽”，停止；停息。反《荀子》而定三革，偃五兵，合天下，立声乐。偃之室指关门歇业。

⑦贫：穷，缺少。引申缺少仁爱德行。

⑧乱：社会动荡，战争，武装骚扰。

⑨疾：恶，坏，极为不好。

⑩尽：达到极致的状态。

⑪武：用武力管理。

【释文】

（这是论述《道德经》的"将欲取天下而为之，吾见其不得已。天下神器，不可为也，不可执也。为者败之，执者失之。"）

子游担任一方官员的时候，倡导用武力强行治理。

孔子就问："子游，你这样的为政理念，在那里招聘到有道、有德的管理人才了吗？"子游说："淡泊名利、有智慧却极为谦虚，从来不走歪门邪道，这一类优秀的人才，到目前为止，还没有一个人来政府应聘上班。哎呀，不曾想我的府衙竟然到了要关门歇业的境地了。看来，用强权、武力治理天下，是得不到人民的拥护支持啊！"

孔子说："喜欢鲁莽逞强而没有仁爱之心，社会就动荡不安。作为一个人而没有仁爱之心，那就是坏透了，社会就动荡不安。"

孔子说管理者用人们感觉幸福美好的方式治理天下："那可以达到预期的结果，让天下所有的人民都赞同君主的领导，也是最高明的手段啊。"

孔子说管理者如果用武力的方式治理天下："也可以达到预期的结果，让天下所有的人民都被迫听从君主的领导，但不是最高明的手段啊。"

南宫适去见孔子，与他探讨君王的为政之道："羿擅长射箭，奡善于水战，都没有得到善终。禹和稷亲自耕作庄稼，考虑人们的生活，却得到了天下。"

孔子十分赞同南宫适的观点，觉得自己没有什么可以发表的意见了。

南宫适适退出去后，孔子说："能够认识到柔弱胜刚强，这个人是君子啊！这个人崇尚道德啊！"

子张问政。

子曰："居①之无倦，行之以忠。"

【注释】

①居：内心的坚守、信仰。

【释文】

子张问怎样治理政事。

孔子说："对于自己内心信奉的真理，勤勤恳恳地去做，从来不懈怠；践行真理，以表示自己对真理的诚心诚意。"

仲弓为季氏宰，问政。

子曰："先有司，赦小过，举贤才。"

曰："焉知贤才而举之？"

曰："举尔所知，尔所不知，人其舍诸？"

【释文】

仲弓做了季氏的总管，问孔子怎样做一个优秀的君主、卓越的领导者。

孔子说："先要设立好政府的组织管理框架，原谅他人的小错误，提拔贤能的人。"

仲弓说："怎么知道哪些人是贤能的人而去提拔他们呢？"

孔子反问说："提拔你所知道的，那些你所不知道的人才，别人难道会埋没他吗？"

樊迟请学稼，子曰："吾不如老农。"请学为圃。曰："吾不如老圃。"

樊迟出。子曰："小人哉，樊须①也！上好礼，则民莫敢不敬；上好义，则民莫敢不服；上好信，则民莫敢不用情。夫如是，则四方之民襁负其子而至矣。焉用稼？”

子曰：“其身正，不令而行；其身不正，虽令不从。”

【注释】

①樊须：须，毛发，引申为相胡须一样细小的东西。樊须比喻樊迟是一个细小、轻微不值一提的人。

【释文】

樊迟向孔子请教如何种庄稼，孔子说：“我不如老农民。”又请教如何种蔬菜，孔子说：“我不如老菜农。”

樊迟出去了，孔子才说：“樊迟这个人他真是个愚蠢无知的君主啊！樊迟就是牛毛一般的人啊！他问的这些事都不是一个有道的君主应该想的问题！居于上位的人崇尚做人的准则，老百姓就没有敢不恭敬的；居于上位的人爱好道义，老百姓就没有敢不服从的；居于上位的人践行真理，老百姓就没有敢不诚实的。如果能够做到这一点，那么，四方的老百姓就会背负全家老小前来归服，何必要自己来种庄稼呢？”

孔子说：“作为君王，如果自身品行端正，不用发布命令，事情也能推行得通；如果本身品行不端正，即使是发布了命令，百姓也不会听从。”

子路问政。

子曰：“先①之，劳②之。”请益。曰：“无倦。”

【注释】

①先：次序属于前面，在前面。

②劳：辛苦。

【释文】

（这是论述《道德经》中"圣人抱一为天下式。"）

子路向孔子请教如何做一个优秀的君主、卓越的领导者。

孔子说："干任何事，自己都要身先士卒带头走在前面，要全心全意地为人民服务。"

子路请求进一步解释。

孔子说："不需要其他的方法策略。你就坚持这样做下去，全心全意为人民服务，永不懈怠，就足够了。"

或谓孔子曰："子奚[①]不为政？"

子曰："《书》云：'孝乎惟孝，友于兄弟，施于有政。'是亦为政，奚其为为政！"

子曰："不患无位，患所以立。不患莫己知，求为可知也。"

子路曰："卫君待子而为政，子将奚先？"

子曰："必也正名乎！"

子路曰："有是哉，子之迂也！奚其正？"

子曰："野哉，由也！君子于其所不知，盖阙如也。名不正，则言不顺；言不顺，则事不成；事不成，则礼乐不兴；礼乐不兴，则刑罚不中；刑罚不中，则民无所措手足。故，君子名之，必可言也；言之，必可行也。君子于其言，无所苟而已矣。"

【注释】

①奚：因何故，为什么。

【释文】

有人问孔子说："您这么有智慧有能力，您为什么不当官参与政治呢？"

孔子说："《尚书》中说：'之所以说遵循圣贤所讲的思想，是指把对兄弟友爱之情，扩展、影响到政治上去。'这也是参与政治，为什么一定要当官才算参与政治呢？"

孔子淡然地说："一个人不要担心自己没有社会官职地位，要担心自己凭什么有这样的官职地位。不要担心天下没有理解自己的人，要争取你身上拥有值得别人学习的智慧。"

子路说："老师，假如国家君主要您去治理国家，您打算先从哪些事情做起呢？"

孔子说："首先必须先正名分，符合天道。"

子路说："老师，有这样做的吗？您真是太迂腐了。这名怎么正呢？"

孔子很不高兴地说："仲由，你真粗野无知啊！君子对于他所不知道的事情，总是采取存疑的态度。名分不正，不符合天道规律，说起话来就不顺当合理，说话不顺当合理，事情就办不成。事情办不成，做人的准则也就不能兴盛。做人的准则不能兴盛，刑罚的执行就不会得当。刑罚不得当，百姓就不知怎么办好。所以，君子一定要定下一个名分，符合天道规律，必须能够说得明白，说出来一定能够行得通。君子对于自己的言行，是从不马虎对待的。"

子适卫，冉有仆[①]，子曰："庶矣哉。"

冉有曰："既庶矣，又何加焉？"

曰："富之。"

曰："既富矣，又何加焉？"

曰："教之。"

子曰："苟有用我者，期月而已可也，三年有成。"

子曰："善人为邦百年，亦可以胜残去杀矣。诚哉是言也。"

子曰："如有王者，必世而后仁。"

子曰："苟正其身矣，于从政乎何有？不能正其身，如正人何？"

【注释】

①仆：服务他人，供役使的人，即奴隶。

【释文】

孔子到政府上班去了，冉有做为他的侍从。

孔子说："这里的人口真是众多啊！"冉有说："人口已经是如此众多了，又该再做什么呢？"孔子说："使他们生活富裕起来。"冉有说："生活已经很富裕了，还该怎么做？"孔子说："教育他们，让他们有思想有仁爱。"

孔子说："假如有人用我主持国家政事，一年之内就可以见到成效，三年便能成效显著。"

孔子说："善人治理国家一百年，也就能够遏制残暴的行为，消除虐杀现象了。这句话说得真对啊！"

孔子说："如果有王者兴起，也一定要在三十年之后才能推行仁政。"

孔子说："如果端正了自己的言行，治理国家还有什么难的呢？如果不能端正自己，又怎么能去端正别人呢？"

卫灵公①问陈②于孔子。

孔子对曰："俎豆③之事，则尝闻之矣；军旅之事，未之学也。"明日遂行。

子言卫灵公之无道也。

康子曰："夫如是，奚而不丧④？"

孔子曰：“仲叔圉⑤治宾客，祝鮀治宗庙，王孙贾治军旅，夫如是，奚其丧？”

在陈，绝粮⑥，从者病⑦，莫能兴。子路愠见，曰：“君子亦有穷⑧乎？”

子曰：“君子固⑨穷，小人穷斯滥⑩矣。”

子在陈，曰：“归与！归与！吾党之小子狂简，斐然成章，不知所以裁之。”

【注释】

①卫灵公：灵：聪明，不是有智慧，是一个贬义词。卫灵公这个名字寓意为有点小聪明、自以为是的官员。

②陈：用兵打仗。

③俎豆：俎 zǔ，古代割肉用的砧板。多木制，也有青铜铸的，大方形，两端有足。形似高足盘，或有盖。《说文》豆，古食肉器也。俎豆指各种礼器。比喻社会的礼法制度。

④丧：失败。

⑤仲叔圉：圉，yǔ，养马的官。例如：圉人，《周礼》官名，掌管养马放牧等事；泛称养马的人。仲叔圉指国家的那些侯王都是养马一般鄙陋的人。引申为外来的侯王不谦卑，很高傲。

⑥绝粮：粮，本义是旅行用的干粮；行军作战用的军粮。绝粮指没有俸禄了，没有人聘用了。

⑦病：苦恼，困恼。例如：唐·柳宗元《捕蛇者说》：向吾不为斯役，则久已病矣。

⑧穷：不得志、被解聘，有能力有理想却实现不了。

⑨固：安定，坚守，不改变。

⑩滥：不加节制，漫无原则。

【释文】

（这是论述《道德经》中的"夫兵者，不祥之器，物或恶之；故有道者不处。兵者，不祥之器，非君子之器，不得已而用之，恬淡为上"。）

卫灵公向孔子询问用兵打仗的策略。

孔子回答说："社会的礼法制度方面的事情，我略知一二；用兵打仗的事，我从来没有学过。"

孔子认为卫灵公是不讲仁爱、崇尚武力战争的君主，所以第二天就离开了。

有学生愤怒地说，卫灵公是一个昏庸无道的君主。

有一个没有头脑的学生康子就反问说："既然这样，为什么他治理国家，还没有失败呢？"

孔子说："进行各种外交时，对外来的侯王显示出很高傲的姿态；制定发布国家的制度法令时，过度吹嘘；任用喜欢经商挣钱的贵族子弟谋求统率军队；卫灵公就是这样治理天下的人，他岂有不失败的道理呢？我们不要在他这里谋求职位了。"

孔子在治国理念上，因为与卫灵公政见不同，辞掉了官职，所以丢了饭碗。学生们都感觉学富五车的老师在今天看来很失败，所有人心里都很苦恼、烦躁。孔子看到学生们这种情况，想尽了办法，对学生进行思想教育，也不能使这些学生振奋精神、努力上进，有些学生甚至认为老师的这些思想不合时宜，想打退堂鼓另谋高就，不想追随孔子了。

子路看到这样的场景生气地说："难道坚持真理有美德的君子，也有不得志的时候吗？"

孔子深色凝重地说："子路啊，君子在一时不得志时，依然能坚持自己做人的原则和追求。小人在不得志时，就会丧失自己做人的原则和信仰，放纵自己、胡作非为。"

孔子愤愤不平地说："回去吧！回去吧！我的那帮学生都是志向远大、

才华横溢的人，文采虽然很可观，可惜卫灵公没有慧眼，辨别判断不出来啊。"

原思为之宰，与之粟九百，辞。

子曰："毋！以与尔邻里乡党乎？"

子曰："孰谓微生高直①？或乞醯②焉，乞诸其邻而与之。"

子谓仲弓，曰："犁牛之子③，骍且角④，虽欲勿用，山川⑤其舍诸？"

【注释】

①微生高直：地位低微，德行高尚为人正直。

②醯：xī，醋。

③犁牛之子：出生于农民子弟的孩子。

④骍且角：骍，xīng，赤色的马和牛，亦泛指赤色。引申内心赤诚。角，古代量器名，一角一散。例如：《管子》斗，斛也，角，量也。骍且角指内心赤诚却十分小气。

⑤山川：祖国。

【释文】

原思被君王封了一个地方官，政府给他俸禄是小米九百斗，他嫌弃俸禄太少推辞不做。

孔子说："你不是希望有朝一日能当官员，为你的邻里乡亲发展建设做些好事吗？国家现在给了机会，却嫌弃政府给你的俸禄太少，你这不就成了做官为了自己的私利吗？"

孔子说："谁说地位低的人就会有高尚、正直的德行？就像是有人向他求点醋，他却向自己邻居那里讨点来给人家，一点德行都没有。"

孔子对学生的问题说道："出生于农民家庭的孩子，内心赤诚但是十分小气，虽然想干大事但是不能用啊！国家会舍弃谁呢？除非你自己不是人才。"

子夏为莒①父②宰，问政。

子曰："无欲速，无见小利③。欲速则不达，见小利则大事不成。"

冉子退朝，子曰："何晏④也？"

对曰："有政。"

子曰："其事也，如有政，虽不吾以，吾其与闻之。"

【注释】

①莒：通"莒"，谋求。

②父：通"捕"（bǔ）。捕捉，捉拿。

③利：善于。例如：利舌（善于口辩）；利足（善于行走）。

④晏：迟，晚。

【释文】

（这是论述《道德经》中的"大小多少。企者不立，跨者不行。图难于其易，为大于其细。天下难事，必作于易；天下大事，必作于细。"）

子夏谋求获得了一个长官职位，向老师请教怎样做一个好的领导。

孔子说："你做事一定不要急于求成，一上任就想干一番惊天动地的伟大事业，不要觉得政府机关的事务很简单，认为自己都能轻松应对。急于求成干大事业，可能反而会达不到目的；觉得政府机关的事务很简单，认为自己都能轻松应对，你就很难办成大事。做事千万不要好高骛远，一定要踏踏实实，从一点一滴的小事做起。"

有一天冉有从办公的地方回来天色已经很晚了，孔子说："冉有，你今天为什么回来得这么晚呢？"

冉有回答说："老师，我有重要的政务需要处理，所以回来晚了。"

孔子严厉的说："冉有，因为你不懂得事情的轻重缓急、前后顺序，缺乏办事的效率，所以回来晚了。据我分析了解，你所说的那些事情，只不过是不紧急、不重要的一般性的事务罢了。如果是重要的政务，即使不是我亲自处理的，我还是会知道的。"

齐景公有马千驷，死之日，民无德而称焉。

伯夷叔齐，饿于首①，阳之下②民到于今称之，其斯之谓与？

子曰："泰伯③，其可谓至德也已矣！三以天下让，民无得而称焉。"

子谓公冶长："可妻也。虽在缧绁④之中，非其罪也。"以其子妻之。

子谓南容："邦有道，不废；邦无道，免于刑戮。"以其兄之子妻⑤之。

宪⑥问耻。

子曰："邦有道，谷⑦；邦无道，谷，耻也。"

子曰："邦有道，危⑧言危行；邦无道，危行言孙⑨。"

孔子曰："天下有道，则礼乐征伐自天子出；天下无道，则礼乐征伐自诸侯出。自诸侯出，盖十世希不失矣；自大夫出，五世希不失矣；陪臣执国命，三世希不失矣。天下有道，则政不在大夫。天下有道，则庶人不议。"

子曰："宁武子！邦有道，则知；邦无道，则愚。其知可及也，其愚不可及也。"

子曰："笃信好学，守死善道，危邦不入⑩，乱邦不居⑪。天下有道则见；无道则隐。邦有道，贫且贱⑫焉，耻也；邦无道，富且贵⑬焉，耻也。"

子夏曰："君子信而后劳其民；未信，则以为厉己也。信，而后谏；未信，则以为谤己也。"

【注释】

①首：带头，领导。

②阳之下：太阳底下，天下，全国。

③泰伯：泰，佳，美好。泰伯指最好的领导。

④缧绁：léi xiè，捆绑犯人的绳索，这里代指监狱。

⑤妻：作动词用，读 qì，指把女子嫁给某人。

⑥宪：法令，国法。代指官员。

⑦谷：粮食，引申为俸禄。

⑧危：正。

⑨孙：逊，谦虚，小心。

⑩危邦不入：危，不正。危邦不入指导致国家不走正道的情况不会出现。

⑪乱邦不居：居，处于，处在。乱邦不居指使国家混乱无序的状态不会出现。

⑫贫且贱：贫，少。贱，地位低下，人格卑鄙。皇疏："无位曰贱。"贫且贱指没有才华更没有社会地位，不去报效国家。

⑬富且贵：有钱财、有社会地位。

【释文】

（这是论述《道德经》中的"美言可以市尊，美行可以加人。"）

齐景公虽然家财万贯、富可敌国，但是他死的时候，人民找不到他有什么德行值得称颂的。认为自己是乡下野人、没有什么文化，从不骄傲自满，积极上进，清廉为民，不攫取利益，一生穷困，天底下的人民到现在还在称颂他，这样的德行，他能配得上吗？

孔子说："最好的领导，那可以说是道德最崇高的人了！多次把社稷辞让给他人，人民简直都找不出恰当的词语来称颂他。"

孔子谈到公冶长，说："他是有德之人，可以把女儿嫁给他。他虽然被关在监狱之中，但那不是他的罪过。"于是便把自己的女儿嫁给他。

孔子谈到南容，说："他呀，国家政治清明的时候，不丧失自己做人的信仰与操守；国家政治黑暗的时候，也不致被刑罚。"于是把自己的侄女嫁给他。

有一个官员问孔子，什么是一个人的耻辱。

孔子说："国家管理得政治清明，人民幸福，做到这样的君王，是值得称赞的。国家管理得很黑暗，民不聊生，把国家管理成这样的君王，是可耻的。"

国家政治清明，言语要保持正直，行为要正直；国家政治黑暗，行为要正直，但是说话要小心、谨慎。

孔子说："天下政治清明，做人的准则以及出兵征伐的命令，都由天子下达；天下政治昏乱，做人的准则以及出兵征伐的命令，都由诸侯下达。政令由诸侯下达，大概延续到十代就很少有不丧失的；政令由大夫下达，延续五代后就很少有不丧失的；大夫的家臣把持国家政权，延续到三代就很少有不丧失的。天下政治清明，国家的政权就不会掌握在大夫手中；天下政治清明，普通百姓就不会议论朝政了。"

孔子说："真正勇敢的战士啊！国家政治清明，他显得很智慧；国家政治混乱，他就假装显得很愚笨。他的智慧是别人可以达到的，他故意假装愚笨却是别人很难达到的。"

孔子说："坚定不移地相信古圣先贤的美好思想，努力地学习它，誓死捍卫美德和真理。君主如果这样做，导致国家灭亡的情况绝对不会出现，导致国家混乱无序的状态绝对不会出现。天下有道，就出来从政，展现自己的才华；天下无道，就不彰显自己，隐藏自己的才华；国家政治清明，不出来显示自己的才华，也不去报效国家，这样的行为是耻辱的！国家政治昏庸无道，而你却出去当官，为了钱财和社会地位而去帮助昏君，你这样的行为也是耻辱的！"

子夏说："君子拥有真理之后，才能指使他们的子民做事，君子没有真理，就去役劳他们，民众就会认为是在虐害他们。君子拥有真理之后，才去进谏君王，君子没有真理，就去进谏，君王就会以为是在诽谤污蔑自己。"

蘧伯玉①使人于孔子，孔子与之坐而问焉。曰："夫子何为？"

对曰："夫子欲寡其过而未能也。"

使者出，子曰："使乎！使乎！"

子曰："直哉史鱼②！邦有道，如矢③；邦无道，如矢。君子哉蘧伯玉！邦有道，则仕；邦无道，则可卷④而怀之。"

【注释】

①蘧伯玉：蘧，qú，悠然自得貌。伯，十倍。玉，比喻美德、贤才。蘧伯玉这个人名引申为一个人进退自如，且十分贤德。

②史鱼：鱼，古代木制成鱼形的信函，如：鱼素（书信）；鱼书（书信）；鱼沉雁杳（比喻音信断绝）；鱼肠尺素（指书信）；鱼鸿（代指送信人）；鱼幅（书信）；鱼封（书信）。史鱼指记录历史的书信。

③矢：陈述。例如：《书·大禹谟》皋陶矢厥谟。

④卷：隐藏。

【释文】

有一位贤德的君主派使者去拜访孔子，孔子请使者坐下，然后问道："先生想成为什么样的人呢？"使者回答说："先生总想要减少自己的过失，但总是觉得自己永远有很多过错，总是做不到最完美。"

使者出去之后，孔子说："使者说得好呀！使者说得好呀！"

孔子说："记录历史的书信一定要很公正啊！国家政治清明时，依照顺从事实陈述；国家政治黑暗，也要依照顺从事实陈述。贤德的君主是真君子啊！国家政治清明时，君子可以出来做官；国家政治黑暗时，君子可以把自己的才能收藏起来不做官。"

颜渊问为邦。

子曰："行夏之时①，乘殷之辂②，服周之冕③，乐则韶舞④。放郑声⑤，远佞人！郑声淫，佞人殆。"

【注释】

①时：计时单位，引申为历法。

②辂：绑在车辕上用来牵引车子的横木，代指古代的大车，指帝王用的，引申为治国纲领。

③冕：古代帝王、诸侯及卿大夫所戴的礼帽，引申为头脑，治国思想。

④乐则韶舞：指人们十分开心，跳起美妙的舞蹈。

⑤放郑声：放，舍弃。放郑声指舍弃郑国的管理思想。

【释文】

颜渊问怎样治理国家。

孔子说："实行夏朝的历法，按照殷朝的治国纲领，使用周朝的治国思想。人们就会很开心快乐，跳起美妙的舞蹈。要舍弃郑国的管理思想，远离巧言谄媚的人！因为郑国的管理很过分，巧言谄媚的人很危险。"

12 用兵篇

子路宿于石门，晨门曰："奚[1]自？"

子路曰："自孔氏。"

曰："是知其不可而为之者与？"

子曰："三军可夺帅也，匹夫不可夺志也。"

子路曰："子行三军，则谁与？"

子曰："善人教民七年，亦可以即戎矣。"

子曰："以不教民战，是谓弃之。"

子曰："暴虎冯河[2]，死而无悔者，吾不与也。必也临事而惧，好谋而成者也。"

子曰："为命[3]，裨[4]谌[5]草创[6]之，世叔[7]讨论之，行人[8]子羽[9]修饰之，东里[10]子产润色之。"

【注释】

①奚：文言文疑问代词，相当于"胡""何"。例如：～（为什么）不去也？

②暴虎冯河：暴，空手搏斗。冯，也作"凭"，凭借，依靠。冯河，徒步涉水过河。暴虎冯河指空手打虎，徒步过河。比喻做事有勇无谋，冒险行事。

③为命：撰写政令、盟会的文辞。

④裨：pí，副，偏，小。

⑤谌：chén，的确，真诚，相信。

⑥草创：起草，写就。

⑦世叔：比父亲年龄小的人。

⑧行人：传递政策的人。

⑨子羽：视力极好。

⑩东里：家乡的人，底层的人。

【释文】

（这是论述《道德经》中的"君子居则贵左，用兵则贵右。慎终如始，则无败事"。）

子路在大门洞住宿了一夜。

早上守城门的人说："从哪儿来？"

子路说："从孔子家来。"

门人说："就是那位明知道做不成却还要做的人吗？"

孔子说："你可以强行使一国的军队丧失主帅；却不可以强行夺取一个男子汉的志向。"

子路说："如果让您率领三军，您愿找谁一起共事呢？"

孔子说："善人把那些普通百姓教导训练七年时间，就可以叫他们去带兵作战了。"

孔子说："让没有受过训练的人去带兵作战，这是抛弃他们，让他们去送死。"

孔子说："总是表现为赤手空拳和老虎搏斗，徒步涉水过大河，这样鲁莽好斗的人，我是不会与他共事的。我所要找的共事的人，一定是遇事谨慎小心，善于谋划而且能完成任务的人。"

孔子说："撰写军政命令、制订文件，先写一个大概的草稿，请各位级别较低的人也讨论提出意见，具体实施的人详细查看并完善细节，不论是愚昧的人、还是有成就的人，都再给做些润色，使之更完美。"

子贡问政。子曰："足食①，足兵，民信②之矣。"

子贡曰："必不得已而去，于斯三者何先？"

曰："去兵。"

子贡曰："必不得已而去，于斯二者何先？"

曰："去食。自古皆有死，民无信不立。"

【注释】

①足食：足，根本，引申为法则、真理。食，俸禄。足食，指用工资、奖金激励下属的法则。

②民信：信，真实的，必然的，符合因果法则。民信这里指坚持法则、真理。

【释文】

（这是论述《道德经》中的"以正治国，以奇用兵，以无事取天下。"）

子贡问孔子，怎样才能做一个优秀的君主、卓越的领导者。

孔子说："要想做一个优秀的君主、卓越的领导者，能做到以下三条就够了！第一条，要掌握完善的工资、奖金等物质激励法则，人人都觉得自己的工作付出有价值，有满满的成就感；第二条，要掌握至高的用兵法则，没有内外敌人敢作乱犯上，国家没有被侵犯、颠覆的危险；第三条：教育天下所有的人，都践行法则、真理，社会自然和谐安定。"

子贡说："如果能力有限，要去掉一些，三项中先去掉哪一项呢？"

孔子说："那就去掉至高的军事。"

子贡说："如果能力有限，要在剩下的两项中再去掉一项，去掉哪一项呢？"

孔子说："那就去掉完善的工资报酬吧！因为哪怕你没有掌握至高的军事竞争法则，没有掌握完善的薪酬激励法则，只要人们都完全坚持真理、彰显美德，按照法则、真理做事，社会自然和谐安定。自古以来，人都是要死的，如果人们都不信奉法则、真理了，都没有美德了，那么整个国家自然就不会长久存在了。"

第四篇 《中庸》

《中庸》的意思是什么？中，就是"现象""法则"的混合状态，也就是"有、无、""阴、阳"的全知状态。庸，就是用，使用。中庸就是指看透了事物的现象与本质，并能实事求是的正确驾驭这个事物；简单一句话总结：坚持真理，实事求是。

创作背景

《中庸》出自《礼记》，原本是《礼记》四十九篇中的第三十一篇。《礼记》原名《小戴礼记》，又名《小戴记》，由汉宣帝时人戴圣根据历史上遗留下来的一批佚名儒家的著作合编而成。

宋代以前，学者皆主张《中庸》是春秋战国时期的子思所作。司马迁《史记·孔子世家》："子思作《中庸》。"李翱《李文公集·复性书》："子思著《中庸》四十七篇，传于孟轲。"朱熹《中庸章句·序文》："中庸何为而作也？子思子忧道学之失其传而作也。"

自宋代开始，有学者主张《中庸》是子思与秦汉之际的儒者杂述而成。

欧阳修《问进士策》："问：礼乐之书散亡，而杂出于诸儒之说，独《中庸》出于子思。子思，圣人之后也，所传宜得其真，而其说异乎圣人者，何也？"叶适《习学记言序目·文鉴三》："汉人虽称《中庸》子思所著，今以其书考之，疑不专出于子思也。"清人认为《中庸》非子思所作的也不乏其人，特别是崔述，在其《洙泗考信录》卷三中提出了三条论据来证明自己的观点。而今人冯友兰、钱穆、劳思光等亦从文献、思想等方面论证《中庸》非子思所作。

以上两种观点各有依据。我认为《中庸》不是子思所作，应该是孔子弟子对孔子论述如何坚持真理的文字记录。

后世影响

《中庸》是儒家经典，至今已流传两千多年，在儒家学说中占有重要地位，位于"四书"次位，在中国历史上的各个时期都有其独特的学术特点、学术成就和社会地位。《中庸》是中华民族的古典哲学，曾广泛而深刻地影响了中国历史的发展。

《中庸》在西汉时被戴圣整理并编入《礼记》中。魏晋南北朝时期，伴随着儒道合一、佛道流行的时代新趋势，有学者把儒家的"中庸"与道家"无为"联系起来，为"尚俭"立据，但影响有限。如刘劭在《人物志》中将"中庸"作为一种极高德行来推广，把"中庸"列为最完美之"情性"。据记载，当时伴随着佛家"格义"学说的流行，还有引佛家义理释解"中庸"的著作出现。唐代李翱将《中庸》尊为经书，撰有《中庸说》，提出了一个《中庸》的传承谱系，并与佛家心性之学相糅合，阐发与弘扬《中庸》儒家天命性道学说。他将传承《中庸》的本意弘扬性命之说为己任，在糅合佛儒观念的基础上，用佛家"不动心"的理论来诠释儒家"诚"的内涵，不仅由此建构起了一个较为完整的思想体系，同时，其融汇佛家与儒家的心性学说为一体，对于后来宋明理学的理论建构，也产生了重要的影响。

宋代以来，《中庸》逐步确立了儒家经典地位，成为科举考试的重要内容。宋真宗年间，曾将《中庸》一书作为科考的内容；宋仁宗时，还对新中的进士颁赐《中庸》一书以为奖励。北宋程颢、程颐首先将《大学》《中庸》《论语》《孟子》同等看待，并行同列，提高了《中庸》的儒学地位和社会影响，为《中庸》成为宋明道学问世的理论基础，开辟了道路。南宋朱熹作《中庸章句》，与《大学章句》《论语集注》《孟子集注》合编成《四书章句集注》；南宋嘉定五年（1212 年），《四书章句集注》被晋封为"国学"，"四书"的官方地位被正式确立，《中庸》遂正式升格为儒家经典。元仁宗皇庆二年（1313 年），朱熹的《四书章句集注》被钦定为科举出题用书。明成祖为《四书五经大全》御笔作序，颁行天下，成为明代科举取士的唯一准则。清代，"四书五经"仍是封建科举考试的钦定必考书目。作为"四书"之一的《中庸》，地位也随之不断被抬升，达到了它的至高地位，成为中国封建社会中后期统治集团的御用工具和理论依据。

二十世纪上叶，由于西方现代性初入中国，《中庸》思想受到误读，一些人认为"中庸"无非是保守性、庸常性之类，应该被批判和抛弃。这一文化中断和思想愚化，使得当代人对中国思想经典相当隔膜。

进入二十一世纪后，随着中国崛起成为国际关注的话题，以及对新出土文物文献的发现，人们对中国思想文化重要体现的《中庸》研究更加深入，其意义不仅为当代中国学界所关注，而且成为国际会议的重要议题。

《中庸》

天命①之谓性②，率性③之谓道④，修道⑤之谓教⑥。

道也者，不可须臾离也，可离非道也。

是故，君子戒慎乎，其所不睹⑦；恐惧乎，其所不闻。莫⑧见乎，隐；莫显乎，微；故君子慎其独⑨也。

喜怒哀乐未发，谓之中；发而皆中节，谓之和⑩；中也者，天下⑪之大本也；和也者，天下之达道也。

致中和，天地位焉，万物育焉。

【注释】

①天命：先天形成的、不可改变的，事物的本质、规律、法则。

②性：事物固有的性质，特质，本质。例如：毒性。

③率性：率，统领，控制。率性指遵循，遵行。

④道：真理。

⑤修道：修，实行某种活动，遵循。修道指践行真理。

⑥教：教化，教育。

⑦君子戒慎乎其所不睹：慎，小心，警惕。君子戒慎乎其所不睹指君子要小心谨慎再小心地对待自己所看不见的那个宇宙真理。

⑧莫：不。

⑨独：单一，特殊。

⑩和：和谐，恰到好处。

⑪天下：整个社会。

【释文】

先天形成的、不可改变的事物的本质、规律、法则，被称为事物的特质本性，遵循宇宙的自然法则就是真理，领悟并践行宇宙的真理，来修养自身的思想德行就是教化、教育。真理是任何事物片刻不能离开的，能够脱离开的，就不是真理。

因此，君子要小心谨慎再小心地对待自己所看不见的那个宇宙的法则、真理，要恐惧敬畏对待自己所听不见的那个宇宙的法则、真理。它被人看不见啊，好像隐藏起来了，它被人发现了一丝端倪啊，好像也会显示昭著，因此君子要谨慎地对待它的这个特性。

喜怒哀乐等等各种情绪现象，还没有表露出来的状态，称为合适、恰当；内心里的各种情绪思想表露出来，都有理有节，这叫作知行合一。

把握住现象与内在本质，是人类最为根本的法则，对于思维认知模式的应用，做到恰到好处、符合宇宙真理、法则，是整个社会人人都应该共同遵循的法度。人能够把握住现象与内在本质，并做到恰到好处、符合宇宙真理、法则，整个社会的人就都能根据各自的特质发挥各自的社会价值，人类社会就呈现出一片欣欣向荣的美好景象了。

仲尼曰："君子中庸，小人反中庸。君子之中庸也，君子而时中[①]；小人之中庸也，小人而无忌惮[②]也。"

【注释】

①时中：每时每刻，时时刻刻，总是如此。

②无忌惮：什么也不在乎，什么也无所敬畏。

【释文】

（这是论述《道德经》中的"上士闻道，勤而行之；中士闻道，若存若亡；下士闻道，大笑之"。）

孔子说："君子能够领悟真理并应用与实践，而小人不能够领悟真理，而是被动物性的本能所控制。君子实事求是，他的言行时时刻刻能够按照真理法则去实践。小人也认为自己是坚持了真理，表现为小人的言行是以自我偏见为中心，这是动物性本能的条件反射，他对任何人任何事都无所顾忌、无所敬畏。"

子曰："中庸其至①矣乎！民鲜能久②矣。"

子曰："道之不行也，我知之矣。知者过③之，愚者不及④也。道之不明也，我知之矣。贤者过之，不肖者⑤不及也。人莫不饮食也，鲜能知味也。"

子曰："道其不行矣夫？"

【注释】

①至：最好，最大。

②鲜能久：久，坚持的时间长。鲜能久指很少能领悟并坚守一生去做。

③过：犯错。

④不及：赶不上，抓不住，理解不了。

⑤不肖者：不像样子、没有出息的，蠢笨的。

【释文】

（这是论述《道德经》中的"吾言甚易知，甚易行；天下莫能知，莫能行"。）

孔子说："坚持真理、实事求是，是最顶级的智慧。可是人们却很少能够坚持去做了！"

孔子说："人们不能够坚持真理、实事求是，我现在已经知晓是为什么了。那些稍微有点儿聪明的人，会应用法则、真理做自私自利的坏事，而那些愚昧无知的人，又理解不了法则、真理的应用价值。这个法则、真理不能被发扬光大，不能被人人明白，我现在已经知晓是为什么了：那些稍微有点才干的人，会应用法则、真理耍小聪明做自私自利的坏事，没有出息的、蠢笨的人又理解不了它的应用价值。这就好像是人人天天都在喝水、吃饭，但真正能够品尝出生活的真谛、人生使命的人，却是少之又少啊。"

孔子看到这种社会现象，内心顿时万分无奈，感慨地说道："这个真理，难道真的不能传承下去了吗？"

子曰:"舜其大知①也与！舜好问而好察迩言②,隐恶③而扬善,执其两端④,用其中于民,其斯以为舜乎！"

子曰:"人皆曰'予知⑤',驱而纳诸罟擭⑥陷阱之中,而莫之知辟⑦也。人皆曰'予知',择乎中庸,而不能期月守⑧也。"

【注释】

①大知:知道的最多,智慧最多,有大智慧。

②好察迩言:迩,浅显的,不容易发现的。喜欢仔细认真地观察倾听那些不容易被他人发现的内心细微的情感需求。也就是能够做到感同身受的理解别人不轻易表达出来的心理情感。

③隐恶:隐,熄灭,消除。隐恶指消除不好的社会现象。

④端:方向。

⑤予知:予,同我。予知指我是有智慧的,我什么都知道。

⑥罟擭:捕取禽兽的工具,即扣网。

⑦辟:建设,建立。

⑧期月守:期,一段时间。期月守指坚持一个月的时间。

【释文】

(这是论述《道德经》中的"吾言甚易知,甚易行;天下莫能知,莫能行"。)

孔子说:"舜是有大智慧的啊！他喜欢询问且能够做到感同身受的理解人们不轻易表达出来的心理情感,他消除社会中不好的社会现象,并发扬社会中的好人好事,他每天这样做好这两个方向的事,对人民使用这个思想法则,使国泰民安,这就是为何他被尊称为舜的原因啊！"

孔子说:"人们都说'我是有智慧的',他们以自我为中心的思想状态,就好像是被某种力量驱使着，然后落入渔网、木笼的陷阱之中，却不知道自己要去建立什么功业。人们都说'我是有智慧的'，他们选择践行这个真理，多数的人却不能坚持一个月，就放弃了。"

子曰："回①之为人也，择乎中庸，得一善，则拳拳服膺②弗失之矣。"

子曰："天下国家可均③也，爵禄可辞④也，白刃可蹈⑤也，中庸不可能⑥也。"

【注释】

①回：颜回。

②拳拳服膺：拳拳，本义为奉持之貌、紧握不舍，引申为赤诚、诚挚，形容诚恳、深厚、勤勉、忠谨。膺，胸。拳拳服膺指诚恳勤勉的牢牢记在心上。

③可均：均，平等分配。可均指国家可以分给天下所有的人。

④可辞：可以去掉，不要。

⑤白刃可蹈：可以奔赴战场。

⑥可能：能，会做。可能指可以做到的。

【释文】

（这是论述《道德经》中的"吾言甚易知，甚易行；天下莫能知，莫能行"。）

孔子说："颜回是这样做人的，他选择践行应用这个法则、真理。每每领悟到一条好的思想品德，他就诚恳勤勉地牢牢记在心上，永远不失掉它。"

孔子说："哪怕是天下国家，都可以分配给天下所有的人，哪怕是个人的爵位俸禄，也可以放弃不要，即使是上刀山下火海，也是无所谓。可是，坚持真理、实事求是，是最不容易做到的。"

子路问强①。

子曰："南方之强与？北方之强与？抑而强与？宽柔以教，不报无道，南方之强也，君子居之。衽金革[2]，死而不厌[3]，北方之强也，而强者居之。故，君子和而不流[4]，强哉矫[5]！中立而不倚，强哉矫！国有道，不变塞[6]焉，强哉矫！国无道，至死不变，强哉矫！"

【注释】

①强：真正的强大。

②衽金革：衽，席子，引申为睡觉。衽金革指以兵器、甲胄为卧席。形容时刻保持警惕，随时准备迎敌。

③死而不厌：死了都不反悔。

④流：漂浮不定，没有自主性。

⑤矫：匡正；纠正。

⑥塞：报答。

【释文】

（这是论述《道德经》中的"自胜者，强"。）

子路问什么样的人是一个真正强大的人。

孔子说："你问的是南方人强大呢？还是北方人强大呢？或者你认为谁是最强大的人呢？用宽容温柔的态度去教化，对待无理的行为不施行报复，这是南方人的强大，君子就属于这类。头枕武器、盔甲睡觉，随时准备与别人争斗，不论如何规劝，死不反悔，这是北方人的强大，霸道的人属于这一类。因此，君子追求与真理坚守在一起，不随波逐流、人云亦云，这才是真正强大的人！坚持真理、不偏不倚，这才是真正强大的人！国家政治清明，不改变自己的志向抱负，这是真正强大的人！国家政治昏暗，依然至死不改变自己的志向抱负，这也是强大的人！"

子曰："素隐①行怪，后世有述②焉，吾弗为之矣。君子遵道而行，半涂而废，吾弗能已矣。君子依乎中庸，遁世③不见知而不悔，唯圣者能之。"

【注释】

①素隐：素，没有染过颜色的丝，引申为本色，本质。隐，消失。素隐指一个人丧失了做人的本色、本质。

②述：遵循，追随。

③遁世：独自隐居，避开俗世。

【释文】

（这是论述《道德经》中的"见素抱朴"。）

孔子说："假如一个人丧失了做人的本色、本质，这个人的品行就会荒诞不经，对这样的人后代会有追随者吗？肯定没有！所以，我可坚决不这样去做啊！君子依循真理行事，要半途而废？我是坚决不能成为这样的人啊！君子依靠这个真理实事求是行事，即使在世上声迹少闻，不为人知，但他也不会感到后悔，只有觉悟真理的圣人才能做到这一点。"

君子之道，费①而隐。

夫妇之愚，可以与知焉，及其至也，虽圣人，亦有所不知焉！

夫妇之不肖，可以能行焉，及其至也，虽圣人，亦有所不能焉！

天地之大也，人犹有所憾。

故，君子语大②，天下莫能载③焉；语小④，天下莫能破⑤焉。

《诗》云："鸢飞戾天，鱼跃于渊。"

言其上下察也。君子之道，造⑥端⑦乎夫妇，及其至也，察⑧乎天地。

【注释】

①费：花费，损耗，引申为应用、使用的很多。

②大：指"道"。《道德经》中"道大，天大，地大，人亦大"。

③载：称量。

④小：指道。

⑤破：超出。

⑥造：达到的程度或境界。

⑦端：开头。

⑧察：明显，明白。

【释文】

（这是论述《道德经》中的"道可道，非常道。天网恢恢，疏而不失"。）

君子所奉行的真理，他随时随地都在使用中，但是你却看不见他是如何使用的。

普通的黎民百姓缺乏见识，愚昧无知，难道能够与他们说清楚什么是法则、真理吗？至于那些最高境界的真理智慧，即使圣人也有不知晓的。

那些不成器的普通百姓，难道你还想去学习效仿吗？但至于最高境界的真理智慧，即使是圣人，也有不能做到的地方。

宇宙天地如此浩渺无边，人们遗憾的感叹到很多事物是难以理解的。因此，君子说，宇宙真理虽然大得无边无际，但是天下的万事万物都难以把它具化称量；君子说，宇宙的真理虽然玄妙甚微，天下的万事万物都不能够超出它而存在。

《诗经》上说："鸢在天空上飞翔，鱼在深水处跳跃。"

天下万事万物各有其生存的法则，这是说君子对天地之间的万事万物都看得很透彻。君子所奉行的真理，如果连普通的百姓都开始领悟践行了，这就是达到最好的状态了，甚至是整个国家社会的人对真理都能够看得明明白白了。

子曰："道不远人！人之为道而远人，不可以为道！《诗》云：'伐柯①，伐柯，其则不远。'执柯以伐柯，睨②而视之，犹以为远。故，君子以人治人，改而止。忠恕违道不远，施诸己而不愿，亦勿施于人"。

君子之道四，丘未能一焉：所求乎子③，以事父④，未能也；所求乎臣，以事君，未能也；所求乎弟，以事兄，未能也；所求乎朋友，先施之，未能也。

庸⑤德之行，庸言之谨，有所不足，不敢不勉，有余，不敢尽；言顾行，行顾言。君子胡不慥慥⑥尔。"

【注释】

①伐柯：柯，斧头的柄，引申为法则。

②睨：斜着眼看，偷窥。

③子：他人，子孙。

④以事父：事，侍奉，遵从。父，老师。

⑤庸：常，就是道，真理。

⑥胡不慥慥：胡，任意妄为。慥，忠厚诚恳。胡不慥慥指不任意妄为，而忠厚诚恳。

【释文】

（这是论述《道德经》中的"多言数穷，不如守中"。）

孔子说："真理是永远不会脱离人类现实生活的。

有的人为了领悟真理、追求真理，而远离正常的社会生活，他就不是在践行宇宙真理。

《诗经》上说："法则啊法则，它从来都没有走远，本身就在你手上。"这就好像是手里握着斧柄，却斜着眼看斧子在哪里啊，仍然觉得好像没有找到一样。所以，君子应以人为本的方式治理人，直到他们改正为止。对他人永远保持一颗仁慈之心，那就与真理不远了，所以，不愿施于自己身上的，也不要施加给别人。君子所奉行的真理有四条，我孔丘却连一条都做不到：

第一条：希望子孙晚辈能效仿老师的思想，我现在还不能做到；

第二条：希望臣下能尽心尽责的报效国家，我尚未做到；

第三条：希望甘当学弟，尊敬学长，我尚未做到；

第四条：要求朋友做到的事，自己要先给予朋友，我也尚未做到。

在对道德的日常实践方面，在对真理的理论理解严谨程度方面，我做得还不够好，不敢不继续努力，即使是侥幸有一些事情做得圆满、完美，我也不敢把话说绝、说尽，自认为我就是天下第一。说话时候要考虑到自己一定要说到做到，做事的时候一定要考虑到是否行知合一。君子做人千万不能任意妄为、霸道自私，而要保持忠厚诚恳啊！"

君子素其位①而行，不愿乎其外。

素富贵，行乎富贵；素贫贱，行乎贫贱；素夷狄②，行乎夷狄；素患难，行乎患难；君子无入而不自得焉。

在上位，不陵③下；在下位，不援④上。正己，而不求于人，则无怨。上不怨天，下不尤人。故，君子居，易⑤以俟命⑥；小人行险，以侥幸。

子曰："射有似乎君子，失诸正鹄⑦，反求诸其身⑧。"

【注释】

①素其位：自己原来是什么样的，就坚守什么样的状态，保持本色。

②夷狄：古称东方部族为夷，北方部族为狄。常用以泛称除华夏族以外的各族。

③陵：古同"凌"，侵犯，欺侮。

④援：攀援，巴结，奉承。

⑤居易：易，《易经》，引申为道。居易指内心坚守真理。

⑥俟命：等待命运的安排。

⑦失诸正鹄：失诸，一个也没有。正、鹄：均指箭靶子；画在布上的叫正，画在皮上的叫鹄。失诸正鹄指一支箭都没有射到靶心中间。

⑧反求诸其身：反求诸己的意思。反过来应该找自己犯错的原因有哪些。

【释文】

（这是论述《道德经》中的"人法地，地法天，天法道，道法自然"。每个人都要了解自己的使命和价值，为自己的人生负责。）

君子都是安于自己内心的本色、良知做事，不会羡慕自己理想追求以外的任何东西。

假如自己原本就处于地位富贵的境遇，就做处于地位富贵应该坚守的事；假如自己原本就处于地位贫贱的境遇，就做处于地位贫贱应该坚守的事；假如自己原本就处在夷狄的境遇上，就做处于夷狄应该坚守的事；假如自己原本就处在忧患灾难的境遇上，就做处于忧患灾难时应该坚守的事。

君子拥有这样高尚的思想境界，无论处于什么样的人生境遇，他都会感觉到悠然自得。

当领导时，不欺凌下级；当下属时，不攀附上级；端正自己的思想品德，而不苛求他人如何做，这样互相之间就没有了怨恨，对上不怨恨天命，对下不归咎别人。所以，君子坚守自己的真理信仰，以等候人生命运的安排，小人则强横冒险，去追求他本不应该拥有的东西。

孔子说："射箭的道理与如何做一名君子有相似的地方：你射箭时没有射中靶心，你就应反思目前这个结果，是自己的技术哪里练得不到位，而不是去抱怨弓箭的质量不好，距离靶子太远了。君子实现不了自己的理想目标，不会去抱怨外部原因，而是反思自己哪里做得不够好，力争改正之后能够实现自己的理想目标。"

君子之道，辟如行远，必自迩①；辟如登高，必自卑②。

《诗》曰："妻子好合，如鼓瑟琴；兄弟既翕③，和乐且耽④；宜尔室家，乐尔妻帑⑤。"

子曰："父母其顺⑥矣乎⑦？"

【注释】

①迩：近。

②卑：地势低下。与"高"相对。

③翕：xī，和好，聚拢，一致。

④耽：延迟，长久，沉溺。

⑤帑：nú，古同"孥"，儿女。

⑥顺：循，沿着，同一个方向。

⑦父母其顺矣乎：是"其顺父母矣乎？"的倒装疑问句。意思是你能这样做，不就是遵循了父母长辈优良的品德了吗？

【释文】

（这是论述《道德经》中的"大小多少。执古之道，以御今之有"。学了真理，要从身边的小事做起，逐渐就会有巨大的成就。）

君子内心所坚守的那个真理，一定要从身边的家庭亲人开始落实、实践。

这就好像是走远路，你必须从近处开始；就如同是登高山，你必须从低处开始爬。

《诗经》上说："夫妻情投意合，关系就会协调有如琴瑟；兄弟和睦相处，关系就会快乐安顺长久；家庭美满，关系就会妻儿愉快。"

孔子说："你能这样做，不就是遵循了父母长辈优良的品德了吗？"

子曰："鬼神①之为德，其盛②矣乎！视之而弗见，听之而弗闻，体物而不可遗。使天下之人，齐明③盛服④，以承祭祀。洋洋乎！如在其上，如在其左右。《诗》曰：'神之格思⑤，不可度思⑥！矧⑦可射思⑧！'夫微之显，诚⑨之不可掩如此夫"。

【注释】

①鬼神：妖魔鬼怪，捉摸不到的、神秘有力量的，引申为很玄妙的真理。

②盛：宏大。

③齐明：齐，满。齐明指十分聪明，有大智慧的人。

④盛服：盛，装。服，服从，信服。盛服指彻底信服，完全信奉。

⑤格思：格物之后的思想，看透万事万物的智慧。

⑥度思：度，测量。度思指揣测思想。

⑦矧：shěn，另外，也。

⑧射思：射，推出去，不要了。射思指舍弃它的思想。

⑨诚：的确，实在是。

【释文】

（这是论述《道德经》中的"大道渊兮，似万物之宗；湛兮，或似或存；氾兮，其可左右"。）

孔子说："宇宙中真理的表现，神出鬼没般的玄妙，其功用真是宏大无际啊！看，你看不到它；听，你听不到它，但是它能养育万物，没有一种事物能脱离它而存在。

它使天下的人都变得很聪明有智慧，人们对它完全信仰，因此他能彰显美德。人们能彰显美德，从而使后人能够对他的功绩敬仰膜拜。

它浩浩荡荡，无处不在，好像在天上，一会儿又好像是在人身旁。

《诗经》上说：'真理表现出来那种通透的思想智慧，是不敢对它胡乱猜测不敬啊，更不敢舍弃它啊！'正因为它既隐微又可显现，确实无法把它遮蔽、隐藏，事实就是这样啊。"

子曰："舜其大孝①也与！德为圣人，尊为天子，富有四海之内，宗庙飨②之，子孙保之③。故，大德必得其位，必得其禄，必得其名，必得其寿。故，天之生物④，必因其材而笃⑤焉。故，栽者培之，倾者覆之。《诗》曰：'嘉乐⑥君子，宪宪⑦令⑧德。宜民宜人，受禄于天。保佑命之，自天申⑨之。'故，大德者，必受命！"

【注释】

①大孝：孝，子承老，继承先人思想品德，是最好的。

②飨：xiǎng，祭献。

③保：守护。

④天之生物：上天造就的事物。

⑤笃：厚，丰厚。

⑥嘉乐：嘉，善，美。乐，喜欢。嘉乐指喜欢善。

⑦宪宪：喜悦状。

⑧令：使用。

⑨申：告诫，表达。

【释文】

（这是论述《道德经》中的"善建者，不拔，善抱者，不脱！子孙以祭祀不辍"。）

孔子说："舜是一个继承先人思想品德最好的人了吧！他有圣人的德行，有天子的尊贵地位，有普天下的财富，人们建立宗庙祭他，子孙后代守护他的天下功绩。

因此，有崇高德行的人必然会获得应有的地位，必然会获得应有的俸禄，必然会获得应有的名望，必定会获得后代永远的纪念。

因此，上天生育的万物，必会因为它们的资质而给与相应的报答。所以，对于那些值得栽培的人，你就好好培养他们，而对于那些不成器的人，你就赶紧淘汰他们。

《诗经》上说：'崇尚为善的君子，喜欢彰显美德，让上上下下的人都感受到快乐，让上上下下的人都享受上天赐给他们的福禄。那么，我们一定要保佑他、任用他，上天这样告诫天下的人们。'

因此，有伟大德行的人，一定是有他的历史使命。"

子曰："无忧①者，其惟文王乎！以王季为父，以武王为子，父作之，子述②之。武王缵③大王、王季、文王之绪，壹戎衣而有天下。身不失天下之显名，尊为天子，富有四海之内。宗庙飨之，子孙保之。武王末受命，周公成文武之德，追王大王、王季，上祀先公以天子之礼。斯礼也，达乎诸侯大夫及士庶人。父为大夫，子为士，葬以大夫，祭以士；父为士，子为大夫，葬以士，祭以大夫。期之丧，达乎大夫；三年之丧，达乎天子；父母之丧，无贵贱一也。"

【注释】

①无忧：指领悟事物的本质法则、真理的人，在生活中没有任何烦恼和忧愁。

②述：遵循，继承。

③缵：继承。

【释文】

（这是论述《道德经》中的"知常容，容乃公，公乃全，全乃天，天乃道，道乃久，没身不殆"。）

孔子说："能够领悟事物的本质法则、真理，把任何事都处理得很得当，没有任何烦恼和忧愁的人，世界上恐怕只有周文王了吧！王季是他的父亲，周武王是他的儿子。他有父亲开创事业，有儿子继承事业。周武王继续着大王、王季、文王未完成的功业，披挂战衣，取得了天下。他拥有天下最显赫的名声，获得了天子的尊贵，获得了普天下的财富。宗庙祭奉他的名声，子孙维护他的功绩。武王年迈的时候才成为君王，以至周公成就了文王、武王的德业，追尊大王、王季为王，用天子的礼制祭祀祖先。这种礼制一直贯彻到诸侯、大夫、士和普通百姓。假如父亲是大夫，儿子是士，父死就要按大夫的礼制安葬，按士的礼制祭祀。如果父亲是士，儿子是大夫，父死就要按士的礼制安葬，按大夫的礼制祭祀，守丧一年，通行到大夫；守丧三年，通行到天子。但给父母守丧本身没有贵贱的区别，都是一样的。"

子曰："武王、周公，其达①孝矣乎！夫孝者，善继人之志，善述人之事者也。春秋修其祖庙，陈其宗器，设其裳衣，荐其时食。宗庙之礼，所以序昭穆也；序爵，所以辨贵贱也；序事，所以辨贤也。旅酬②下为上，所以逮贱③也。燕毛④，所以序齿⑤也。践其位，行其礼，奏其乐，敬其所尊，爱其所亲，事死如事生，事亡如事存，孝之至也。郊社之礼，所以事上帝也；宗庙之礼，所以祀乎其先也。明乎郊社之礼、禘尝⑥之义，治国其如示诸掌乎！"

【注释】

①达：通晓，彻底明白。

②旅酬：旅，众人。旅酬指众人互相敬酒、劝酒，

③逮贱：恩惠于下人。

④燕毛：燕，通"宴"。燕毛指宴饮时，通过头发的样式来辨别长幼次序。

⑤序齿：按照年龄和大小排序。

⑥禘尝：周礼，夏祭曰禘，秋祭曰尝。古代常用以指天子诸侯岁时祭祖的大典。

【释文】

（这是论述《道德经》中的"上士闻道，勤而行之"。）

孔子说："武王和周公真是最通晓明白先辈思想品德的人啊！这个真正孝的人，是善于继承先人的理想智慧，善于继承先辈德行的人。在春秋两季，修缮祖上庙宇，陈列祭祀器具，摆设祭祀服饰，进献应时的食品。宗庙祭祀的礼制，是要排列父子、长幼的顺序。按官爵排列次序，就可以分辨出贵贱，按职位排列次序，就能分辨出贤与不贤。敬酒时晚辈先向长辈举杯，这样祖先的恩惠就会延及到晚辈，宴饮时按头发的黑白次序坐，这样就使老少有次序。站在应该站的位置上，行先王传下的祭礼，演奏先王的音乐，尊敬先王所尊敬的，亲爱先王所亲爱的。遵循先人的思想如同先人活着的时候一样，遵循先人的思想如同侍奉现在的人一样，这是最高境界的孝啊。

郊社祭礼，是用于侍奉上天的。庙宇的祭礼，是祭祀祖先的。明白了郊社的祭礼，大祭小祭的意义，治理国家就如同翻手掌一样容易吧！"

哀公问政。

子曰："文武之政，布①在方策。其人存，则其政举；其人亡，则其政息。

人道敏②政，地道敏树。

夫政也者，蒲卢③也。故，为政在人，取人以身，修身以道，修道以仁；仁者，人也，亲亲④为大。义者，宜也，尊贤为大。亲亲之杀，尊贤之等，礼所生也。在下位不获乎上，民不可得而治矣！故，君子不可以不修身。思修身，不可以不事亲；思事亲，不可以不知人；思知人，不可以不知天。

天下之达道五，所以行之者三。曰君臣也，父子也，夫妇也，昆弟也，朋友之交也，五者天下之达道也。知、仁、勇，三者天下之达德也，所以行之者一也。或生而知之，或学而知之，或困而知之，及其知之一也。或安而行之，或利而行之，或勉强而行之，及其成功一也。"

子曰："好学近乎知，力行近乎仁，知耻近乎勇。知斯三者，则知所以修身；知所以修身，则知所以治人；知所以治人，则知所以治天下国家矣。

凡为天下国家有九经，曰修身也，尊贤也，亲亲也，敬大臣也，体群臣也。子庶民也，来百工也，柔远人也，怀诸侯也。修身则道立，尊贤则不惑，亲亲则诸父昆弟不怨，敬大臣则不眩，体群臣则士之报礼重，子庶民则百姓劝，来百工则财用足，柔远人则四方归之，怀诸侯则天下畏之。

齐明盛服，非礼不动。所以修身也；去谗远色，贱货而贵德，所以劝贤也；尊其位，重其禄，同其好恶，所以劝亲亲也；官盛任使，所以劝大臣也；忠信重禄，所以劝士也；时使薄敛，所以劝百姓也；日省月试，既廪称事，所以劝百工也；送往迎来，嘉善而矜不能，所以柔远人也；继绝世，举废国，治乱持危。朝聘以时，厚往而薄来，所以怀诸侯也。凡为天下国家有九经，所以行之者一也。

凡事豫则立，不豫则废。言前定则不跲，事前定则不困，行前定则不疚，道前定则不穷。

在下位不获乎上，民不可得而治矣。获乎上有道，不信乎朋友，不获乎上矣；信乎朋友有道，不顺乎亲，不信乎朋友矣；顺乎亲有道，反诸身不诚，不顺乎亲矣；

诚身有道，不明乎善，不诚乎身矣。诚者，天之道也；诚之者，人之道也。

诚者不勉而中，不思而得，从容中道，圣人也。诚之者，择善而固执之者也。

博学之，审问之，慎思之，明辨之，笃行之。有弗学，学之弗能弗措也；有弗问，问之弗知弗措也；有弗思，思之弗得弗措也；有弗辨，辨之弗明弗措也；有弗行，行之弗笃弗措也。

人一能之己百之，人十能之己千之。果能此道矣。虽愚必明，虽柔必强。"

【注释】

①布：写。

②敏：快速。

③蒲卢：芦苇。

④亲亲：亲，接近，多接触。亲亲指特别看重。

【释文】

（这是论述《道德经》中的"上士闻道，勤而行之"。）

鲁哀公问孔子如何治理好政事。

孔子说："文王、武王的政令，都写在木板竹简上。像他们那样有贤臣，政令就会得到贯彻施行，他们去世后，政令就会松懈消失了。以人立政，政治就会迅速清明，这就像用沃土植树，树木会迅速生长。这政事啊，就好像是河里的芦苇。因此，治理政事取决于贤臣，贤臣的获得取决于明君的修德养性，修养德行取决于遵循真理，遵循真理取决于仁爱之心。所谓仁，就是真正的人，特别看重修养自己的美德，是人生第一等大事。所谓义，就是相宜，尊重贤臣是最大的义。特别看重修养自己的美德，断绝不良的思想，尊重贤臣的等级划分，是从礼制中产生出来的。处在下位的人得不到上级的信任，人民就不可能治理好了。因此，君子不能不修德养性，想要修德养性，不能不侍奉亲人，想要侍奉亲人，不能不知贤善用，想要知贤善用，不能不知道天理。

普天下的真理有五种，实践真理的美德有三种。君臣、父子、夫妇、兄弟、朋友交往，这五项是天下的真理。智慧、仁爱、英勇这三者是天下的大德行。实践真理的道理是同样的，一、有的人生来就通晓真理，二、有的人通过学习才通晓真理，三、有的人经历过困惑后才通晓真理。他们最终通晓真理，结果是同样的。有的人心甘情愿地践行真理，有的人凭着利害关系去践行真理，有的人勉强去践行真理，最终成功的时候是一样的。"

孔子又说："喜爱学习就接近智慧了，尽力去践行就接近仁爱了，知晓羞耻后就接近英勇了。知道这三点，就知道如何修养德行；知道怎样修养德行，就知道怎样治理人，知道怎样治理人，就知道怎样治理国家了。

治理天下国家大凡有九条准则，分别是修养德行、尊重贤人、亲爱亲族、敬重大臣、体贴众臣、爱民如子、召集各种工匠、优待边远异族、安抚四方的诸侯。修养德行，真理就能够顺利实行。尊重贤人就不会被迷惑。亲爱亲族，父、兄、弟就不会抱怨。敬重大臣，处事就不会恍惚不定。体贴众臣，士就会以重礼相报。爱民如子，百姓就会勤奋努力。召集各种工匠，财富用度就充足。优待边远异族，四方就会归顺。安抚各方诸侯，普天下就会敬畏。彻底觉悟了真理并完全信服，不符合社会规则的事不做，这是修养德行的方法；摒弃谗言，远离美色，轻视财物重视德行，这是勉励贤人的方法；尊崇亲族的地位，重赐他们俸禄，与亲族有共同的爱和恨，这是尽力亲爱亲族的方法，为大臣多设下官以供任用，这是鼓励大臣的方法，对忠诚信实的有志之士，以最重俸禄相待，这是勉励士的方法；根据节令使役，赋税微薄，这是鼓励百姓的方法；日日访视，月月考查，赠送给他们的粮食与他们的工作相称，这是鼓励工匠的方法；盛情相迎，热情相送，奖励有才干的，怜悯同情才干不足的，这是优待边远异族的方法。承续中断的家庭世系，复兴没落的国家，整治混乱，解救危难，定期朝见聘问，赠礼丰厚，纳贡微薄，这是安抚诸侯的方法。

尽管治理天下国家共有这九条准则，但实行它们的道理是相同的。

凡事预先谋划就会成功，没有预先谋划就会失败。

　　说话前先想好，就不会语塞；做事之前，事先想好就不会感到困难。行动之前，事先想好就不会内心不安，预测未来的趋势，先想好其本质规律就不会陷入绝境。在下位的人得不到上级的信任，百姓就治理不好。得到上级的信任是有途径的，得不到朋友的信任就得不到上级的信任。得到朋友的信任是有方法的，不遵从父母的思想就得不到朋友的信任。遵从父母的思想是有方法的，自己心不诚就不能遵从父母的思想。心诚是有方法的，不知晓什么是善就不能心诚。诚实是上天的法则。做到诚实是人的法则。诚实，不必努力就能达到，不必思考就能获得，从容不迫地践行天道法则，这就是圣人。

　　要广泛地学习，仔细地询问，审慎地思考，清晰地分辨，忠实地实践。要么一开始就不学，既然开始学习了，即使是没有学会也不要轻易中止。要么一开始就不问，既然开始问了，即使是还不明白也不要轻易中止。要么一开始就不思考，既然开始思考了，即使是还不懂，也不要轻易中止。要么一开始就不辨别，既然开始辨别了，即使是不分明，也不要轻易中止。要么一开始就不实行，既然开始践行了，即使是不够忠实，也不要轻易中止。别人一次能做成的，我用百倍的工夫去做，别人十次能做成的，我用千倍的工夫去做。如果真能这样做，即便再愚笨的人也会变得很聪明，即使再柔弱的人也会变得无比刚强。"

　　自诚明，谓之性；自明诚，谓之教；诚，则明矣；明，则诚矣。

　　唯天下至诚，为能尽其性；能尽其性，则能尽人之性；能尽人之性，则能尽物之性；能尽物之性，则可以赞天地之化育；可以赞天地之化育，则可以与天地参矣。

【释文】

　　（这是论述《大学》第一章"物格而后知至，知至而后意诚，意诚而后身修"。）

　　由诚心信仰真理达到通晓事理，这叫天性。由通晓事理达到诚心信仰真理，这叫教化。诚心信仰真理就会通晓事理，通晓事理就会诚心信仰真理。

只有天下最诚心信仰真理的人，才能充分发挥天赋的本性；能发挥天赋的本性，才能发挥人的本性；能发挥人的本性，才能充分发挥事物的本性；能够发挥事物的本性，才能帮助天地养育万物；可以帮助天地养育万物，才可以探究天地变化的规律、趋势。

其次致曲①，曲，能有诚。诚，则形②；形，则著③；著，则明；明，则动；动，则变；变，则化④。唯天下至诚，为能化。

【注释】

①曲：理亏，不正确。

②形：样子。

③著：凸显，彰显。

④化：性质发生本质的变化。

【释文】

（这是论述《道德经》中的"曲则全"。）

次一等的人能够做到总是表现得好像自己很无知一样。表现得好像很无知，就是真心践行真理的境界；达到真心践行真理的境界，就会有贤德之人的样子；有了贤德之人的样子，你的伟岸形象就会彰显出来；彰显出贤德的样子，就会使人人都心地光明；人人都心地光明，就会向善的方向发生改变；人们向善的方向发生改变，就会变化成最善的人了。只有天下真心践行真理的人，才能感化人们，使人们变成最善的人。

至诚之道，可以前知。

国家将兴，必有祯祥；国家将亡，必有妖孽。

见乎蓍龟，动乎四体。祸福将至：善，必先知之；不善，必先知之。

故，至诚如神。

【释文】

（这是论述《道德经》中的"不出户，知天下"。）

如果一个人真心地践行真理，他就可以预知未来。

国家将要兴盛，必定有吉祥的前兆；国家将要衰败，必定有妖孽作怪。它呈现在蓍草龟甲上，体现在身体仪态上。祸福要来临时：好事一定会提前知道，不好的事也一定提前知道。

因此，真心践行真理的人如同神灵护体一般，做什么事都能成功。

诚者，自成也；而道，自道也。诚者，物之终始，不诚无物。

是故，君子诚之为贵。

诚者，非自成己而已也，所以成物也。成己，仁也；成物，知也。性之德也，合外内之道也。故时措之宜也。

【释文】

（这是论述《道德经》中的"圣人为腹不为目。知止不殆"。）

如果一个人真心践行真理，那是自己成全了自己，成了一个真正意义上的人。而真理，是自己遵循它自己。真心践行真理，是万事万物的终极归宿，如果不遵循真理，那就不会有任何物质结果。

因此，君子把真心践行真理，看得非常珍贵。

真心践行真理的人，做事并不是为了自己，所以他反而能拥有好的结果。自己之所以能够成就自己的理想，是因为自己有仁义，自己之所以能够拥有好的结果，是因为自己领悟了什么是真理。这都是因为发自人类本性的德行，是结合了内外的真理啊。

因此，要在恰当的时机实践真理。

故，至诚无息，不息则久，久则征；征则悠远，悠远则博厚，博厚则高明。博厚，所以载物也；高明，所以覆物也；悠久，所以成物也。博厚配地，高明配天，悠久无疆。如此者，不见而章，不动而变，无为而成。天地之道，可一言而尽也：其为物不贰，则其生物不测。天地之道：博也，厚也，高也，明也，悠也，久也。今夫天，斯昭昭之多，及其无穷也，日月星辰系焉，万物覆焉。今夫地，一撮土之多。及其广厚，载华岳而不重，振河海而不泄，万物载焉。今夫山，一卷石之多，及其广大，草木生之，禽兽居之，宝藏兴焉，今夫水，一勺之多，及其不测，鼋、鼍、蛟龙、鱼鳖生焉，货财殖焉。

《诗》曰："维天之命，于穆不已！"盖曰天之所以为天也。"于乎不显，文王之德之纯！"盖曰文王之所以为文也，纯亦不已。

大哉圣人之道！洋洋乎发育万物，峻极于天。优优大哉！礼仪三百，威仪三千。待其人而后行。故曰：苟不至德，至道不凝焉。故，君子尊德性而道问学。致广大而尽精微。极高明而道中庸。温故而知新，敦厚以崇礼。是故，居上不骄，为下不倍。国有道，其言足以兴；国无道，其默足以容。

《诗》曰："既明且哲，以保其身。"其此之谓与！

【释文】

（这是论述《道德经》中的"天长地久"。宇宙真理永恒存在。）

所以，发自内心的信奉真理是永不休止的，永不休止就会长久，长久就会有效验，有效验就会深远无穷，深远无穷就会博大深厚，博大深厚就会高大光明。博大深厚，能够负载万物；高大光明，可以覆盖万物；深远无穷，可以生成万物。博大深厚与地相配，高大光明与天相配，深远长久可以无穷无尽。这样，不表现也会显著，不行动也有改变，不做也会成功。天地的法则，可以用一句话涵盖：作为物它纯一不二，因而它化生万物就不可测度了。天地的法则，博大、深厚、高大、光明、涤远、长久。现在来说天，论小它不过是一小片光明，而它的整体无穷无尽，日月星辰悬挂在天上，它覆盖着万物。现在来说地，论小它不过是一小撮土，而它的整体广袤深厚，负载着华山不觉得重，收拢着江河湖海没有排泄，负载着万物。现在来说山，论小这不过是一小块石头，但它整体高峻厚重，草木生长在上面，飞禽走兽居住在上面，宝藏从里面开发出来。现在来说水，论小它不过是一小勺水，但它的整体深不可测，里面生活着電鼍、蛟龙、鱼鳖，繁殖着货物财富。

《诗经》上说："只有上天的规律、法则，永远被人们敬仰信奉。"这大概是说天之所以成为天的原因。啊，正因为如此，天道永远不彰显自己！文王的德行这么纯洁，这大概是说文王之所以被尊奉为文王的原因。是因为他纯一，而且永无止境。

伟大啊，圣人的真理。浩浩荡荡，生长发育万物，与天一样高峻。出众而且伟大啊，三百条礼仪，三千条威仪，等待圣人出现后才能实施。因此说，如果达不到最高境界的仁德，就不会领悟最高境界的真理。所以，君子应当尊奉美德，善学好问，达到宽广博大的境界同时又深入到细微之处，达到极端的高明同时又遵循中庸之道。温习过去所学习过的，从而获取新的认识，用朴实厚道的态度尊崇礼仪。这样，在上位时不骄傲，在下位时不背弃。国家政治清明时，力争主张被接受采纳，国家政治黑暗时，以沉默保全自己。

《诗经》上"既明达又聪慧，这样才能保全自身"这句话，说的就是这个意思吧！

子曰："愚而好自用，贱而好自专。生乎今之世，反古之道。如此者，灾及其身者也。"

非天子，不议礼，不制度，不考文。今天下车同轨，书同文，行同伦。虽有其位，苟无其德，不敢作礼乐焉；虽有其德。苟无其位，亦不敢作礼乐焉。

子曰："吾说夏礼，杞不足徵也；吾学殷礼，有宋存焉；吾学周礼，今用之，吾从周。"

【释文】

（这是论述《道德经》中的"不知常，妄作，凶"。）

孔子说："愚蠢无知又喜欢仅凭主观意图行事，地位低下又好独断专行，生活在现在这个时代，不知道遵循从古至今的变化规律，像这样的人，灾难就要降临在他身上了。"

不是天子，就不议论礼制，不制定制度，不考核文字。现在普天下车辙统一，文字统一，伦理观念统一。虽然有天子的地位，但如果没有天子的德行，就不要轻易制定社会的规则和整顿人的思想，虽有天子的德行，但是如果没有天子的地位，也不要轻易制定社会的规则和整顿人的思想。

孔子说："我解说夏代的礼法制度，但杞国的文献不足以验证。我学习殷朝的礼法，仅仅有宋国保持着它。我曾经学习过周代的礼法制度，如果今天要选择什么礼法，我愿意遵从周代的礼法制度。"

"王天下有三重焉，其寡过矣乎！上焉者虽善无徵，无徵不信，不信民弗从；下焉者，虽善不尊，不尊不信，不信民弗从。故，君子之道，本诸身，徵诸庶民，考诸三王而不缪，建诸天地而不悖，质诸鬼神而无疑，百世以俟圣人而不惑。质诸鬼神而无疑，知天也；百世以俟圣人而不惑，知人也。

是故，君子动，而世为天下道；行，而世为天下法；言，而世为天下则。远之则有望，近之则不厌。

《诗》曰：'在彼无恶，在此无射。庶几夙夜，以永终誉！'君子未有不如此，而蚤有誉于天下者。"

【释文】

（这是论述"人心惟危，道心惟微；惟精惟一，允执厥中"。）

"统治天下要做三件重要的事情，做好了就会减少犯错。居于上位的人，品德虽好但没有验证，没有验证就不权威，不权威百姓就不会服从；居于下位的人，品德虽好，但不尊贵，不尊贵就不权威，不权威百姓就不服从。因此，君子的道，根本在自身，在黎民百姓那里得到验证，考察到三代先王不显现出错误，树立在天地之间没有悖理的地方，卜问鬼神没有可疑的地方，等到百世以后圣人到来不感到困惑。辨别万事万物的规律没有不了解的地方，这是了解了天道，对于等到百世以后的事情，圣人也不感到有困惑，这是了解了人性。

因此，君子的举动能世世代代成为天下人的行为法则，君子的行为能世世代代成为天下的法度楷模，君子的言谈能世世代代成为天下的人生准则。使那些离君子远的人仰慕君子的品行，使那些离君子近的人也不厌烦君子的为人。

《诗经》上说：'在那里无人厌恶，在这里不遭人厌恨。几乎是日夜操劳，这样永远保持大家的称赞。'君子没有不先做到这一点就早已闻名于天下的。"

仲尼祖述尧舜，宪章文武。上律天时，下袭水土。

辟如天地之无不持载，无不覆帱。辟如四时之错行，如日月之代明。万物并育而不相害，道并行而不相悖。小德川流，大德敦化。此天地之所以为大也。

【释文】

（这是论述《道德经》中的"万物负阴而抱阳"。）

孔子遵循尧、舜的传统，模仿文王、武王：上遵从天时变化，下符合地理位置。

好像天地没有什么不能负载，没有什么不能覆盖的，又好像四季的更替运行，日月交替光明，万物同时生长发育互不伤害，天地的大道同时运行而互不违背。小德如江河流行，大德敦厚化育，这就是天地之所以为大的原因。

唯天下至圣，为能聪明睿知，足以有临也；宽裕温柔，足以有容也；发强刚毅，足以有执也；齐庄中正，足以有敬也；文理密察，足以有别也。溥博渊泉，而时出之。溥博如天，渊泉如渊。见而民莫不敬，言而民莫不信，行而民莫不说。是以声名洋溢乎中国，施及蛮貊。舟车所至，人力所通，天之所覆，地之所载，日月所照，霜露所队；凡有血气者，莫不尊亲，故曰配天。

【释文】

（这是论述《道德经》中的"是以圣人处上，而民不重；处前，而民不害"。）

只有天下最高尚的圣人是聪明智慧的。他能够居上位临下民，宽大为怀，温和柔顺，能够包容天下；他奋发勇健，刚强坚毅，能够决断天下大事；他威严庄重，忠诚正直，能够博得人们的尊敬；他条理清晰，详细观察，能够分辨区别是非曲直。圣人的德行广博深厚，时时会表现出来。他广博如天，深厚如渊，表现出来百姓没有不尊敬的，说出话来百姓没有不信服的，他做起事来百姓没有不高兴的。这样，圣人的良好声誉在全国广泛传播，并延续到蛮貊这样的边远地区。船车所能达到的地方，人的力量所能通到的地方，天所覆盖的地方，地所负载的地方，日月所照耀的地方，霜露落下的地方，凡有血气生命的，没有不尊重亲近他们的，因此说圣人能与上天相匹敌。

唯天下至诚，为能经纶天下之大经，立天下之大本，知天地之化育。

夫焉有所倚？肫肫[①]其仁，渊渊其渊，浩浩其天，苟不固聪明圣知达天德者，其孰能知之？

【注释】

①肫肫：肫，zhūn，诚恳。肫肫指十分诚恳。

【释文】

（这是论述《道德经》中的"贵以身为天下，若可寄天下；爱以身为天下，若可托天下"。）

只有真心信奉真理与美德，也就是全心全意为人民服务，甘愿把生命献给国家，才能成为治理国家的典范，然后就可以树立天下的根本，认识到天地化育万物的规律。

这需要什么依凭呢？仁爱之心那样诚挚，像潭水那样幽深，像天空那样广阔。如果不是真正聪明智慧、达到天德的人，还有谁能知道天下的真理与美德呢？

《诗》曰："奏假①无言②，时靡③有争。"是故，君子不赏，而民劝；不怒，而民威于鈇钺。

【注释】

①奏假：假，通"遐"，远。奏假指吹奏的乐曲传得很远。引申为国家的政令传播到全国。

②无言：不说话。引申为国家管理得很好，发布的管理制度，老百姓都感觉不到。

③靡：分散。

【释文】

（这是论述《道德经》中的"希言自然。太上，不知有之"。）

《诗经》上说："国家的政令传播到全国，老百姓都感觉不到。每时每刻的这样铺开做，力求实现国泰民安。"

因此，君子不用赏赐，百姓就会受到勉励；不用发怒，百姓就会比看到铁钺还要畏惧。

《诗》曰："不显惟德，百辟①其刑②之。"

是故，君子笃恭，而天下平。

《诗》云："予怀明德，不大声以色。"

子曰："声色之于以化民，末也。"

《诗经》曰：德輶③如毛④，毛犹有伦⑤，上天之载，无声无臭⑥，至矣！

【注释】

①百辟：辟，指君主。百辟指所有的君王百官。

②刑：通"型"。法式，典范，榜样。

③輶：yóu，古代一种轻便的车。

④毛：羽毛，比喻多而细碎，无法数清楚。

⑤伦：次第，顺序。

⑥臭：味道。

【释文】

（这是论述《道德经》中的"希言自然。太上，不知有之"。）

《诗经》上说："不彰显自己高尚的德行，所有的诸侯都会以此效法实行。"

因此，君子忠厚恭敬真理有仁德，天下就会太平。

　　《诗经》上说："我坚持做一个最有美德的人，但不去声张宣扬自己的立场。"

　　孔子说："用大声宣扬自己的美德来感化百姓，这是最低级的做法啊！"

　　《诗经》上说：高尚的德行是很容易做到，就像是驾驶一辆轻如羽毛的小车一样轻巧简单；高尚的德行虽然多得无法数清楚，但是它也是有伦理的次序，那就是德来源于上天所承载的真理，而那个真理却无声无味，很难领悟、很难做到，但是这个真理才是人类最高的智慧境界啊！

第五篇　《孝经》

　　《孝经》是中国古代政治伦理著作，是历代儒家研习之核心经书。全书共分十八章，据传是由孔子的弟子所著，成书于秦汉之际，儒家十三经之一。自西汉至魏晋南北朝，注解者及百家，现在流行的版本，是唐玄宗李隆基注，宋代邢昺疏。

　　《孝经》实际上并不是阐述孝顺父母、祭奠祖先的文章，而是阐述社会各个阶层如何遵循圣贤思想、修身治世的经典著作。

　　《孝经》是指"尊师重道"的意思，非指"孝顺、敬奉父母"的意思！例如：《大戴礼记·曾子大孝第五十二》，曾子云："孝有三，大孝尊亲，其次不辱，其下能养。"这里说的就是"最高尚的孝，是尊重并践行圣人的思想，成为君主治国平天下；次一级的孝，是成为对社会有贡献的管理者，不辜负自己的人生使命；最低级的孝，是能够培育自己的美德，做一个普普通通的好公民。"又如：《礼记》："孝子之养也，乐其心，不违其志。"这里说的意思是"真正做到孝的学生，他的养是这样的：特别欣然的安于自己内心的人生观，永远不放弃自己做一个好人的理想目标。"

第一章 开宗明义

仲尼居①，曾子侍②。

子曰："先王③有至④德要⑤道，以顺⑥天下，

民用和睦，上下⑦无怨。

汝知之乎？

曾子避席⑧曰：

参不敏⑨，何足以知之？"

子曰："夫孝⑩，德之本⑪也，

教之所由生也。

复坐，吾语汝。

身体发肤，受之父母，不敢毁伤⑫，

孝之始也。

立身⑬行道，扬名于后世，以显父母，

孝之终也。

夫孝，始于事⑭亲⑮，中于事君，

终于立身。

《大雅》云：'无念尔祖，聿修厥德⑯。'"

【注释】

①居：居住，隐喻内心的坚守、信仰，一个人的人生观、价值观。例如：

居心叵测，张居正，白居易。

②侍：侍奉，守护，依赖，指内心的榜样，座右铭，安身立命之本。

③先王：周文王。

④至：最好的，极好的。

⑤要：重要，关键的，核心的。

⑥顺：顺从，顺应。

⑦上下：管理阶层与普通百姓。

⑧避席：离开座位，起身说话，以示尊敬。

⑨不敏：反应慢，不聪明。

⑩孝：尊敬，遵从，顺从圣贤的思想、志向。

⑪德之本：德的决定性因素。

⑫毁伤：毁，诋毁。伤，中伤，损害。毁伤指做不符合道、德的事，不是伤害生理性身体的意思。

⑬立身：身，品德。立身指建立品德。

⑭事：侍奉，供奉，做事。

⑮亲：亲爱的，引申为值得重视（道、德）。

⑯聿修厥德：聿，笔。聿修厥德指用笔编纂整理我所讲的这个道、德、真理。

【释文】

开宗明义，尊师重道，孝的总纲领。

文王留下的那个真理、美好的德行，孔子把它作为自己的人生信仰，曾子也把它作为自己内心的座右铭。

孔子说："周文王有天下最高尚的美德和最精妙的真理，以此来顺应天下百姓的人心，人们用了这个真理、美德之后，和睦相处，君王与人民也都没有任何不满的地方。你知道这是为什么吗？"

曾子赶紧站起来，恭敬地对孔子说："学生愚钝，不聪明，怎么能知道这是为什么呢？"

孔子说："我说的孝，是遵从践行圣贤的思想品德，是有美德人的根本；我教授的内容就是从这里面得来的。你坐下来，我详细地告诉你：一个人的生命，是父母给予的，很难得，你是不能做不符合真理、没有美德的事，这就是孝的开始。

建立高尚的德，践行真理，使自己的功绩、名声流传与后代，以此来彰显自己父母的德行，这就是孝的终极目标。

我说的孝，是小时候要重视学习、领悟真理，长大之后在朝做官，恪尽职守做好自己的本职工作，终将会拥有高尚的德行。

《大雅》中讲道：永远不要忘记我们这个伟大的、高尚的祖先啊，你要用笔编纂整理并践行我所讲的这个真理、美德，就是对我们伟大祖先最好的纪念。"

第二章 天子

子曰："爱亲①者，不敢恶②于人；

敬亲③者，不敢慢④于人。

爱敬尽于事亲，

而德教加于⑤百姓，

刑⑥于四海，盖⑦天子之孝也。

《甫刑》云：'一人有庆⑧，兆民⑨赖之'。"

【注释】

①爱亲：爱护、珍惜自己所看重的（道、德）。

②恶：伤害，剥削。

③敬亲：尊重、慎重地对待自己所看重的（道、德）。

④慢：轻慢，冷漠，不关心。

⑤加于：有利于。

⑥刑：惩罚。

⑦盖：大概。

⑧庆：吉祥的，喜庆的，值得庆祝的，因为有德的人，是值得高兴的。

⑨兆民：兆，一百万。兆民形容极为多的人，天下所有的人。

【释文】

尊师重道，天子的孝是什么样的。

那些爱护、珍惜自己所看重的真理、美德的天子，是不敢伤害、剥削人民的。

那些尊重、慎重地对待自己所看重的真理、美德的天子，是不敢冷漠地对待天下人民的。

真正地爱护、珍惜自己，是遵循践行所看重的真理、美德，用一个人应有的美德，教化天下所有的天子，就有利于天下的百姓。对天下所有的人，都是一样的严格要求，这大概就是所谓的君王应该遵循的真理吧。

《甫刑》中说：假如一个人有了那个最值得庆祝的真理、美德，那么，天下所有的百姓都会依赖他。

第三章 诸侯

在上不骄，高而不危①；

制节谨度②，满而不溢。

高而不危，所以长守贵也；

满而不溢，所以长守富也；

富贵不离其身，然后能保其社稷③，

而和④其民人，盖诸侯之孝也。

《诗》云：战战兢兢⑤，如临深渊，如履薄冰。

【注释】

①危：损害，伤害。

②制节谨度：制，制度，法规。节，礼度。谨，慎重，小心，严谨。度，法则，应该遵守的标准。制节谨度指对于国家的各类法律制度，要慎重的规范框定其尺度、标准。

③社稷：土神和谷神，代指国家。

④和：相安，融洽。

⑤战战兢兢：战战，恐惧的样子。兢兢，小心谨慎的样子。战战兢兢形容特别小心谨慎的样子。

【释文】

尊师重道，侯王的孝是什么样的。

对于天下的各路诸侯，应当做到：当了一方的侯王，而不骄傲，处于领导者的地位，而不损害百姓；对于国家的各类法律制度，要慎重地规范框定其尺度、标准。虽然很有思想和美德，但是一点也不过分表现。

处于领导者的地位，而不损害百姓，所以，能够永保尊贵的社会地位啊；虽然很有思想和美德，但是一点也不过分表现，所以，能够永保无限的财富啊。

由此，侯王尊贵的社会地位和无限的财富，就永远不会失去，就能够保障江山永固；而国家的百姓能相互融洽地生活、相处，这就是那些侯王对先王的孝啊。

《诗经·小雅·小旻》中说："作为一国之主，身系国家的安危，所以，做事一定要特别小心谨慎，就像是走在深渊的边缘一样，如同走在初春还有薄冰的江面一样，谨慎再谨慎啊。"

第四章 卿大夫

非先王之法服[①]，不敢服；

非先王之法言[②]，不敢道；

非先王之德行[③]，不敢行。

是故

非法不言，非道不行；

口无择[④]言，身无择行。

言满天下⑤无口过⑥，

行满天下无怨恶⑦。

三者备矣，然后能守⑧其宗庙⑨。

盖卿、大夫之孝也。

《诗》云：夙夜匪懈⑩，以事一人⑪。

【注释】

①服：听从，遵从。

②言：说话。

③行：实际地做。

④择：挑选，引申为更换为其他的。

⑤言满天下：到天下任何地方说话。

⑥无口过：不说错话。

⑦无怨恶：没有人怨恨，没有人觉得不好。

⑧守：遵照，奉行。

⑨宗庙：天子或诸侯祭祀祖先的专用房屋。隐喻为先人的主张、思想。

⑩夙夜匪懈：夙，早晨。匪，否定，不。夙夜匪懈指从早晨到晚上，一直都是兢兢业业，从来不敢懈怠。

⑪一人：指君王。

【释文】

尊师重道，卿大夫的孝是什么样的。

作为卿大夫，不合乎先王所规定的法则、制度，不遵从；不合乎先王所规定的语言，不能随便乱说；不合乎先王道德准则的行为，不能去做。

因此，不合乎法则的话不说，不合乎真理的行为不做；没有什么需要重新斟酌的话，没有什么需要重新更正的行为。

这样走遍天下任何地方，都不会留下任何过错、把柄，所做的事用于天下任何地方都不会被任何人怨恨。

如果能做到以上这三条，就是坚守了先人的思想操守。

这就是卿大夫阶层所应该奉行的孝啊！

《诗经·大雅·蒸民》里说："时时刻刻都要保持一种勤勉、积极的工作状态，全心全意地为天子处理天下政务。"

第五章　士

资①于事②父以事母，而爱同；

资于事父以事君，而敬同。

故母取其爱，而君取其敬，兼之者父也。

故以考③事君，则忠；以敬事长，则顺④。

忠顺不失，以事其上⑤，

然后能保其禄位，而守其祭祀⑥，

盖士之孝也。

《诗》云："夙兴夜寐⑦，无忝⑧尔所生。"

【注释】

①资：供给。

②事：侍奉。

③考：考核。

④顺：服从，不违背。

⑤其上：他的上级。

⑥祭祀：置备供品对神佛或祖先行礼祈福。祭祀代指先人。

⑦夙兴夜寐：起得早而睡得晚，形容勤奋劳作。

⑧忝：辱，有愧于，常用作谦辞。

【释文】

尊师重道，知识分子的孝是如何做的。

作为知识分子阶层，以供给侍奉父亲的一片赤诚之心，去侍奉母亲，那么对父母的爱心是相同的；以侍奉父亲时的恭敬态度，去侍奉天子，那么对天子和父亲的敬爱是一样的。

所以，侍奉母亲乃是以爱，侍奉天子乃是以敬，爱和敬都能做到，那就是道、德兼备的人啊。

换句话说，以侍奉父亲的孝心，转而侍奉天子，就是忠诚于真理、法则；以侍奉父亲的敬心侍奉师长，就是顺从真理、法则。

以忠诚和顺从真理、法则的心侍奉君王和师长，就能永远保住他的俸禄和官位，而得以长守先祖的思想和坚守，这便是一个知识分子应尽的孝。

《诗经·卫风·氓》上说："起得很早、睡得很晚，每天勤勤恳恳地学习工作，就是为了避免自己做得不好，从而侮辱生身父母的声誉。"

第六章 庶人

用天之道，分①地之利，

谨身节用，以养②父母，

此庶人之孝也。

故自天子至于庶人，孝无终始，

而患不及者，未之有也。

【注释】

①分：辨别，认识。

②养：供养，奉养，抚育。

【释文】

尊师重道，普通百姓的孝应该如何做。

作为社会上的普通人，应当遵循践行宇宙的真理、法则，辨别事物的本质以获取好的结果。言行举止也要十分小心，要重视自己的品德和行为，以便更好地报答父母对自己的养育之恩。这就是普通百姓孝的样子。

所以，从天子到普通人，学习并遵循践行圣贤思想品德是永无止境的。如果有人担心能力不够，无法遵循，那是绝对不可能的事情，因为这些圣贤思想品德人人都可以学到、做到！

第七章 三才

曾子曰："甚哉①！孝之大也②。"

子曰："夫孝，天之经也，地之义也，民之行也。

天地之经，而民是③则之，则天之明，因地之利，以顺天下。

是以其教不肃④而成，

其政不严而治，先王见教⑤之，

可以化民也。

是故先之以博爱，而民莫遗其亲⑥；

陈⑦之德义，而民兴行；

先⑧之以敬让，而民不争；

导⑨之以礼乐⑩，而民和睦；

示⑪之以好恶，而民知禁。

《诗》云：'赫赫⑫师尹⑬，民具尔瞻⑭'。"

【注释】

①甚哉：是表感叹的话，极为厉害啊，太好了。

②大也：最好的啊。

③是：遵从，以为法则。《荀子》不法先王，不是礼义。杨柳桥诂："《尔雅》：'是，则也。'"

④肃：整饬，整肃，警诫。

⑤教：指导，教诲。

⑥亲：亲近，接近，引申为更应该重视的。

⑦陈：诉说。

⑧先：首先。

⑨导：指引，带领。

⑩礼乐：社会普遍规则（非国家的法律制度，是人人约定俗成的操守）与价值观。礼崩乐坏，社会的普遍规则与价值观乱了。

⑪示：公告，表明，把事物拿出来或指出来使别人知道。

⑫赫赫：显著盛大的样子。

⑬师尹：各属官之长。

⑭民具尔瞻：瞻，往上或往前看。民具尔瞻指人民都往上看着你。

【释文】

论述天地的规律与人类的智慧。

曾子感慨地说：宇宙的规律和人类的智慧是多么的博大精深啊！能够领悟并遵循宇宙的规律和人类的智慧，那就是最大孝啊！

孔子说："领悟并践行圣贤思想品德，如天上日月星辰的运行，地上万物的自然生长，是天下绝对正确的、不可改变的真理、法则，是理所当然的事情！是人人都应该做的事！

圣贤的思想品德，人人都能依法则去践行，这样践行就是真正的明白人、有智慧的人，善于使用圣贤的思想品德，就可以治理好天下了。"

正因为他只教化人民而不去警诫人民，所以能有大的成就；他制定的国家法律、政策不整饬、严酷，所以能治理得当。先王教导的思想主张，可以用来教化天下所有的人民，使人人都有贤德。

所以，君王先给予人民博爱、关怀，然后人民就不会忘记君王所看重的。君王先给天下的人民讲述什么是一个人应有的德和义，然后人民就会特别愿意主动的按照君王讲述的去做了。

君王让天下的人民先得到利益好处，以显示自己对人民的尊敬与谦让，然后人民就不会再争抢利益了。

引导人民知道自己应该遵循什么样的人生准则与价值观，然后天下的人民都会其乐融融、和睦相处。

给大家讲明白什么是好的思想行为，什么是不好的思想行为，人民就知道那些是不能做的事了。

《诗经·小雅·节南山》中写道："官位显赫的权贵们，你们要注意啊，老百姓时时刻刻都在监督你们是如何管理、如何执政的呀。"

第八章 孝治

子曰："昔者明王之，孝治天下也，

不敢遗①小国之臣，

而况于公、侯、伯、子、男②乎？

故得万国之欢心，以事其先王。

治国者，不敢侮于鳏寡，

而况于士民乎？

故得百姓之欢心，以事其先君。

治家者，不敢失于臣妾，

而况于妻子乎？

故得人之欢心，以事其亲。

夫然，故生则亲安之③，

祭则鬼享之④。

是以天下和平，

灾害不生，祸乱不作。

故明王之以孝治天下也，如此！

《诗》云：‘有觉⑤德行，四国顺之’。”

【注释】

①遗：忽视、小瞧。

②公、侯、伯、子、男：周朝天子封的五种爵位。

③亲安之：重视爱戴并使他平安幸福。

④鬼享之：对于亡故了的人，好好祭奠他们的灵魂。

⑤有觉：贤德有智慧的人。

【释文】

遵循真理，以治天下。

孔子说："从前圣明的君王以遵循圣贤的思想品德治理天下，对于小国派来的使臣，都不敢失礼小瞧、轻视，何况对自己分封的那些公、侯、伯、子、男呢？所以能得到各国诸侯的欢心，使大家都能纷纷来助祭天子的祖先。

治理封地的诸侯，连卑微的鳏夫、寡妇都不敢欺侮，何况是那些知礼仪的百姓呢？因此他能得到百姓的欢心，使天下的百姓都能来恭敬祭奠诸侯的祖先。

治理家族的卿大夫，对臣仆婢妾都不敢失礼，更何况对其妻子、儿女呢？所以得到众人的欢心，使他们乐意侍奉卿大夫的父母。

正是这样的原因，君王才能让百姓在世的时候，过着安乐幸福的生活，假使死后成为鬼神，也能够安享子孙的祭祀。

因此可以使天下祥和太平，灾害与祸乱都不会发生。

所以圣明的君王以遵循圣贤的思想品德治理天下，就会有这样的效果。

《诗经》上说：'天子有崇高伟大的德行与智慧，四方的国家都会来归顺于他。'"

第九章 圣治

曾子曰："敢问①圣人之德，无以加于②孝乎？"

子曰："天地之性，人为贵③。

人之行，莫大于孝。

孝，莫大于严父④，

严父，莫大于配天⑤，则周公其人也。

昔者，周公郊祀后稷以配天，

宗祀文王于明堂，以配上帝⑥。

是以四海之内，各以其职来祭。

夫圣人之德，又何以加于孝乎？

故亲生之膝下⑦，以养父母曰严⑧。

圣人因严以教敬，因亲以教爱。

圣人之教，不肃⑨而成，

其政不严而治，其所因者本也。

父子之道，天性也，君臣之义也。

父母生之，续莫大焉。

君亲临⑩之，厚⑪莫重⑫焉。

故

不爱其亲而爱他人者，谓之悖德；

不敬其亲而敬他人者，谓之悖礼。

以顺⑬则逆⑭，民无则焉。

不在于善，而皆在于凶德，

虽得之，君子不贵也。

君子则不然，

言思可道，行思可乐，

德义可尊，作事可法，容止可观，

进退可度，以临其民。

是以其民畏而爱之，则而象之。

故，能成其德教，而行其政令。

《诗》云：'淑人君子，其仪不忒'。"

【注释】

①敢问：冒昧地请教。

②加于：没有比。

③贵：重要的，值得称颂的。

④严父：严格教育自己的老师，又称亚父。

⑤配天：符合宇宙的真理。

⑥上帝：上，最好的。帝，统治者，帝王。上帝指最好的帝王。

⑦膝下：父母。

⑧严：尊重，尊敬。严大国之威。——《史记·廉颇蔺相如列传》

⑨肃：严峻，严厉。整饬；整肃。

⑩临：治理，管理，统治。

⑪厚：重视。

⑫重：多。

⑬顺：通"训"，教诲。

⑭逆：抗拒，不顺从。

【释文】

曾子说："请允许我冒昧地提个问题：圣人的德行中，难道就没有比遵循圣贤思想与美德更为重要的吗？"

孔子说："天地之间的所有万物生灵，只有人最为尊贵。人的各种品行中，没有比遵循圣贤的真理更值得称颂的了。在遵循圣贤思想与美德之中，没有比尊敬自己的恩师更加重要的了。尊敬自己的恩师，没有不是契合宇宙法则、真理的，那么，能够符合这样条件的人，就是周文王了。

从前，周成王年幼，周公摄政，周公在国都郊外圜丘上祭天时，以周族的始祖后稷配祀天帝；在聚族进行明堂祭祀时，以父亲文王配得上是品德最好的帝王。所以，四海之内各地的诸侯，都按照自己的职务高低，贡纳各地的特产，协助天子缅怀先王。圣人的德行，还有哪一种能比敬畏、遵循圣贤思想与美德更为重要的呢？

所以，培养爱护自己的子女，以回报对父母的尊敬。圣人因为自己做到了对先人的尊崇，所以能够引导教育大家尊崇和践行圣贤的思想与美德；也因为圣人自己内心怀有慈爱之心，所以能够引导教育大家对他人也有慈爱之心。

圣人教化人民的方式是，不需要用严肃、严厉手段，就能达到目的，他的治国方略是，不需要采用严酷的手段就能管理得很好。这正是由于他掌握了法则、真理啊。

有子必有其父，这种父子之间的关系，体现了人类天生的本性，君臣的关系是源于义理啊。父母生下孩子，使下一代得以上继祖宗，下续子孙，这就是父母对子女最大的恩情。君王能以慈爱之心管理天下，那就是君王重视圣贤思想与美德啊。

如果做晚辈的不爱君王所喜爱的真理和德行，而去爱其他人所遵循的人生观、价值观，这就叫作违背了道德；如果做晚辈的不爱君王所尊敬的先人思想，而去尊敬其他人所尊崇的思想，这就叫作违背了礼法。

如果有人用违背真理与美德、违背礼法去教诲人民，人民就会逆反、抗拒；人民将无所适从，不知道该效法什么。如果不能用善行教化天下，而用违背真理的手段统治天下，虽然也有可能一时得志，但是，君子是鄙夷不屑、不会赞赏的。

有道的君子就不是那样的，他们说的话，可以到处宣扬；他们做的事和思想，可以让人开怀大笑；他们的道德和品行，能受到人民的尊敬；他们做事值得效仿；他们的仪态容貌、举止，得到人民的欣赏和称赞；他们的动静进退，都合乎规矩法度。如果君王能够像这样来统领人民，管理人民，那么人民就会敬畏他、爱戴他；人民就会以他为榜样，仿效他、学习他。

因此，就能够顺利地推行道德教育，使政令顺畅地得到贯彻执行。

《诗经》里说：'那些善人与君子，其容貌举止，完全符合真理、法则，毫无差池！'"

第十章 纪孝行

子曰："孝子①之事②亲也，

居，则致其敬；养，则致其乐，

病③，则致其忧；丧④，则致其哀；

祭，则致其严。

五者备矣，然后能事亲。

事亲者，

居上不骄，为下不乱，

在丑⑤不争。

居上骄，则亡；为下而乱，则刑；

在丑而争，则兵。

三者不除，虽日用三牲⑥之养，

犹为不孝也。"

【注释】

①孝子：遵循圣贤思想与美德的学生们。

②事：从事，学习。

③病：有缺点，有毛病。

④丧：丢掉，失去。

⑤在丑：被侮辱，被批评。

⑥三牲：牛、羊、猪。

【释文】

详细分析遵循圣贤思想与美德的行为有哪些。

孔子说："那些遵循圣贤思想与美德的学生，学习他们所喜爱的圣贤思想与美德，充实自己内心的时候，对先人十分恭敬；培养蓄积内在圣贤思想与美德的时候，内心会产生无限的快乐；学习到自己难以理解不懂的地方时，因为自己无法领悟圣贤思想与美德，而自己内心会十分忧愁；偶然忘记圣贤思想与美德的时候，其内心又产生深深的悲伤与哀痛；努力践行圣贤思想与美德的时候，就能使自己获得人们的尊重。假如这五个方面都能做到位了，那才算是真正的学习、遵循了自己喜爱的圣贤思想与美德。

假如能够学习践行自己所喜爱的圣贤思想与美德，就能做到即使是身居高位，也不会骄傲恣肆；哪怕是为人臣下，作为普通百姓，也不犯上作乱；即使受到莫须有的诬陷、不好的批评，也不发起辩论、争斗。

假如身居高位而骄傲恣肆，就会导致天下的灭亡；假如为人臣下，而犯上作乱，就会受到刑戮；假如受到莫须有的诬陷、不好的批评，而发起争斗，就会动用兵器，相互残杀。

如果这三种不良的行为不能去除，即使是天天供奉祖先牛、羊、猪等制作的美味佳肴，那也不能算是遵循了孝啊！"

第十一章 五刑

子曰："五刑①之属三千，而罪莫大于不孝。

要②君者，无上③；非④圣人者，无法⑤；

非孝者，无亲。

此大乱之道也。"

【注释】

①五刑：墨、劓、刖、宫、大辟五种刑法。

②要：通"约"（yuē）。胁迫。

③无上：藐视君王，目无君主。

④非：责怪，反对。

⑤无法：心中没有法则、规章制度。

【释文】

关于五种刑法。

孔子说："应当处以墨、劓、刖、宫、大辟五种刑法的罪有三千种，其中最严重的罪就是不遵循践行先人所倡导的真理。以暴力威胁君王的人，叫作目无君王；责怪、反对圣人的人，目无法纪；责难、反对践行圣贤思想与美德的人，其内心没有慈爱。这就是造成天下大乱的根源所在啊。"

第十二章 广要道

子曰："教民亲爱，莫善于孝；

教民礼顺①，莫善于悌；

移风易俗，莫善于乐；

安上②治民，莫善于礼。

礼者，敬而已矣③。

故

敬其父，则子悦；

敬其兄，则弟悦；

敬其君，则臣悦；

敬一人，而千万人悦，

所敬者寡④，而悦者众。

此之谓要道也。"

【注释】

①顺：合理的。

②安上：使君王安定，国家安定。

③敬而已矣：不过与尊敬罢了。

④寡：少。

【释文】

建立远大理想、志向的根本法则。

孔子说："教育人民重视、亲近其所喜欢的思想、智慧，再没有比遵循圣贤思想与美德更好的了；教育人民讲礼貌，知谦卑，再没有比认为所有人都是自己学习的榜样更好的了；要改变旧的习俗，树立新风尚，再没有比倡导大家喜欢良好风俗习惯更好的了；使国家安定，管理人民，再没有比社会约定俗成做人的法则更好的了。所谓做人的准则，归根结底就是敬重圣贤思想与美德而已。

因此，尊敬他的父亲，儿子就会高兴；尊敬他的哥哥，弟弟就会高兴；尊敬他的君王，臣子就会高兴。尊敬一个人，而千千万万的人感到高兴。所尊敬的虽然只是少数人，而感到高兴的却是许许多多的人。

这就是最重要的法则、真理的啊！

第十三章 广至德

子曰："君子之教，以孝也；

非家至，而日见之也。

教以孝，所以敬天下之为人父者也；

教以悌，所以敬天下之为人兄者也；

教以臣，所以敬天下之为人君者也。

《诗》云：'恺悌①君子，民之父母。

非至德，其孰能顺民如此其大者②乎！'"

【注释】

①恺悌：和乐平易。

②大者：最好的人。

【释文】

建立远大理想、志向关键的德行。

孔子说："君子以遵循圣贤思想与美德来教化人民、做好表率，并不是要挨家挨户都走到，天天当面去教人遵循圣贤思想与美德。教育人民如何尊重老师，自己首先遵循圣贤思想与美德做好表率，使得天下做教父的人都能知道如何做好一名老师；教育人民如何尊敬学长，自己首先遵循圣贤思想与美德做好表率，使得天下的人都能知道如何尊敬兄长；教育人民如何做好一个职员，自己首先遵循圣贤思想与美德做好表率，就会使得天下做君王的都能知道如何做一个好的君主。

《诗经》里说：'和乐平易的君子，是人民的父母。'如果没有至高无上的道德，有谁能够教化人民呢？使得人民顺从归化呢？如此，才是最好的君王啊！"

第十四章 广扬名

子曰："君子之事亲孝，故忠可移①于君；

事兄悌，故顺可移于长②；

居家理，故治可移于官③。

是以行成于内，

而名立于后世矣。"

【注释】

①移：施与、赠送。《史记·卷一〇四·田叔传》：鞅鞅如有移德于我者，何也？

②长：领导人。

③官：通"管"（guǎn）。管制，管理。《管子·山国轨》：轨守其时，有官天财。

【释文】

扬名立万。

孔子说："君子做任何事，都是用自己内心崇尚的圣贤思想与美德做事，因此也能够将自己的人生观、价值观用在为官之中；对待学长知道尊敬、服从，因此也能够将对学长的尊敬、服从，应用在工作中；管理家族事务有条有理，因此也能够把理家的经验移于如何管理家族。

所以，一个人外在的美好品行，源于他内在遵循圣贤思想与美德，他必然会有美好的名声，而他的美好名声，必将流芳百世，被人们世世代代传颂！"

第十五章 谏诤

曾子曰："若夫慈爱、恭敬、安亲①、扬名，

则闻命②矣。

敢问子从父之令③，

可谓孝乎？"

子曰："是何言与！是何言与！

昔者天子，

有诤臣④七人，虽无道，

不失其天下；

诸侯有诤臣五人，虽无道，

不失其国；

大夫有诤臣三人，虽无道，

不失其家；

士有诤友，则身不离于令名；

父有诤子，则身不陷于不义。

故当不义，则子不可以不诤于父；

臣不可以不诤于君！

故当不义，则诤之。

从父之令，又焉得为孝乎？"

【注释】

①安亲：安，习惯，满足于。安亲指习惯满足于自己所看重的。

②闻命：听懂了命运是什么样的规律。

③令：强横、霸道、不分对错的命令。

④争臣：敢于向君王直言进谏、提出批评意见的人。

【释文】

曾子说："按照圣贤教育要求我们的，对所有的人都要有慈爱之心、要恭敬兄长、要习惯满足于自己所看重的圣贤思想与美德就可以扬名立万了，这样就知道了一个人的命运是什么样的规律。我想再冒昧地请教一下，做儿子的一味遵从父亲不分对错的命令，可称得上是符合孝道了吗？"

孔子说："你这说的是什么话呢？这说的是什么话呢？从前，天子身边有七个敢于直言相谏的诤臣，因此，纵使天子是个无道昏君，他也不会失去其天下；诸侯有敢于直言谏诤的诤臣五人，即便自己是个无道诸侯，也不会失去他的诸侯国地盘；卿大夫也有三位敢于直言劝谏的臣属，所以即使他是个无道之臣，也不会失去自己的家园。普通的读书人要是有敢于直言劝谏的朋友，自己的美好名声就不会丧失；为人父亲的，有敢于直言力诤的儿子，就能使父亲不会陷身于不义之中。

所以对于那些不义之事，如果是自己父亲所为，做儿子的就不可以不劝诤力阻；如系君王所为，做臣子的就不可以不直言谏诤。

所以对于那些不义之事，一定要谏诤劝阻。如果只是一味盲目地遵从父母长辈的命令，又怎么称得上是真正的遵循了圣贤思想与美德呢？"

第十六章 感应

子曰："昔者明王，

事父孝，故事天明；

事母孝，故事地察；

长幼顺，故上下治。

天地明察，神明彰矣。

故虽天子，

必有尊也，言有父也；

必有先也，言有兄也；

宗庙致敬，不忘亲也；

修身慎行，恐辱[①]先也；

宗庙致敬，鬼神著矣。

孝悌之至，通于神明，

光于四海，无所不通。

《诗》云：'自西自东，自南自北，无思不服'。"

【注释】

①辱：辜负。

【释文】

遵循天地规律、法则的人，可达到人神感应的境界。

孔子说："从前，圣明的天子，对待父母长辈的教导都非常崇敬，所以也能明白天地之间的法则、真理；他能够使长辈与晚辈的关系和顺融洽，所以能够做到国家的上上下下都太平无事。能够把天地之间的法则、真理看得特别清楚、明白，就会显现神灵一般的智慧。

所以说，虽然贵为天子地位，但是必定还有他尊敬的人，那就是教育他的父辈；必定还有比他有智慧的人，那就是他的兄辈。在宗庙举行祭祀，充分地表达对先祖的崇高敬意，这是表示永不忘记先人的德行。重视修养道德，行为做事谨慎小心，这是害怕自己出现过错，辜负了先祖对后代的期望。在宗庙祭祀时充分地表达出对先人至诚的敬意，先祖的灵魂就会来到庙堂，显灵赐福。真正能够把遵循祖上的圣人之道做得尽善尽美，就会有神明一般的法力；你的功绩将照耀于天下任何地方，没有任何问题是它不能解决的。

《诗经》里说：'从西、从东、从南、从北，东南西北，四面八方，所有的有思想、有智慧的人，没有不归顺、不服从于圣贤的思想美德！'"

第十七章 事君

子曰："君子之事，上也①！

进思尽忠，

退思补过，

将顺其美，

匡救②其恶③。

故上下能相亲也。

《诗》云：'心乎爱矣，遐④不谓矣，中心藏之，何日忘之？'"

【注释】

①上也：好事啊。

②匡救：匡，帮助，辅助，辅佐。匡救指帮助君王挽救错误。

③恶：错误的，不好的。

④遐：遥远。

【释文】

如何对得起自己的职业，做一个优秀的职员。

孔子说："君子奉事于君王，在朝廷为官，那是好事啊。处理公务的时候，你一定要竭尽其职；回来之后，要想一想自己的工作中还有什么过失可以改进。对于君王的优点，要顺应发扬；对于君王的过失、缺点，要帮助君王补救，避免错误，挽回损失。因此君臣之间的关系就能够相亲相敬。

《诗经·小雅·隰桑》篇中说：'对自己尊崇喜爱的人，心中充溢着爱敬的情怀，无论距离多么遥远，都不重要；这片真诚的爱心永久会藏在心中，怎么可能有忘记的那一天呢？' "

第十八章 丧亲

子曰："孝子之丧亲①也，

哭不偯②，礼无容，

言不文，服美不安，

闻乐不乐，食旨③不甘，

此哀戚④之情也。

三日而食，教民无以死伤生⑤。

毁不灭性，此圣人之政也。

丧不过三年，示民有终也。

为之棺椁衣衾⑥而举之；

陈其簠簋⑦而哀戚之；

擗踊⑧哭泣，哀以送之；

卜其宅兆，而安措之；

为之宗庙，以鬼享之；

春秋祭祀，以时思之。

生事爱敬，

死事哀戚，

生民之本尽矣，

死生之义备⑨矣，

孝子之事亲终矣。"

【注释】

①丧亲：自己爱戴的人去世了。

②偯：形容哭得尾声很长。

③旨：美味佳肴。

④哀戚：悲伤忧愁的表现。

⑤无以死伤生：不能因为亲人的逝去，悲痛得把自己身体拖坏了。

⑥衣衾：尸体入殓时的单被。

⑦簠簋：两种盛粮食的礼器。

⑧擗踊：捶胸顿足，形容极度悲哀。

⑨备：完备，全。

【释文】

失去亲爱恩师的痛苦。

孔子说："遵循圣贤思想与美德的学生，失去了自己喜爱的老师，都哭得声嘶力竭，发不出悠长的哭腔；举止行为，也失去了平时的端正礼仪；言语说话，也没有了条理文采；穿上华美的衣服，就会觉得心中不安；听到再动听美妙的音乐，也不觉得快乐；吃美味的食物，也不觉得好吃。这是做学生的因失去自己亲爱的老师而悲伤忧愁的表现。

三天之后，学生才勉强吃了一点东西，这是教导人民，不要因失去自己的亲人而悲哀地损伤生者的身体。不要因老师的去世过度悲伤，而使在世的人生命健康受到伤害，即使老师去世了，学生也不丧失做人的本性，这是圣贤君子的修身的根本。

为老师守丧不超过三年，是告诉人们居丧是有其终止期限的。

办丧事的时候，要为去世的亲人老师准备好棺材、外棺、穿戴的衣饰和铺盖的被子等，妥善地安置进棺内，陈列摆设上簋类祭奠器具，以寄托生者的哀痛和悲伤。

出殡的时候，捶胸顿足，号啕大哭地哀痛出送。

占卜墓穴吉地以安葬。

兴建起祭祀老师的庙宇，使亡灵有所归依，并享受生者的祭祀。

在春秋两季举行祭祀，以表示生者无时不思念亡故的亲人。

在老师在世时以爱和敬来侍奉他们，在他们去世后，则怀着悲哀之情料理丧事，如此尽到了人生在世应尽的本分和义务。

养生送死的大义都做到了，就算是完成了作为弟子爱戴老师的义务了。"

第六篇　　儒家思想杂选

第一　《孔子家语》孔子观水九德

孔子观于东流之水。

子贡问曰："君子所见大水必观焉，是何？"

孔子曰："以其不息，且遍，与诸生而不为也，夫水似乎德；其流也则卑下倨邑，必修其理，此似义；浩浩乎无屈尽之期，此似道；流行赴百仞之溪而不惧，此似勇；至量必平之，此似法；盛而不求概，此似正；绰约微达，此似察；发源必东，此似志；以出以入，万物就以化絜，此似善化也。水之德有若此，是故，君子见必观焉。"

【释文】

这一章是孔子论述《道德经》中的"上善若水"篇。

孔子总是在东去的流水中沉思。

子贡问道："有道的君子看到最善一定会深入观察思考，这是为什么呢？"

孔子说："因为它生生不息，永不停留，并且滋养万物而不认为自己有所作为啊，水的这个样子太像那个高尚的德；它的走势去向，都是处于低下、弯曲的地方，一定符合它的这一原理，这就像是'义'；它浩浩荡荡，永远没有穷竭的时候，这种品性像'道'；它可以流行各处，即使流赴百仞溪谷而无所畏惧，这种品性像'勇'；注入一定的水量，自身本性就能达到均衡，这种品性像'法'；谦虚而不自满，这种品性像'正'；本性柔弱却多么细微的地方都能达到，这种品性像'察'；发源以后必然奔流向东，这种品性像'志'；既有流入又有流出的，万物靠它趋向新鲜洁净，这种品性像'善'变成的一样。水具有如此的德性，因此君子见到一定要认真观察。"

第二　孔子家语 卷一 始诛第二

孔子为鲁司寇[①]，摄行相事[②]，有喜色。仲由问曰："由闻君子祸至不惧，福至不喜。今夫子得位而喜，何也？"

孔子曰："然，有是言也。不曰'乐以贵下人[③]'乎？"

于是朝政七日而诛[④]乱政大夫少正卯[⑤]，戮[⑥]之于两观[⑦]之下，尸于朝三日[⑧]。

子贡进曰："夫少正卯，鲁之闻人[⑨]也。今夫子为政而始诛之，或者为失乎？"

孔子曰："居[⑩]，吾语汝以其故。天下有大恶者五，而窃盗[⑪]不与焉。一曰心逆而险，二曰行僻而坚[⑫]，三曰言伪而辩，四曰记丑而博[⑬]，五曰顺非而泽。此五者，有一于人，则不免君子之诛，而少正卯皆兼有之；其居处足以撮徒成党[⑭]，其谈说足以饰褒莹众，其强御足以反是独立[⑮]。此乃人之奸雄者也！不可以不除[⑯]。夫殷汤诛尹谐、文王诛潘正[⑰]、周公诛管蔡、太公诛华士[⑱]、管仲诛付乙、子产诛史何，是此七子皆异世而同诛者，以七子异世而同恶，故，不可赦也！

《诗》云：‘忧心悄悄[19]，愠于群小[20]。’小人成群，斯足[21]忧矣。”

【注释】

①司寇：古代中央政府中掌管司法和纠察的长官。

②摄行相事：摄，治理整顿。行，行为，表现。相，审视，查看，督察。事，侍奉。摄行相事指整顿工作组织纪律，审查是否有敬业精神。

③贵下人：职位很高，但是很谦卑。

④诛：责罚，治罪，惩罚。例如：口诛笔伐。

⑤少正卯：少，没有。卯，报到。旧时官署例定在卯时开始办公时，进行点名报到等活动。其点名册叫“卯簿”“卯册”。俗称“到一下”叫“点个卯”或“打个卯”。少正卯指没有正点上班，总是迟到。

⑥戮：惩罚，羞辱。

⑦两观：宫门前两边的望楼。

⑧尸于朝三日：尸，空占着职位而不做事，在其位而无所作为。例如：尸位旷职（占据职位而不做事）；尸玩（玩忽职守）；尸素（居位食禄而不尽职）；尸禄素餐（空食俸禄而不尽其职，无所事事）；尸职（尸位，失职）；尸居（安居而无为）。尸于朝三日指撤职三天，不能履职工作。

⑨闻人：声名显赫的人。

⑩居：停止。例如：柳宗元《小石潭记》中：以其境过清，不可久居，乃记之而去。

⑪窃盗：这里指不努力工作、窃取国家利益的人。窃盗就是指《道德经》中的盗夸。《道德经》中写道“朝甚除，田甚芜，仓甚虚。服文采，带利剑，厌饮食，财货有余。是谓盗夸，非道也哉！”

⑫行僻而坚：行为古怪而顽固不化。

⑬记丑而博：丑，可恶的，可耻的。博，多。记丑而博指记录留下许多可耻的事。

⑭撮徒成党：撮，聚。徒，服徭役的人。撮徒成党指把服徭役的人聚在一起形成团伙。

⑮强御足以反是独立：御，抵挡，违逆。是，正。强御足以反是独立指强暴的违背国家的根本而反对走正道，并建立独立的政权。

⑯除：整治，治理。

⑰文王诛潘正：文王名姬昌，周武王父，居岐山之下，周朝开始强大，号西伯。"潘正"《荀子·宥坐》作"潘止"，《说苑·指武》作"潘阯"。文王诛潘正指周文王惩罚混淆视听的人。

⑱太公诛华士：太公即姜太公，姜姓，吕氏，名尚，周文王师。帮助武王灭殷，封于齐。太公诛华士指姜太公惩罚只做表面文章的人。

⑲忧心悄悄：悄，忧虑。忧心悄悄指十分忧虑。

⑳愠于群小：愠，愤怒。群小，谓社会地位卑下的人们，一般指名门望族以外的庶民。愠于群小指痛恨人们都成为地位低贱的人。

㉑足：根本。

【释文】

孔子做了鲁国的大司寇，大法官，代理行使督察纪律的职务，表现出高兴的神色。弟子仲由问他："老师，我听说君子都是宠辱不惊，祸患来临不恐惧，幸运降临也不表现出欢喜，现在您得到高位却流露出欢喜的神色，这是为什么呢？"

孔子回答说："对，确实有这样的说法。但不是还有'显贵了而仍以谦恭待人为乐事'的说法吗？"

　　就这样，孔子掌管纪律七天，就责罚了一名扰乱朝政纪律的贵族大夫，孔子对这名不能按照正点上班的贵族大夫，罚他站立在宫殿门外的两座高台下三日不能履职工作。

　　子贡向孔子进言："老师啊，这个不能正点上班的贵族大夫，可是鲁国知名的人，现在老师您刚刚执掌朝政首先就责罚他，可能有些不妥当吧？"

　　孔子严肃的回答说："子贡，你先不要说了！我告诉你责罚他的缘由。天下称得上大恶的行为有五种，可是这五恶的坏处都不及当官不努力工作、摸鱼耍滑性质更恶劣。五种恶行是这样的：一是通达事理却又心存险恶，二是行为怪癖而又顽固不化，三是言语虚伪却又能言善辩，四是对怪异的事知道得过多，五是言论错误还要为之掩盖润色。这五种大恶，人只要有其中之一恶，就免不了受正人君子的惩罚，而不能正点上班的人，这五种恶行样样都有。他身居一定的权位就足以聚集起自己的势力结党营私，他的言论也足以迷惑众人伪饰自己而得到声望，他积蓄的强大力量足以叛逆礼制成为异端。这就是人中的奸雄啊！不可不及早整治。历史上，殷汤惩罚那些管理手段荒唐滑稽的人，文王惩罚那些混淆是非的人，周公惩罚那些喜欢吹嘘、随风倒的人，姜太公惩罚那些只做表面文章的人，管仲惩罚那些总是唯唯诺诺不进取的人，子产惩罚那些不知道如何记载真实历史的人，这七类人生于不同时代但都被惩罚了，原因是七类人尽管所处时代不同，但具有的恶行是一样的，所以对种败坏执政之风的人不能免除和减轻刑罚！

　　《诗经》中所说的：'君王最痛恨的社会现象是人们违法乱纪，成为社会的败类。'如果社会中的败类越来越多，那就成了君王最大的烦恼。"

第七篇　　古今关于真理的诗篇名句

道，就是真理。真理、法则，这两个名词是我们华夏民族几千来以来就有的名词，并非是近代从西方传来的舶来品！

以下是我们的古今文人有关真理、法则的诗篇，请大家一起来感受华夏民族众多古圣先贤追求真理的伟大诗篇。

劝学（节选）

（约公元前 313 —前 238 年）荀子

君子之学也，入乎耳，

箸乎心，布乎四体，形乎动静。

端而言，蝡而动，一可以为法则。

荣辱（节选）

（约公元前 313 —前 238）荀子

人之生固小人，无师无法则，唯利之见耳。

人之生固小人，又以遇乱世，得乱俗，

是以小重小也，以乱得乱也。

志行修，临官治，上则能顺上，下则能保其职，

是士大夫之所以取田邑也。

循法则、度量、刑辟、图籍、不知其义，

谨守其数，慎不敢损益也；

父子相传，以持王公，

是故三代虽亡，治法犹存，

是官人百吏之所以取禄秩也。

杜鹃

【唐】杜甫

西川有杜鹃，东川无杜鹃。涪万无杜鹃，云安有杜鹃。

我昔游锦城，结庐锦水边。有竹一顷馀，乔木上参天。

杜鹃暮春至，哀哀叫其间。我见常再拜，重是古帝魂。

生子百鸟巢，百鸟不敢嗔。仍为喂其子，礼若奉至尊。

鸿雁及羔羊，有礼太古前。行飞与跪乳，识序如知恩。

圣贤古法则，付与后世传。君看禽鸟情，犹解事杜鹃。

今忽暮春间，值我病经年。身病不能拜，泪下如迸泉。

咏怀二首（节选）

【唐】杜甫

邦危坏法则，圣远益愁慕。

飘飖桂水游，怅望苍梧暮。

大道歌（节选）

【宋】陈楠

真阴真阳是真道，只在眼前何远讨。

凡流岁岁烧还丹，或见青黄自云好。

志士应愿承法则，莫损心神须见道。

但知求得真黄芽，人得食之寿无老。

逍遥咏（节选）

【宋】宋太宗

法则定乾坤，千秋与万春。

金乌飞绛阙，玉兔弄精神。

达识逢堪笑，贤愚本是真。

清风摇圣境，仙说洞中人。

缘识

【宋】宋太宗

君子怀幽趣，谦恭礼乐才。

经心皆识见，书史尽通该。

有德馨还远，清虚道亦开。

先生宜法则，宿习自将来。

缘识

【宋】宋太宗

精详语议四门开，舒惨阳和意外裁。

远见风尘思往事，无穷日月去还来。

乐耶指趣归三体，周旋道理遍九垓。

贤圣人天常法则，卿云岭上白皑皑。

缘识 （其二十二）节选

【宋】宋太宗

上下度量有短长，平头一样青烟色。

半枯半嫩小枝斜，筛风阴石皆法则。

缘识 （其三十一）节选

【宋】宋太宗

先王典教是吾师，可以相宗后法则。

令旨解二谛义

【南朝时期】萧统

真理虚寂，惑心不解，

虽不解真，何妨解俗。

咏怀寄知己

【唐】齐己

已得浮生到老闲，且将新句拟玄关。

自知清兴来无尽，谁道淳风去不还。

三百正声传世后，五千真理在人间。

此心终待相逢说，时复登楼看暮山。

游清都观寻沈道士得芳字

【唐】赵中虚

青溪阻千仞，姑射藐汾阳。未若游兹境，探玄众妙场。

鹤来疑羽客，云泛似霓裳。寓目虽灵宇，游神乃帝乡。

道存真理得，心灰俗累忘。烟霞凝抗殿，松桂肃长廊。

早蝉清暮响，崇兰散晚芳。即此翔寥廓，非复控榆枋。

游竹林寺

【唐】方干

得路到深寺，幽虚曾识名。

藓浓阴砌古，烟起暮香生。

曙月落松翠，石泉流梵声。

闻僧说真理，烦恼自然轻。

题终南山僧堂

【唐】罗邺

九衢终日见南山，名利何人肯掩关。

唯有吾师达真理，坐看霜树老云间。

勖曹生

【唐】卢钲

桑扈交飞百舌忙，祖亭闻乐倍思乡。

尊前有恨惭卑宦，席上无憀爱艳妆。

莫为狂花迷眼界，须求真理定心王。

游蜂采掇何时已，只恐多言议短长。

书怀

【宋】陆游

无事自能心太平，有为终蔽性光明。

皮肤脱尽见真理，粱肉扫空甘菜羹。

处处浮家成野宿，时时策蹇作山行。

平生常笑羊裘老，史册犹存后世名。

题李成画

【宋】米芾

画号为真理或然，悠悠觉梦本同筌。

殷勤封向青山去，要识江东李谪仙。

逍遥咏（其一）

【宋】宋太宗

道高人世礼周旋，语默如痴似不言。

洗涤要教心地静，狐疑扔类水萍翻。

经书说尽修真理，岁月休防罢引援。

雅合无为深见识，阴阳去住促寒暄。

逍遥咏（其二）

【宋】宋太宗

乾坤常运转，兀兀见众生。

利物终相应，施为愿要精。

身慵何隐遁，舌辩谩纵横。

种性归真理，因缘有重轻。

逍遥咏（其四）

【宋】宋太宗

逍遥知语默，境外见真空。

有位皆玄感，无缘不用功。

义说三才理，幽深万事通。

因依堪法则，答谢向旻穹。

和吴伯脩洞霄宫

【宋】范纯仁

三朝勤瘁不谋身，今日官闲与道亲。

纤组还乡宜最乐，居山得禄未全贫。

性情有暇穷真理，门馆无权少俗宾。

会待收踪归畎亩，就君同醉洞天春。

游北山

【宋】石敦

春色著人如酒浓，我来却值雨蒙蒙。

千岩磊落风尘表，万井参差罨画中。

游子三三仍五五，落花白白更红红。

须知满目皆真理，面壁何劳学苦空。

戊辰三月清明后三日见叶丈于石林承命赋诗作古风一首

【宋】韩元吉

郑公化乡闾，邺侯盛图史。

千载发词源，一点诣真理。

霞裾月中仙，珠履天下士。

又二绝（其二）

【宋】文天祥

病中忽误通真理，静处专寻入定工。

雨汗淋头都不管，须臾和气自冲融。

还返释言（其九）

【宋】薛季宣

苟晞有逸牛，往返日千里。

烹之剖其脊，比竹双筋起。

强力有由然，物性都如此。

本立而道生，人身有真理。

光禄生日

【宋】朱长文

舜庭新遣牧，汉寺旧名卿。

致主丹心在，忧民素发生。

鹫峰仙桂老，猿涧古松清。

金简传真理，期颐体更轻。

西域和王君玉诗二十首（其七）

【元】耶律楚材

竹径风来自破禅，修篁青剑叶垂千。

烂吟风月元无碍，高卧烟霞未是贤。

迷处无由逃绊锁，悟来何处不林泉。

纵横触目皆真理，坐卧经行鸟路玄。

再和万寿润禅师书字韵五首（其二）述怀

【元】耶律楚材

宝藏翻穷贝叶书，方知真理本如如。

一心不动无生灭，万古长空岂欠馀。

妙药更灵难忌口，长安虽贵不堪居。

毛吞大海浑闲事，谁讶瓢中出白驴。

题赵仲穆看云图

【元】祖柏

旧游清苕上，爱看弁峰云。

稍将春雨度，始见远林分。

起灭悟真理，逍遥遗世纷。

于焉自怡悦，永怀陶隐君。

上平西

【元】刘处玄

想人生，老与少，似春秋。

恰幼年、却变白头。

莫争空假，无常气断卧荒丘。

大都三万六千日，多病多愁。

崇真道，敬真圣，明真理，了真修。

侍二尊、至孝全周。

全家拔宅，功成同去到瀛洲。

出离生死无来去，阆苑清游。

四十咏（其三十）沈居士周

【明】王世贞

沈生逸者流，夙尚丘壑赍。

缅怀徇所好，十日一山水。

游戏无全目，纵横得真理。

平生所馀事，耿耿乃在此。

何村八景（其五）涌口观澜

【明】吴琏

江上横拖一小冲，冲头江水去无穷。

坐观湍急昼还夜，便见流行始到终。

识到此时真理彻，探穷源处实心融。

尼翁川上无深叹，后世何人为启蒙。

由风篁岭入龙井

【清】姚燮

良觌沙与搏，真理壁难叩。

独想通窈元，众妙汇清飂。

萝衣披可仙，石浆饮宜寿。

客或绮里逢，事待向平就。

醉拂凌虚霞，惧浊出山溜。

虚白室

【清】弘历

石缝五丁开，假山具真理。

夤缘步仄径，虚室壶天里。

谁谓既狭间，旷望莫可揣。

读我西铭篇，颜彼南华子。

底须辨异同，吉祥受止止。

格言

【近代】毛泽东

坚持真理，实事求是。

实践是检验真理的唯一标准。

太彝书院简介

　　"道"，唯一的定义就是"真理"！"道"，是华夏民族之精神信仰！"道"，是世界哲学之活水源头！早在 2500 年前，华夏民族的古圣先贤就用古老的东方文字写下了《道德经》《论语》等对后世影响深远的思想著作。此后，古今中外无数的仁人志士从中获益，经历数千年的朝代更迭、社会变迁，至今依然备受人们的瞩目、效仿，可见其旺盛的生命力、不朽的精神。与世界上的其他已经消失的人类文明不同，华夏民族的思想文字绵延数千年不但没有灭绝，反向全世界展示出越来越旺盛的生命力，尤其是当人类进入二十一世纪以来，全世界各国之间以及内部矛盾冲突不断，各种问题难以解决，而古老的华夏先民、东方智慧，早在数千年前的书中就对这些问题，早就给出了解决之道，那就是华夏民族世世代代都坚守的信仰—"尊道、贵德"，也就是"坚持真理、保持良知"！为了促进全世界东西方思想文化的大融合、大发展，使全世界不同肤色、不同民族、不同派别、不同信仰的人，走在一起，手牵手、心连心，共同创建一个和谐、繁荣、幸福、发达的大同世界，那就要使全人类建立共同的思想与追求："尊道、贵德""坚持真理、保持良知"。

　　太彝书院，其含义就是"真理书院"，由石家庄氢音企业管理咨询有限公司创建，我们将致力于继承传播华夏文明的"道、德""真理、良知"，为社会各界爱好国学、追求真理的人士提供《大美道德经》《大美新编新解儒家经典》等国学书籍，还可以为社会团体、企事业单位等组织做内部培训，欢迎大家咨询。

　　石家庄氢音企业管理咨询有限公司

地址：河北省石家庄市长安区体育北大街 199 号 727 室

电话：0311-8502 9599

邮箱：dameiddj@163.com

网址：www.TruthAcademy.com.cn

抖音号，微信视频号，公众号：太彝书院